李朝德◎著

草木青山

云南出版集团
云南人民出版社

图书在版编目（CIP）数据

草木青山 / 李朝德著. -- 昆明：云南人民出版社，2022.8
ISBN 978-7-222-21118-6

Ⅰ.①草… Ⅱ.①李… Ⅲ.①散文集—中国—当代 Ⅳ.①I267

中国版本图书馆CIP数据核字(2022)第136317号

责任编辑：何　娜
责任校对：朱　颖
责任印制：窦雪松
封面设计：雷　迪
封面及内文插图版画：肖　江

草木青山

李朝德　著

出　版	云南出版集团　云南人民出版社
发　行	云南人民出版社
社　址	昆明市环城西路609号
邮　编	650034
网　址	http://ynpress.yunshow.com
E-mail	ynrms@sina.com
开　本	889mm×1194mm　1/32
印　张	8.75
字　数	211千
版　次	2022年8月第1版第1次印刷
印　刷	昆明精妙印务有限公司
书　号	ISBN 978-7-222-21118-6
定　价	58.00元

如需购买图书、反馈意见，请与我社联系
总编室：0871-64109276　发行部：0871-64108507
审校部：0871-64164626　印制部：0871-64191534

版权所有　侵权必究　印装差错　负责调换

云南人民出版社微信公众号

自　序

我很喜欢这样一句话：热闹是别人的，我什么都没有。我还喜欢另外一句话：真正的写作属于抽屉。

这个时代不乏才华横溢的作家，即便是我的同龄人也有很多绝尘而去，在他们扬起的尘土后追赶，看不见前方的路与远处的风景，令人懊恼。

我们面对的世界，波澜起伏；我们面对的人，心事重重。

我从没有想过要成为一个散文作家。

晨昏废读书，生活和工作的琐碎，让读书和写作成了奢侈的事情。相对来说，这些年读小说还要多些，却眼高手低，极少落笔。至于图书出版，阴差阳错，却是三本报告文学。闲暇时，偶读散文也写散文，却是东一榔头西一棒槌。

总体来说，大学时期读的女性散文占绝大多数，近些年来比较杂，男性的散文又看得多些，纪实性历史散文或者纯历史的资料和理论也比较喜欢读。这些影响，使我的散文几乎成了一个阴阳结合体。放下书本，历史的影影绰绰、现实的浑浑噩噩萦绕心头，无法放下，也无法捡起。这种烦恼与忧愁不可言说，只有默默地踱步，漫无目的，一圈又一圈。停留下来时，站在阳台上往外看，夕阳西下，人潮汹汹、车流滚滚、倦鸟归林，万家灯火次第亮起，楼下的人间烟火飘向远方山中的寺庙，写或者不写，真有那么重要吗？

这个时代，好像从不乏文字。不是吗？信手翻阅报纸、杂志，点击鼠标，打开手机，大家都在划拉着掌中屏幕，网站、博客、微信，各种文字扑面而来，图文并茂、动静结合。大家即便多年不见，或者见了也不认识，但在网络里，却可以嘻嘻哈哈、

◎ 自序

无限亲热。有人宅在家，也有人在远游，有人出生了，有人过世了。我们在这虚拟的空间欢笑，也在这里哀愁。我们可以不认识不说话，却丝毫不影响彼此默默点赞或祝福。这是个不乏喧嚣与热闹的年代，人人都用文字刻下活着的印痕，文学从高高圣坛走入寻常百姓家，人人皆是写手。我们在娱乐别人，也在娱乐自己，细细咂摸，很难说好还是不好。

偶有闲暇，走进书店，出版业的繁荣更是让人眼花缭乱，楼上楼下都是书，封面花哨抢眼，五色令人目盲。开卷了，是否真的就有益？这样的疑问，让人心生疑窦。

虚拟的肥皂泡再五彩斑斓，却耐不住现实的轻轻一指头。

我害怕，我的文字也是我吹向天空的一串串泡泡。

写作属于抽屉，写或者不写，都无关紧要。但如果要出版却在抽屉之外，压力扑面而来，对于真正敬畏文字的人来说，哪里还敢飘飘然。别人称我为作家，莫名的紧张扑面而来。走出书店，迎面碰上路人甲、路人乙。我总在想，如果他们手里捧着的是我的书，读后是否可以遇见另外一个自己？心事重重是否能柳暗花明？如果不能，我写这些有什么用？

想到这些，未免让人失望和悲哀，"百无一用是书生"如影相随。

写作除给我活着的荣耀外，还有沉重和羞愧，抽屉之内是一己悲欢，抽屉之外再不是一己，而是我的复数。在这个自信的年代，我是不自信的，我总在怀疑中写作，我的文字能否承载别人的痛苦和社会的忧伤，我不确定，这往往让我忐忑和无法下笔。

人过中年，我必须承认：我很愚钝。我并不是一个凭才气写作的人，我担心写作不能达到前人和自己立下的标杆，总在怀疑自己，也怀疑我在电脑上敲下的每一个字，我怕对不住键盘的磨损和悄悄流逝的电费。

我是一个平凡的人，工作、生活千头万绪，所以静下心来写作的时间并不多，如果从功利及实用主义来说，的确没有必要写作。实惠至上的社会，写作既博取不了功名也收获不了利禄，再崇高的理想也支付不起现实生活的账单。铁的现实颠覆古训，书中没有颜如玉，书中没有黄金屋。

写作之于生活，有时候的矛盾和冲突相当于左手画圆，右手画框。

想以文字的力量让一朵云推动另外一朵云，一盏灯引领另外一盏灯，难如登天。以我的才学，只怕是以其昏昏，想使人昭昭，结果很可能是心比天高，人比猴丑，最终落得一地鸡毛。

好在，我在怀疑中踽踽而行了。在文字中，我无法藏好自己，没有豪迈与悲壮，我只是静静记录一个自己眼中及心中的乡村、亲情与故人和旧事。就题材来说，我的狭窄犹如刀背，但我却挥臂斫下。在方格之间，文字之间好像有无穷无尽的魅力，像一个黑洞卷着我进入。

我所写的有些是至亲，有些是生命中的过客，有些是一晃而过的身影；有些地方就在脚下，有些地方却是永远无法回去的过往和从未抵达的远方。好在，透过文字的层峦叠嶂，有时我可以放下现实的忧伤，收获短暂的快乐，穿越片刻的世俗，获得如深深湖水的宁静，窥见梦想中活着的荣光。即便这样的感觉一瞬而逝，但我们必须承认，这样的感觉很好，活着且在文字中可遇见另外一个自己。

奥尔森·威尔斯说：我们只身降落人间，孤单活着，独自死去。只有借着爱情和友谊，我们才制造了一时的幻觉，觉得自己并不孤单。

读完这句话，突然心有戚戚，车来人往的人间，看似热闹，实则冷如清秋。从不敢奢望文字能打开内心的心结，写作者与阅读者隔着屏风，屏风上的风景隔着千山万水，每个看风景的人在云遮雾罩中，哪里感受得到一样的悲苦呢？

自然风景如画，哪里抵得过人间的一粒朱砂？

草木青山

文字的力量始终是微弱的，散文更是如此。好在，散文与其他文体相比，始终是无法回避自己的一种文体，坦诚相对比任何现实的五彩缤纷更令人心动。必须承认，在这个时代，我没有才学，好在我的文字是真诚的，也是透明的，真诚坦诚得毫无秘密可言。但愿我所写下的文字，哪怕只有一篇或者只言片语，让读者能穿越层层的风景，看见另外一种世相，能直抵内心，看见最坚硬和最柔软的，遇到另外一个自己就好！

屈指算来，早过四十不惑，我却没有等来天降大任，也没有小人物奋起直追热泪盈眶的传奇。

比较惭愧，如今的样子，对不起我艰难的历程和实打铁证的年龄。

好在，我是乐观与豁达的，常常宽恕并放过了自己：别跟一个40年后就已经80多岁的老人较劲。

我把这本薄薄的散文集起名为"草木青山"，这不是里面任何一篇的题目。

只是因为：我们是别人眼中的草木，却是自己的青山。

致平凡如草木的自己，也致所有读者——

草木虽微，青山可望。

人间值得！

2022年·夏

目 录

001	黑夜的火车
007	绝望的笛子
023	古村与毒水
033	天生之桥
039	好骏一匹马
049	狗的腐化堕落
057	河上捕鱼者
065	看啊，那鸟那人
073	城市符号与乡愁密码
081	拟人状物之悲
093	苍鹰与盲鱼
099	水面之上
105	明月下西楼
113	同一首歌
119	一花一世界
127	他乡成吾乡

目 录

133	一人一指一梅花
165	月亮照在姑娘房上
177	诺玛阿美的样子
181	石头上的嘴巴
185	石头与梭镖
191	上坟记
203	建水行记
211	消失的顺城
217	麦子倒下的方向
225	马关观"马舞"
231	木莲花开
239	夏花与秋叶
249	月夜梨花白
255	双面镜

黑夜的火车

挂了电话,我立刻就后悔了。

车窗外,落日失去了最后一抹余晖,远山只剩下黛色的模糊轮廓。

火车大概还有一个多小时才经过村里,那时天应该早黑透了吧,那么晚打电话告诉母亲站在路口做什么呢?

列车在黑夜中呼啸着,载着心事重重的乘客飞驰向前。

望着车窗外的阑珊灯火和飞速后退的景物,一路忐忑。

那天,我从昆明乘火车去一个叫宣威的小城参加会议,这趟城际列车要穿过村里。我家离铁路并不远,直线距离也就五六百米。

火车黑夜穿过家乡,最熟悉的景致与最亲近的人就在窗外忽闪而过,兴奋激动转眼间成远离失落,那种感觉难以描述。

十多分钟前,我打电话告诉母亲我要去宣威。母亲知道我要路过村里,很是高兴:"去宣威做什么?大概几点钟到?"我一一回答,我有些遗憾:"可惜村里没有站,不然可以回家看看。"母亲说:"你忙你的,我身体好好的,不用管。"说完这句,电话里一阵沉默。

我理解这时的沉默。

我与母亲之间,如很多农村母子一样,不善于表达感情,大多

草木青山

数时候都沉默如石。

父亲在世时，彼此都习惯这种沉默。即便一句话不说，沉默亦坦然，像阳光洒满树叶，温暖实在。

但现在的沉默却让我内心紧缩。父亲过世后，母亲常说，时间过得慢，太阳总不落山，天黑后，天总也不亮。父亲在时，她夜晚回家很远就能看见灯光，现在再没了灯光，也没有人等她回家。有次从外面来，她说她在黑暗中顺着墙壁摸索开关，却总也摸不到。想起如果父亲还在，哪会出现这样的事情，她不由得放声大哭。母亲打电话给我，我在电话这头也跟着默默流泪。

想着被黑暗笼罩着的母亲，老家的黑夜跋山涉水而来。

父亲去世后，我隔两三天总要打个电话问问，很多时候不为别的，就为听听母亲的声音。

即便电话里经常联系，但如果不是假期或者有特殊事情，我却很少回家，原因在于没个理由就跑回家去，母亲总是责备我瞎跑，进而自责。总说哥哥姐姐就在村里，自己身体好好的不用挂念，打个电话就行。那么远，跑来跑去浪费时间和车费。

我理解母亲阻止的本意，儿子好不容易在城里立足，她希望我小心翼翼走好每一步，不管是生活还是工作，不能有点滴闪失和马虎。经过世间的风雨，她早已把生活过成如履薄冰，如果无事请假跑回老家总让她提心吊胆。

想念是不能成为回家理由的，即便它重如泰山，在母亲的生活逻辑里却不值一提。

因为她怀揣比泰山更重的东西。所以，那天电话里我也不提回家的事，提也无用。

车过村里，母子相距不过几百米却不能相见。

母亲沉默，我也沉默。

我打破沉默："妈，要不火车快到村里时我打电话给你，你去村里铁路口等我，我在7号车厢的门口，向你摇手，你就可以看见我，我也可以看见你。"

这个突然的提议，自己也觉得有些意外和为难，黑夜中叫母亲在路口等着见我，算怎么一回事？但母亲却很高兴。

我们当然知道那个路口，那个叫小米田的路口是连接村庄与田地的一个主要路口。在那路口，我走大了走出来了，母亲却走老了。近些年火车多次提速，由单线变成复线后，铁路沿线早在十多年前就全线封闭。小米田路口虽然还在，但早被栅栏完全隔断，要过铁路只能翻越天桥，现在只剩下三四米宽的道口。我坐这趟火车，时速大概120公里。这样的速度通过那个道口多长时间呢？可能半秒都不到吧！相互能看见？

火车一过沾益县城，我就给母亲打电话让她去道口等着。母亲很高兴，沾益县城离老家松林村不到20公里，估计不要十分钟我就可以看见母亲。

窗外早已经黑透，一明一暗，车里车外仿佛两个世界。我把脸贴在7号车门的车窗上，努力寻找熟悉的山川轮廓。

窗外一片模糊，无边的黑暗包裹着车厢，我计算着时间与路程，却总不能看见熟悉的样子。

焦躁中，却看见远远的公路上有车流的灯光，流光溢彩。

正纳闷这是哪条路呢？放着白色光芒的"施家屯收费站"这几个字出现了。我一阵悲凉，"施家屯"已是隔壁村庄，火车应该在一分钟前驶过松林村，我竟然没有看见我熟悉的村庄和站在路口的母亲。

我颓然打电话告诉母亲："妈，天太黑了，我没有看见你，火车已经到了施家屯。"

草木青山

母亲也说:"刚才有趟火车经过,太快了,没有看见你。我想应该就这趟火车,知道你坐在上面就行。"

我为自己的粗心愧疚不已,说不出话来。年迈的母亲在黑夜的冷风中站着,我在明亮温暖的车厢里坐着。本想让她看见我,我也看见她,却害得她在路边白白等待和空欢喜一场。

松林村的一草一木,再熟悉不过,怎么会看不出来呢?

我不甘心地说:"妈,要不明晚我返回时在最近的曲靖站下?站上有到村里的汽车,半小时就到村里,住一晚再回昆明,方便得很。"母亲慌忙阻止,固执而又坚定,仿佛我这样做是她的错。我没有办法,自己赌气也是跟母亲赌气,那就明晚还在这路口,到时候我会站在最后一个车厢的车门旁招手,一定可以看见。

坚决要求母亲又去站在铁路口,固执得有些残忍。

我坚定认为是我的疏忽才会没有看见站在车窗外的母亲,那么近的距离怎么能不见?

那晚返程时,我早早走到最后一节车厢的车门旁。黑夜的火车如一条光带在铁轨上漂移,伏在玻璃上我把眼睛尽量睁大,可还是很难看清车窗外的任何景物。我想起了顾城那句伟大的诗:黑夜给了我黑色眼睛,我却用它寻找光明。

我的光明在哪里呢?

返程时,我又看见了"施家屯收费站",心如鹿撞。

内外温差大,车窗内起了一层薄薄的雾。我慌忙用手掌再次擦亮玻璃,双手罩住眼眶遮挡车内亮光,把自己也陷入与外面一样的黑夜中,在微弱的光线下仔细搜索一景一物。我终于能看见被车灯照出几米远模糊的路面轮廓,看见了如萤火样村庄里的昏黄灯光。

就在一个路口,我突然看见了有束电筒光在黑暗中照着火车!我刚要寻找并摇手呼喊,火车却驶过了!

我忙掏出电话，颤抖着告诉母亲："妈，我看见你在路口啦。"

母亲也说："我也看见了。"

两句话说完，车外再没有了村庄，母亲越来越远了。

我在黑夜火车的人群里不过是一晃而过的黑点，那个叫小米田的道口，不过三四米宽，而站在道口的母亲，她还没有一米六高啊……

绝望的笛子

写下这些文字的时候,父亲已经离开我几个月了。

号称作家的儿子,从没有为父亲写下一言半字。

我与父亲之间是不善于表达感情的,大多数时候只是默默地坐着,偶尔扯几句闲话,在倒水时会问句"可要水",即便打电话,我的问候也只会是"爹,可吃饭啦"。诸如爱与想念之类的话语,我一句也说不出来。当然,父亲也同样不会。至于文字,更不会写。

我工作成家后,离家100多公里,不远也不近,我们都在各自的空间里生活。即便心里有所挂念,但知道对方一切都好,联系也不多,平淡而实在,似乎这样幸福的日子没有尽头。可悲的是我完全没有意识到父亲老了,他却突然离开。以至于很长一段时间,我有种错觉和恍惚,一切仿佛都是梦。

可悲可叹的是,现实不会如梦,人生也没有如果。阴阳相隔日,永世千秋时,曾经拥有的温情如今回忆起来却偏偏都是痛苦。

1.买支笛子吧!

2015年9月26日,中秋节前一天。

草木青山

在熙来攘往的大街上,尽管人声嘈杂喧闹,我还是听见了悠扬清脆的笛声。

父亲也听见了,他的步子微微停顿了一下,抬头搜寻笛声。

我才猛然想起,父亲会吹笛子。只是作为农民,天天与泥土为伴,哪有闲情逸致吹呢?

上一次听见父亲吹笛子是什么时候?没有具体印象,只记那时父亲正值壮年,他坐着吹,我伏在他的膝上听。这样算来,至少是二三十年前。

而如今,时间变幻,走在街上的,却是一个中年人和一个老人。

在父亲病之前,我没有意识到父亲是老人,他才69岁,年龄并不大。且父亲身体一直很好,感冒咳嗽都很少,直到病之前一直在田地间劳作。这样的一个人,怎么会老呢?

现在想来,不是父亲没有老,而是我忽略了早已变老的父亲。

循着笛声,我看见了街对面用竹竿挑着笛子、箫、葫芦丝的小贩边走边吹,沿街售卖。

"爹,买支笛子吧?"我说。

我只是随口问问,因为按照医生的说法:父亲时日不多。从曲靖市第一人民医院到这里,不过1公里路,父子俩却走了很长时间,稍稍有点坡度和台阶我都要搀扶着父亲的手臂。

这种身体状态下,我想父亲是没有心绪买笛子的。

没有想到父亲说:"要得,看看。"父亲停在喧闹的人潮中,我搀着他慢慢地走到街对面。

对于笛子我不懂,父亲挑了支,告诉我每个眼对应的音符,怎么挑选一支好笛子。

笛子不贵,才20块钱。我赶紧付了钱,生怕小贩不卖或者城管突然出现小贩逃走。

　　买了笛子，走到离街道不远的珠江源广场找了个石凳子坐下。父亲从我手中接过笛子，我才发现匆忙中没有向小贩买笛膜。父亲说："没有笛膜用纸也行，只是纸贴的膜音比较沉闷，尖的音拿不上去。"他把一直捏在手中准备垫着坐的广告纸撕下指头大一块，用口水蘸湿了贴在笛子的一个眼上。自7月以来，父亲右手难以弯曲，一动就疼，但他还是艰难地抬起手，把笛子横过来，头和脖子弯着凑向笛子，干涩的嘴唇艰难地到达笛子的吹奏洞口。配合着吹的动作，父亲干枯的手指在笛子的几个眼上按了按，手指上下起伏，笛子却没有发出一点声音。父亲略显失望地叹息一声，无限懊恼地说："气力不够。"

　　我安慰他，放疗化疗后体力会虚，没有气力正常，出院后慢慢在家里吹。我接过笛子放在父亲身边，把剥好的石榴籽放在父亲的手掌心，顺便把石榴皮拿着走向十几米外的垃圾桶。

　　恰逢周末，阳光明亮刺眼，正是广场上最热闹的时候，成群结队的中老年人或唱歌跳舞或打牌聊天，悠闲地享受着阳光、湖水、绿树、微风。看着眼前欢乐的人群，想着父亲劳碌一辈子，却没有能这样悠闲地生活过一天，眼泪唰地流下。所幸，我是在十几米外的地方背对着父亲。

　　在这个时候，我再怎么悲伤，也不相信医生的判定：父亲只有几个月时间。相信父亲也认为他的病会慢慢好起来，不然他也不会买多年都没有吹过的笛子。

　　人最悲哀的事情是怀着希望却偏偏迎来失望，父亲此时不会想到这支笛子会成自己的最后一支笛子，而且永远没能吹响。

◎ 绝望的笛子

2.砸瘪的铜茶壶

父亲生于1946年5月28日。

父亲小时候家境尚好，在7岁前比同龄人生活条件要好，在旧社会的农村可以穿皮鞋和短大衣。

这得益于我公公（爷爷）在昆明多年的经营。

公公出身苦寒，年轻时出来做工，一路帮人挖田到宜良。挖完田，没有了活计，其他人都往老家的方向返回，公公把锄头送给同伴，只身往陌生的昆明走。起初在店里当伙计，后来不想受人管束，在小西门、大西门一带贩卖火腿。经过十多年的辛苦，有了一些积蓄。带着积蓄回家买田置地，本想一劳永逸，为子孙后辈造福，没有想到却埋下祸根。我看过土改前的土地证，证上写着共有水田旱地三十晌，前后左右位置标识得清清楚楚。正是这三十晌土地，让全家戴上了富农的帽子。

父亲8岁，命运拐了个弯，走上了另一条轨道。那年，公公被派去修水库，长年累月不在家。而就在这一年，奶奶因"拉垮互助合作和抗拒公余粮"两项罪名被劳改8年。父亲8岁就与年幼的二哥独立生活，8岁与12岁的娃娃独立当家，自苦自吃，自生自灭。后来二哥也去外地上学求生。很多时候，只有父亲一个人在家。8岁的孩子，既要自己找吃的，又要自己做吃的，到了晚上还要面对黑暗孤寂；年年月月，月月日日，无依无靠就这样一个人在屋子的角落静静坐着。

多年过去，父亲在回忆这段日子的时候，仍然难掩辛酸和难过，提起来就泪水涟涟。那时家徒四壁，颗粒粮食全无，8岁的父亲经常半夜摸黑到几里外偷挖地里的种子度日。他幼年时几次差点饿死,幸靠街坊邻居救济才勉强活下来。家里所有东西被充公,唯有在火塘上烧水的一个铜茶壶留了下来。就是这个铜茶壶,再次救了父亲。父亲的二哥周末放假回家后,发现父亲饿得奄奄一息,已经不会说话。寻遍里里外外,没有任何可以吃的东西,就把挂在火塘上的铜茶壶用石头砸瘪当废铜卖到合作社,换回两斤鸡蛋糕。就靠这砸瘪的铜茶壶,父亲再次留在人间。

在艰难岁月,父亲基本无人管,上学也是断断续续,却成绩极好悟性很高。我不能想象,一个没有成年的娃娃是如何自己生存并管理好自己的。我不能想象当劳改8年回来的奶奶看见已经会赶牛车挣工分的儿子站在面前是怎样的激动和喜悦。

父亲属于那个时代比较有文化的人,没有赶几年牛车就进入学校当教师了。如果命运就是这样,那也相对公平些,但偏偏不是。如果这一切无可解释,只能归结为命。

没有当几年教师,学校开会突然通知父亲回家不用再去学校。原因很简单:地主富农的子女怎么可以教育贫下中农的后代?这样的理由让他没有办法申辩,也让他再次体验世事的变幻与无奈。

自此,他当了一辈子农民,一辈子没有离开过土地和脚下一个叫松林村的地方。

离开教师岗位后,父亲又当上了生产队出纳。当时成分高的人不能当出纳,但队上要记账、计工分、分粮、分副业款等,队上没有比父亲更合适的人选。出纳这一职务,父亲一直干到包产到户。

父亲走后,我在整理抽屉时无意中翻出了父亲的出纳账本,格子画得规规矩矩,字写得工工整整,出入的账目明明白白。40多年过去了,账本纸张早已泛黄,但每天每月的账目罗列得清清楚楚。

父亲病重躺在床上说,自己当年做出纳,管理整个生产队的账目。虽然条件艰苦,但从来没有想过为家里捞一分钱的好处,一生

草木青山

清清白白。全家7口人也跟着受穷受苦。

在很多人眼中，我父亲是个能人，能说会道，为人处世稳重得体。多年以来，我一直纳闷我家为什么没能富裕起来，生活水平一直都在中上游之间徘徊。包产到户后，父亲贩卖过木料、粮食，收过废旧物资，奔走在城市和乡村间，做一样成一样，但一直没有成为富裕的人家。

时间远去，很多记忆模糊了，但有几个画面却是难以忘记的。20世纪80年代末，农村起房盖屋较为普遍，松林村是坝区，木料紧缺。那时家里已经有马车，父亲到几十公里外的山区贩卖木料，供不应求且利润不薄。后来却在外地被当地的乡政府把马车及木料全部扣下没收，父亲背着一个草料包牵着一匹马只身回来。即便贩卖木料利润惊人，自此父亲不敢再去。当时，改革开放的春风已经吹遍大地，我不明白父亲为什么那么胆小不敢从头再来，直到我成家后，才明白父亲的胆小和懦弱。那时，我们一家7口人，上有2位老人，下有3个并未成年的子女。一辆马车、一车木料，就是半个家当，父亲不敢拿家去赌，对于有风险的事情，父亲往往噤若寒蝉。90年代，父亲一直在做粮食生意，简单来说就是把米从坝区拉到山区，又把山区的苞谷等杂粮拉到坝区或县城去卖，就在其中赚点差价和辛苦钱。交通工具起初是马车，后来是拖拉机、农用车。当然，父亲不会开车，拖拉机和农用车是哥哥开。当时，在村里也算走在前，但父亲依然不在秤上做手脚，从不花言巧语。记得有次买米，有半袋米竟然被掺了米粒大的白色碎石，半袋米也就掺上几两碎石，却无法吃。发现上当后，父亲只是说："买瞎了！"他既没有在街上重新卖给别人，又没有拉到山区卖到偏远的地方去，只是叫母亲用筛子一把一把地分拣。碎石颗粒的大小颜色与米粒差不多，要把半袋米拣好，根本不是件容易的事情。当时，家里堆着近一吨米，要把这点米掺进去卖掉是十分简单的事情，但父亲坚决不同意。

与人合伙做事情，父亲总是主动提出让其他人多拿，自己少拿。母亲问，他要么解释，人家年轻，出力多。要么就说，别人年老，不容易。

松林村是大村，有着2000多户人家，家前门后，能人众多，有很多在外为官为商。父亲只是一介普通农民，脸朝黄土背朝天与土地打了一辈子交道，但很多人提起我的父亲却赞不绝口。

去年病重不起，母亲告诉我，已经有80多家村民来看过父亲。有些人来了不止一两次，有个80多岁的老奶奶小步挪动走一个多小时的路来看望了好几次。

多年来，我谨记父亲对我们的教导：为人不可见利忘义，不可欺善怕恶，不可同流合污。

这样的教导一直在提醒着我如何做个堂堂正正的人。

3.两相瞒

父亲被诊断出癌症是在2015年8月13日，当时的诊断结果是癌症晚期，癌细胞扩散全身。

我把化验单和诊断书塞在包里，只提着个片子出去。

尽管医院里人流穿梭，隔着很远，我还是一眼就看见父亲和母亲坐在花台边等着我们，一如当年的我们坐在门口的石坎边乖乖地等待父母从田地里归来。而今天，两个老人都在等待化验结果，他们毫不知情，并排坐在台阶上茫然地看着穿梭的人群和地上忙碌的脚步。

想到包里藏着的两张薄纸片竟然是父亲的生死判决书，我鼻子就酸楚得厉害。父母就在我的前方坐着，一副农村人老实本分的样子。虽然等了很久，但他们还是坐在原来的位置，我知道，他们不敢随便走动，是怕我们出来找不到造成不必要的麻烦。他们是那么的和蔼与慈祥，他们彼此是那么的相依相偎。但按照纸上的判决，几个月后，眼前的景象彻底不会再现，父亲会消失得无影无踪，而母亲也将一个人孤零零地终老。

但这个时候，我却不能表现出哪怕一点悲伤。因为医生说过，很多人是被癌症吓死的，病人知道后马上精神垮掉，整个身体迅速衰下去。

离父母越来越近，我的表情迅速调整，站在父母面前的是表情轻松的儿子和轻描淡写的病情描述，只说这病好得慢，需要住院慢慢治疗。

母亲松了口气，父亲一反常态没有要诊断书看，也答应来住院，我们终于松了口气。看见父母的表情，特别是父亲当时与健康人无异的身体状况，我也心存侥幸，万一诊断有误呢？万一可以治好呢？我固执认为，现代科技上天入地无所不能，是能治好的，即便治疗不好，再拖个十年八年，父亲也是80岁的老人了。

我愿意享受臆想带来的轻松，哪怕只有短暂几分钟。

臆想和现实总有很大的差距。现实的情况是目前医学对于癌症是乏力的，早期可以手术，中晚期不能手术的就化疗、放疗。父亲的病已经是晚期中的晚期，没有了手术的可能，摆在面前的只有两条路：化疗、放疗或回家去中医保守治疗。我们当时选择了在医院里化疗和放疗。没有选择回家去保守治疗原因很复杂，一是大多数人更相信西医，更相信科技，更依赖大医院；二是如果回家去抓中药治疗，担心父亲和母亲误以为儿女是怕花钱和麻烦，可能会更悲伤。

父亲住院后，瞒住病情是非常重要的。

我相信是瞒住了。父亲住院当天在电梯里，遇到熟人还问人家住几楼几床，母亲埋怨平常又不是太熟，人家是工人，你是农民，打听了做什么？父亲解释住院无聊可以下来找他玩玩。可见，他并没有意料到他的病是多么凶险，身体和心理状况都很好。

打化疗的当天，护士提着针水来，才开口说了个"化"字，我就用脚轻踢护士的脚制止。随后跟着护士跑到护士站交代，"化疗、放疗"的字不能提，也不能对我父亲透露他的半点病情。全家装出轻松随意的样子，父亲也从不问病情，也不看打什么针水，整个住院及后来病重期间，父亲听话得像个孩子：听医生的话，听母亲的话，听儿女的话，打针、吃药、吃饭一切听从安排。

化疗当天，并无明显的反应，于是晚上我回到昆明。第二天中午我打电话给母亲，一切都还好，终于可以放下心来。晚上再打过去，情况却突然有变，父亲头晕呕吐，懒得说话。自此之后，父亲身体每况愈下。

今天回头看看，为父亲选择化疗、放疗治疗的道路可能是错误的。化疗1次，放疗28次并没有使父亲的生命得到延长。父亲住进医院后身体机能每天都在下降，直至受尽苦楚，离开人世。

但当时谁能告诉我对错呢，过后谁又能验证对错呢？生命只有一次，不能回播，也不可实验，这是最悲哀也最痛心的。

父亲病重期间，在很长一段时间，我都有了两个面孔，甚至两种心情。为了彻底瞒住父亲，我们脸上都是一副轻松的表情，看不出悲伤，看不出压力。也就是在这段时间，我学会了一种哭泣的方式，有时是走在上下班的路上会突然落下三五滴眼泪，也有时是与父亲谈着笑着，突然发现泪水涌满，赶紧转过身去。这种哭泣没有声音，非常短促，笑和哭之间的转换不过三五秒。一次在从曲靖回

◎ 绝望的笛子

草木青山

昆明的火车上，夕阳西下，窗外一对农民父子从田埂上回家，父亲在前面扛着犁，一个十二三岁的男孩牵着牛紧紧跟随。这样的画面让我温暖而绝望，我把脸贴在车窗上，满脸不断涌出的泪水让对面乘客莫名其妙。

我一直认为父亲对于自己的病情是懵懂的，但父亲去世前一个月左右，才发现这段时间不是我在瞒父亲，而是父亲在瞒着我。他对自己的病情不闻也不问，就是怕给子女增加麻烦。

我与父亲在医院度过了两个传统节日：七月半和八月半，也就是中元节和中秋节。

七月半这天傍晚，父亲打完针后还休息着，我站在住院部的楼上往下看，虽然是城区，但已经处处烟雾缭绕，大街小巷的角落里祭拜亡灵的纸钱在燃烧翻飞，悲伤的气氛弥漫着全城，也冲击着我脆弱的神经。青烟袅袅，明年的七月半，父亲能回家还是化作青烟？我什么都做不了什么也说不出。走回病房，父亲睡着了，我坐在床前把核桃一个个夹开，把桃仁掏出把薄衣撕去，放在纸杯里，等着父亲醒来。

中秋节这天，本来说好要回家过，医院里只有值班医生，下午也没有针水，在里面的意义不大。中秋佳节万家团圆，哥哥也在中午就来接父亲和母亲，父亲却临时决定不回去，说第二天一大早要打针，送来送去比较麻烦。

我就留下来陪父亲。离家近的病人都回家了，白色的床单，空荡荡的走廊，病房里有些冷清。我提出不要住医院了，就在医院旁边住宾馆，父亲没有反对，只说："不要太贵了。"

这是他人生第一次也是最后一次住进了宾馆，他在电话里对姐姐说："活了快70岁，今天第一次住上了宾馆。"回去后对母亲说："这个宾馆不是农民住的，是干部住的，一晚上就要二百八，地毯厚得很，农民不应该住这样的宾馆。"

我的父亲最远只到过昆明，他是个爱生活的人，现在我猜想他一定也想出去看看、长长见识，只是怕耽误我们的时间和怕花钱才一直没有说。父亲得病以后，我一再向医生询问可不可以带他出去看看走走，可医生也决定不了。出院后，每况愈下的病情让父亲再也没能走出去。我一直纠结到今天，为住宾馆的事，也为没有带他出去看看外面世界的事。父亲不在了很久，有天母亲突然说："你爹以前倒没有听说他想去哪里，就是说过几次想去珠江源看看，他说年轻时去过，现在成旅游区了，想看看现在的变化。"

我突然就吼了一句："怎么不早说！"吼完后，我抓着头发一声哀叹。

要知道，父亲一辈子住在松林村，而松林村离珠江源只有区区40公里。

4.笛子与镜花

在我无助绝望的时候，我也曾经多次跪在供奉天地和祖宗的供桌前祈求上天多给父亲点岁月，祈求祖宗给父亲庇护和关照。

起初的祈祷是十年、八年，后来是五年、三年，到最后父亲疼痛难忍，我伏在供桌前只求减轻他的痛苦，再无其他所求。

即便我再怎么伤心，再怎么虔诚，最终这些愿望一个也没有实现。父亲从出院后能一个人走，到要搀扶着走，从一个人扶着走，到两个人扶着都迈不过5公分高的门槛，直至最后在疼痛和喊叫中离开人世。

希望在现实中化为水，沦为月。

父亲出院后，身体每况愈下，且下降的速度和病情的变化出乎

草木青山

意料。

出院那天，父亲还能在哥哥的厂子里自由走动，能自己到最边远角落的厕所里去，甚至还站在厂子里看工人制作水泥管。那时，谁也不会相信父亲会在两个月后告别人世。

国庆节期间，我们姐弟三人陪着他到寻甸县功山镇甸头村去抓中药，这是最后的希望，是心中的明灯引领我们跋山涉水。偏远的山村，满墙的旌旗，八十多岁的中医和闻名而来络绎不绝的患者让我们看到了希望，也相信会有奇迹发生。

但结果是碎了一地的药渣和被我失手打碎的药碗。

父亲住院期间我失手打碎饭碗，熬中药期间药碗又跌落破碎，虽说冥冥之中自有天意，但至今想来还是让我痛心和自责。

父亲性格温和、韧性很强、逆来顺受，一生没有抱怨过任何事情，一辈子没有和母亲吵过一次架，也没有打骂和大声斥责过我们，甚至与街坊邻居都没有过一次争吵。

父亲知道得了癌症后性格脾气仍然没有变化，情绪稳定，一如既往地温和、淡定从容面对所有的苦难，以至于我总认为父亲不知道自己的病情。即便没有康复，出院时他还是与医生说了很多感谢的话。

母亲说，父亲回来后也曾经把笛子拿出来。他在老朋友的面前想证明自己身体还行，试着努力去吹，但那支倾注着过往预示着希望的笛子始终没有发出过一点声音，最后只有无奈地把笛子收起。父亲去世后，我特意向母亲问起了笛子，并把它与父亲经常佩戴的一块表收在一起，在立墓碑的时候，把两样他心爱的东西用水泥砌在墓碑旁边。

父亲有文化，喜欢动脑。母亲没有文化，基本不识字。按现代爱情的逻辑，两人应该没有多少共同的语言。他们却是门当户对的婚姻，一个是地主家的女儿，一个是富农家的儿子，他们的婚姻是时代造成的，没有选择。共同的出身让他们尝尽生活的艰辛和苦寒，他们学会了在生活中相互谅解，互相欣赏，有着对生活最简单的理解和表达。

父亲病重后，母亲寸步不离，端汤递水、喂药喂饭、洗脸漱口周到细致。即便父亲去世前几天已经喊不答应，母亲也一直睡在父亲身边，摸摸他的额头，捏捏他的手，让他感觉母亲一直都在。父亲也比任何时候更依赖母亲，疼痛难忍叫喊的时候，母亲像哄小孩一样哄着近70岁的父亲，10分钟见不到母亲，他就会数落怎么几个钟头不见，跑哪里去了？

最后一次看望父亲，父亲还有着清晰的认知和表达。11月21日这个周末，那时他已经病得很重，两个人扶着都迈不出10米的距离，无论什么样的止疼药都已经止不住他的疼痛，每天都有几个小时在喊叫中度过。我们离别家里回昆明时，父亲清泪长流，无限眷恋这个世界和所有的亲人。母亲说："在我们离开后，父亲说'最后见一次了'。"这样的话，他从来不会当着我说。父亲走后，母亲说，每个周末我从家里离开后，父亲都说等下个星期再见见。但每次我与父亲告别时，他与我却是这样说："赶紧去了，早点去等着车，守着也没有用。"

4天后，11月底，我从昆明又赶回老家，父亲已经不能言语，意识有时清晰有时糊涂。亲人喊只能答应一声，再问就无其他反应。唯一不变的是，他在清醒的时候，还是懂得骗人，86岁的外婆扶着床边问："可吃饭了？"他会清晰回答一声："吃了。"外婆听到，放心地说吃了就好，然后满意地回去。那时父亲已滴水未进，口不能张也不能咽。

癌症晚期的疼痛是难以想象的，在这之前，我从没有听过父亲

草木青山

因为疼痛而哼一声,母亲也常说,父亲很耐痛,平时牙齿疼到脸都肿起来,也只是默默地在路上走。在医院里,我们时常问他有没有哪里疼?父亲总回答没有。我一直怀疑这也是父亲在故意掩盖,如果没有哪里疼,他怎么会每晚都吃止疼药?

医生说,癌症晚期普通止疼药基本没有效果,只能吃吗啡。吗啡没有效果呢?医生的回答是:目前这是止疼效果最好的药。

在父亲最后的日子里,留给我最酸楚和最痛心的记忆是父亲痛苦的喊叫和呻吟。吗啡已经不能下咽,勉强吃下去后不到半小时又开始喊叫,最后,又托人在医院买到了杜冷丁来注射,吗啡与杜冷丁同时使用还是止不住疼痛。我只有看着自己的父亲受苦,只有哀叹着站起来又坐下去,揪着自己的头发跟着受难受罪,第一次体会到无路可走的绝望。

细细想来,这是天灾,更是人祸,我想我必须说出来,为死去的或者活着的。我们追求高精尖的科技、高大上的理想,天天叫嚣着以人为本,却没有俯下身来认真对待脆弱如草芥、卑微如蝼蚁的个体生命;不能挽救生命,至少能减少痛苦,不能减少痛苦,至少给予安乐。父亲一生心空意明、参透世事,却三样尽输,一切尽失。

12月1日凌晨5点50分,我握住父亲渐渐冰凉的手,哥哥把他抱在怀里,在亲人压抑的哭声中,父亲永远离开了人世。

世间种种,到此终结。父子情分,由此而尽。从此,我成了没有父亲的人,人生再没有了来处,只剩下孤单的归途。

知道他得病,无能为力;他疼痛喊叫,无能为力;眼睁睁看着他倒在我们怀里,还是无能为力。所谓父子一场,最终不过是目送而已。

在父亲病之前,我是个粗心的人,从没有用心地照顾和孝敬过父亲。等我醒悟过来，却留给彼此的时间并不多，我只给父亲洗过两次袜子，洗过两次脚，在他昏迷时换过五到六次纸尿裤。他照顾和呵护了我38年，而我照顾他只有区区几天。

父亲的病重和离世，从过程到结果都给我带来很大的痛苦。

我们大多数人是唯物主义者，不相信神灵，以前我也觉得这并没有什么不好。

但父亲的事情让我有种彻底反叛的感觉。

当母亲握着父亲的手说："我们来世再做夫妻好不？"父亲心如死灰地回答："不可能了！"这样的回答让父亲彻底绝望，也让母亲彻底痛心。

我很后悔，没有在父亲清醒时告诉父亲有来生来世，没有告诉父亲他与母亲还可以在来生再见并可能再成夫妻。

当生命的笛声再也无法吹响的时候，在唯物扼杀的世界里我愿意给唯心留巴掌大的一个角落，提前告诉他来世我还是愿意当他的儿子。并让他相信即便我们未来不一定相见，但至少可以相知，会在不同的空间、不同的角落里彼此好好地活着、存在着，并彼此挂念和关心着。

那样，在最绝望最无助的时候，我们都还能看见微弱如萤火的光亮，即便这样的光亮照出的世界如镜花水月般虚无缥缈，也不至于让我们对这个苍凉的世界如此痛心如此绝望。

◎ 绝望的笛子

草木青山

牛栏江畔

古村与毒水

这是一个叫松林的古村,离曲靖市沾益区仅仅17公里。见过太多经过精心打造来历可疑的古村,对于古村很多人是持怀疑态度的。

今天的松林即便已经面貌模糊,但却是货真价实确凿无疑的古村。有籍可考:光绪年间的《沾益州志》卷之一"松林元时设普鲁吉堡",卷之二"松林驿土城在州北二十里,明天启五年(公元1625年)巡抚洪学檄都司王聘选建,周三百丈,高二丈""开东西南北四门,各门皆建二层门楼"。

朝廷在如此偏僻荒远的地方修筑城池,说明此地当时无论是居住人口还是战略位置都已相当重要。凿池修城,其目的无非有二。一是显示无所不在的皇权,二是建立牢固据点,抵御外敌匪患侵袭。这样的记载随处可见:"咸丰八年春,马连升发匪党万余人围犯松林月余,偃旗而归""八年(同治八年)正月初四,匪众袭松林城,有不如约者乘间决战,贼大败逃窜"。

我就出生在这个叫松林的村子里,一直到成年后才离开。在我的记忆里,这个有着两千多户人家、一万多人的村庄大得无边,远远不止三百丈,遗憾的是我没有见过高二丈的城墙。翻阅州志记载,"匪党万余人围犯月余而不能破"曾见证过这个土城的辉煌与牢固，"松林驿马十匹，商铺林立，官商士农往来拥挤"则见证了这个村的繁华与热闹。

这座古村是与历史联系在一起的。远处不说，1936年红二军团先头部队到达松林，沿街张贴革命标语，并在口袋街召开宣传大会，镇压土豪劣绅。当天晚上，大部分红军驻扎松林，他们对老百姓秋毫不犯，当地村民把自己家打扫干净，热情邀请红军战士住宿，谱写了深厚的鱼水情谊。至今口袋街口红军的宣传标语仍隐约可见，北门口还矗立着巨大的红军长征过松林纪念碑。

1942年，远征军新编一军200师戴安澜部赴缅作战，其后勤被服科驻松林达半年多。我外公、外婆至今都记得村里驻扎的洋人"人高马大，部队整齐体面，开着吉普车一直上到杨梅山顶"。即便在今天，村旁的杨梅山上还保留着远征军驻扎时修筑的道路和挖掘的战壕。老一辈还记得这个部队"伙食很讲究，那个年代就吃牛肉、牛奶和罐头。吃穿用度很宽裕，饭煮糊了，直接倒掉"。他们这样说是有根据的，部队才到村庄的时候，曾短暂驻扎在村里，埋锅造饭让很多村民记忆犹新。炒菜在另外一户人家，做饭就在我外婆家。美国人还送了我家一个行军的铝饭盒，我少年时代曾用这个饭盒带饭，只是我至今也搞不清楚，这个饭盒有个奇怪的名字叫"咖拉盒"（音）。上面有几个英文字母，样子扁扁的像个猪腰子，挎着刚好与腰身紧贴，扣上盖滴水不漏，非常好用。

城墙彻底消失时离现在其实并不遥远。

1949年底，解放军滇桂黔边纵与国民党89军驻松林部战斗，南、北城门及部分城墙被炸毁。20世纪50年代末，又传言老城土可以做肥料长庄稼，一时间，全村在锣鼓喧天中大肆开挖城墙，随后城垣也被彻底挖除，几百年的城墙被车拉人挑马驮送往村外的田地里。不出几日，这座古城就失去了往日的面貌，在历史中彻底沉寂下来，只剩下模糊难辨的城埂。

历史被时间的黄沙所淹没，如果不是翻阅史书，今天我们站在村里四处张望很难想象历史上它也曾巍峨过。但实际上，历史离我们并不遥远，多的不说，如果时间再退十多年，志书上有记载的护城河还有迹可循。我家所在的北门外，城埂下就有大小两个池塘，当地人就叫"北门塘子"。上小学时，北门塘子常年不干涸，每到枯水季节总有人用围子（竹篾编的一种类似篱笆的用具）在塘子里围鱼，肥大的鲫壳鱼高高跳起，鱼鳞在阳光下闪耀着金色光芒划出一道道弧线跃过围子逃向更深的水里。可惜的是，到我上初中时，塘子与河流进出的通道被堵塞，清水进不来，污水出不去。

北门塘子在几年间就成为两池死水。水被污染后，农村的垃圾、死猪死鸡都往里面丢弃，过往行人经过此地都要捂鼻匆匆而行。而后，巨大的塘子被泥土和建筑垃圾填满，河道、池塘等护城河遗迹都被抹平，成了光滑的水泥路面或被附近的村民盖上房子，再也不能见护城河道与大小水塘相连，水体清澈，终年流淌，夜间更夫沿城根巡逻，有事鸣锣为号的情景。

不可否认的是，这个偏远村落的繁盛兴衰与一条古道紧紧相连，这条古道就是大名鼎鼎的"五尺道"。

公元前221年，秦国以席卷天下之势，荡平六国，一统中原。

自此，大秦的金戈一举，天下无不俯首臣服。大秦号令一出，快马昼夜驰骋，数日遍达四方，政令法规张榜立文，万民尽悉，皆不敢有丝毫的违逆和怠慢。

皇权笼罩，正应了《诗经·小雅·北山》中的"溥天之下，莫非王土，率土之滨，莫非王臣"。

云南当时当属蛮荒之地，秦始皇统一中原后，虽在云南设置了

草木青山

郡县，但由于云南地处西南边陲，离皇都咸阳实在太过遥远，再加上崇山峻岭的层层阻隔，政令法规的到达总要比中原其他地方晚上一日半载，皇权的威严也减了一二分。无形中，来自皇都的号令声渐渐微弱。

兴许，正是由于"山高皇帝远"，让皇帝颇为不爽，所以圣旨一下，五尺道尽开；兴许，道路阻隔，郡县官吏出行不便，人困马乏，苦不堪言。所以，上奏曰：蛮荒之地，藤缠树绕，车不能入，马不能出，民饮血茹毛，愚钝不化。大秦恩泽不能及，威严不能达，皆道路险阻之故。

于是乎，五尺道得开了。

当然，这些情景，历史上并无记载，只是我今天的猜测罢了，但有史可查的是：秦统一天下后，"分天下为三十六郡，郡置守、尉、监"，公元前250年，秦派蜀郡太守李冰开始在崇山峻岭中修筑道路，因路宽仅仅五尺，所以称为五尺道。后又经西汉武帝发巴蜀兵继续扩修，五尺道从四川宜宾经广南（云南盐津）通往朱提（今昭通），再由朱提到夜郎西北（云南威宁）、再到味县（云南曲靖）至滇池（昆明），然后经楚雄到叶榆（大理）。

修五尺道的具体时间，普遍认为是秦始皇时"略通五尺道"。明诸葛元声《滇史》卷一则说："惠王灭巴、蜀，遂谋入滇，乃使常頞，略通五尺道。"若是秦惠王时即修五尺道，则早比人们普遍认为的秦始皇时近百年。

积薪焚石，凿石开道，五尺道从深山中涉水过江，翻山越岭，蜿蜒而出，绵延1900里。以当时的生产力去完成一项如此浩大的工程，其艰辛程度不言而喻。

五尺道是官方修筑的由中原通往云南的第一条道路，它开辟了秦朝都咸阳经四川与云南内地的联系，五尺道的修筑使川滇之间

"栈道千里，无所不通"。有了五尺道，云南与内地的通道打通了，可以说当时的五尺道意义不啻为处于封闭中的边疆云南开了一道大门或一扇窗子。这条道路一直有不息的人群、往来的驮马和穿梭的车辆，一走就是几千年。

五尺道与历史有太多纠葛和牵连：诸葛亮带领蜀兵南征，七擒孟获；忽必烈挥师迂回包抄南宋；明太祖数十万士兵平定云南；护国军誓师北上讨伐国贼；云南王龙云崛起，冲出昭通……他们走的都是这条窄窄的路。

五尺道的修筑，使云南与中原的经济、文化联系更加密切起来。据文献记载，秦汉时期的关中与四川之间、四川与云南部分地区之间，商人来往于途，络绎不绝，云南的滇僮（奴隶）、中马、犀革、金银、铜锡等源源不断运入四川，而四川的铁器也随之输入云南。

曲靖炎松古道是秦汉五尺道、唐代石门道以及明清通京官道在曲靖的北行段，南起沾益的黑桥，北至炎方驿宣威。

可以这么推测，有了五尺道才带来了这个村的繁华，才会有这个村无数惊心动魄的故事。

五尺道开通后，松林驿作为沾益境内四大驿站之一，官吏兵商、旅士行僧、贩夫走卒都要经过此地，驿站里南来北往的人谈天说地，在穿梭的人群中，热衷松林的便永久留居在此；或问病用药，或养殖稼穑，或招赘嫁娶，这个安静的小村落逐渐热闹了起来。后来，大规模汉民族迁徙入滇，松林又涌入了一批人，经过近两千年的生息繁衍，形成了人口稠密的大村。我家在北门外，离村中心魁星阁不过六七百米，沿途却要经过禄家街、口袋街、北门街、北门前、城埂里、城脚下、桥头启等地，最后才到我家所在

草木青山

的徐家小寨。徐家小寨再往外走，还有一两里地才到村边，又有更多更复杂的地名。这还仅仅是北门，南门、西门、东门也是绵延展开，地名繁杂，人口稠密热闹而繁华。

秦时在蜀身毒道的基础上将五尺道向南修筑延伸至味县（曲靖），五尺道在明清及很长时间内都是通京官道，今天的松林有100多个姓氏，百家姓基本上都可以在村里找到，松林作为千年兵商古驿站有这么多姓氏也就解释得通了。

五尺道的修筑使川滇之间"栈道千里，无所不通"，有了五尺道，云南与内地的通道打通了。直到20世纪30年代，五尺道才被川滇公路所代替。

松林村后的五尺道是从九龙山到沾益城边的黑桥，其中有很长一段当地人叫深沟，深沟顾名思义是险壑沟深之地。

上世纪70年代末出生的人，可能是最后一批走过村后那条深沟的人。那是我第一次也是目前为止唯一一次走通从松林村到沾益县城这一段的五尺道。

那时我大概6岁多，走9公里多的山路无疑是艰辛的，多年过去了，关于这条道路，总有些记忆的碎片在闪烁。

在一个斜坡的路面上，我看见了一长串的马蹄印，深深浅浅，十分清晰，就像马走过软泥路上陷进去形成的，好多都很深，也很大。那时我并不知道这是无数匹马，数不清的挑夫用马掌、脚掌磨出的，是无数生命在大地上雕刻的传奇。年幼的我相信那是天上的神马踩出的，因为它比地上的马踩出的蹄印要大好多，几乎比小碗口还大，两行清晰的蹄印在石头上向前延伸。

这段五尺道除了深深陷入石头的马蹄印给我深刻的记忆，还有"毒水"。"毒水"是深沟五尺道上的一块石刻。在离"毒水"

摩崖石刻不远的坡下，就有一潭清澈的泉水，我小时候喝的"毒水"即此山泉，泉水边压有一块三角形岩石，中间有个圆窝状的石头，泉水从缝隙漏出，人蹲身低头张嘴即可接到漏出的水，当地人说"吃水不弯腰"。

"毒水"怎么来的呢？

据史载：三国鼎立时的公元225年，南中地区的大姓和夷帅倒戈反蜀。蜀汉丞相诸葛亮为解除南中反叛的后顾之忧，于建兴三年（公元225年）三月，亲率军队从今四川成都出发，兵分三路，征讨南中。"五月渡泸（金沙江），深入不毛"，下堂琅（会泽、巧家一带），向东追击孟获，时值李恢兵进味县（今曲靖），诸葛亮就与孟获决战于南盘江上游（今曲靖、沾益一带）。相传诸葛孔明率领南征军返蓉行至深沟（古时名，因道路两边都是高山而得名"深沟"，今天当地人仍然叫这名），群山环抱的道路旁有一潭清亮的泉水。南征的蜀军长途跋涉，口干舌燥、人困马乏，见此泉甚喜，许多部卒都去潭中取水解渴，片刻，饮水者都呈现出疼痛难忍之苦相，有的随即倒地而变哑或丧命。至此，诸葛孔明方知泉水有毒，即刻下令禁止三军再饮。又为了防止过往此处的行人饮用此水同遭厄运，就在泉边的岩石上用马鞭蘸水写下"毒水"两个大字，随军人员用钻子把此二字刻在石头上，用朱砂涂红，以告诫来往此地者，此处泉水有毒，不可饮也！

"毒水"二字是楷体，所以从书体上看，明显不是蜀汉时期诸葛亮所为。《三国演义》第89回也记载诸葛南征第四次放回的孟获逃到秃龙洞，秃龙大王夸口四个毒泉就可消灭蜀汉军队。这四个毒泉"一名哑泉，其水颇甜，人若饮之，则不能言，不过旬日必死；二曰灭泉，此水与汤无异，人若沐浴，则皮肉皆烂，见骨必死；三曰黑泉，其水微清，人若溅之在身，则手足皆黑而死；四曰

◎ 古村与毒水

柔泉,其水如冰,人若饮之,咽喉无暖气,身躯软弱如绵而死"。面对"毒水"二字,读着这段文字,不寒而栗。

演义的事,说来也当不了真。但诸葛亮南征过五尺道应当无疑问。曾经"毒水"有毒也应该是真的。毒从何来?老辈传说,深沟森林遮天蔽日,流水潺潺,百鸟栖集,尤以孔雀成群。孔雀及百鸟粪便排入水中,再经成年堆积的树叶、草药根等发酵以后,水就有毒了。后来,森林没有那么茂密,孔雀等鸟类大大减少,"毒水"也就无毒了。

我曾四次经过"毒水"。

第一次是我上小学前,在母亲带领下走过"毒水"去沾益县城。那时的五尺道是当地人常走的道路,树木葱茏,古道崎岖,为节省一块钱左右的车费,村里人很多都从这条近路步行八九公里到沾益县城。那时的"毒水",有哗哗的溪水自山涧流淌,过往行人都在此歇息喝水。那天,石头缝隙间喷涌而出的水流进了干渴的嘴巴,满脸都是清凉。知道此水无毒,水也甘甜可口,但终究是喝了"毒水",心里还是不踏实,一路惴惴不安。

再后来,是上初中,学校里搞乡土教育,再次到了五尺道的"毒水"边。哗哗的泉水奔涌而出,一群少年少女捧起毒水互相泼洒嬉戏,更有调皮之人喝了清洌的泉水后佯装中毒痛苦"倒毙"古道旁,逗得大家哈哈大笑。

第三次是10年前,人过中年,重新走上这条与记忆中面目全非的五尺道。公路开通后,五尺道早废弃多年,常年没有人走,草木早已漫过路面,道与山融为一体。哪里是路,哪里是道呢?

我一直都在低头寻找记忆中的马蹄印和"毒水",但总也寻不见,树不是原来的树,石头也不是原来的石头。前些年缺少管理,当地人盖房子，修猪圈、打地埂都会来路上撬路面上的石块，又平整又光滑，很好用，很多路段的石头都被撬光了。有些路由于偏远，常年没有人走，早被刺窠长严或者改了道，已经不能完整连在一起。

同行的人惊喜地喊道："找到马蹄印了！"我看着浅浅的几个窝窝，那和记忆中我所见到的相差太远，那不是我所见的马蹄印。我记忆中的马蹄印要比这深得多！但它在哪里呢？掩埋在寂寂的荒草中还是被当地人撬走修了猪圈？

我还在寻觅，陪同的人告诉我，前面草长严了，走不通。的确，前面已经没有了路，只是杂草和灌木。

继续寻觅"毒水"，我循着记忆，想着听到哗哗的水声再抬头寻找"毒水"。但始终没有听到水声，倒是后面的人提醒我："'毒水'到了！"我才知道自己走过了，尴尬中折回，果然是"毒水"，字仍然是那字，但景色却让我不敢相信：没有了水，干枯枯的，旁边杂草丛生，斑驳的石崖上凹着寂寞的字，辣辣的太阳投在上面，映出惨惨的灰白色。

第四次，想去看"毒水"，问家人及附近的人，深沟"毒水"还在吗？回答是在，但很少有人找得到具体位置。五尺道多年不走，草木早已把道路覆盖，除老人外，很少有人知道它究竟在哪里！

这条道路再次出现在记忆中：鲜花灿烂、野草青青、小溪淙淙、深深浅浅的马蹄印、飞里飞去的蝴蝶，没有杀戮、没有血汗、没有车喧马啸，一切都是安静的，树木掩映着弯弯曲曲的道路延伸着，充满故事和无穷新奇，美好得无与伦比。

时光悠悠，古道漫漫，一切都淹没在历史的尘埃中，古道上，再没了当年人喧马嘶的热闹，发生在这条古道上所有的欢乐和悲苦

草木青山

都消失在历史的尘埃中,被大风吹散在空气里,再也觅不到任何踪影。在时间面前,一切都会永恒,一切都会绝望。我想,这就是时间、石头、草木与人的关系:时间流走,石头永远不变,人生一世,不过草木一秋而已。

今天,高速路、高铁早已把这条曾经喧哗的古道远远抛在深山中。天上有飞机,地上有汽车、火车,所谓行走与旅途,是不需要过程的,有个结果就好。一切越省略越好,恨不得把两地折叠起来,直接从虫洞中穿越到目的地,千里万里不过须臾而已!

现代的道路割断了人与道路的联系,道路与周围的村子有隔离栏,人与道路被钢铁、玻璃封闭,沿途村镇里的欢声笑语与你无关,任何风情也传不到你耳朵里,你再也听不见山坡和村庄里的马嘶狗吠。沿途的风景与风情再也与过往的人产生不了任何联系,我们的行走再也不是靠脚一步步去丈量,脚感受不到大地的厚度,大地也感受不到脚的温度。

我们就这样表情麻木地坐在我们自己打造的现代化交通工具里,即便面对面坐着,彼此之间通常也一句话都不说,如一个个装在铁罐子里的罐头。我们自己把自己打包,交给现代化的交通工具把我们托运到目的地,窗外山峰在倒退、村庄在倒退,而我们却心事重重奔向彼此毫不在意、毫不知情的远方。

天生之桥

天生桥是最为常见的地名，在中国，任何一个省甚至县都会有一个叫天生桥的地方。天生桥，顾名思义，就是自然形成的桥，形成原因不外乎山体裂隙、喀斯特或丹霞地貌常见的天然中空或流水冲蚀砂岩而形成的石拱或石洞。形态各异、大大小小的天生桥遍布大江南北。所以，说到天生桥，一般人都会问：哪里的天生桥？因为只有加上特定的地点作为前置定语，天生桥才不至于面貌模糊不清。

我要说的是曲靖沾益的天生桥。沾益天生桥实际上无桥也无拱，说不清楚桥具体在哪里，显得有名无实。但地名这样叫由来已久，一定有其源头，原来或许真有桥，可能由于开凿或者拓宽路面，桥被毁弃。

从一个长远角度看，自然的丰富神奇与生命存在丝毫不亚于人类本身，即便是一座石头桥，也有其鲜活存在证据并有生命时限。形成如此漫长，消失不过须臾，时过境迁，桥已无迹可寻，却空留地名永存于世。

沾益天生桥既没巍峨耸立的雄伟，也无古朴沧桑的秀美，之所以远近闻名，最主要的是它在交通要道上。

在曲胜高速（曲靖到胜境关）和天宣一级路（天生桥到宣

威）修通前，沾益天生桥是320国道与326国道一个重要的交会点。曲靖沾益段是两条国道上唯一重合的路线，天生桥恰好在分岔交会点的"丫"字路口，东北往宣威方向的道路为326国道，一直延伸到重庆秀山，拐向东边往富源方向的为320国道，通往2000多公里外的上海。

那年代，天生桥类似于古代五尺道边的一个驿站，很多车辆在此停留。司机到此地，喜欢一把方向拐到天生桥路边空地前，一脚刹车踩定，汽车"嗤"的一声，地上腾起一层厚厚灰尘。然后，司机把油腻的手套往座位上一丢，"哐当"关上车门扬长而去，一路颠簸昏昏欲睡的乘客一脸迷茫，推拥着钻出车厢面面相觑。

一车一车的人先后抵达又离开，附近饭店、商店、加油站、小摊立刻热闹起来，钱攥得再紧的人也知道要"放点血"。往富源方向走的人明白，过富源就到贵州盘县；往宣威方向走的人也清楚，过宣威就是贵州威宁的地盘。外地再好终不似故乡，近乡情怯，离乡同样也情怯，"西出阳关无故人"，离开家乡出省，总担心人生地不熟找不到吃的喝的。所以，车停下来后，总要消费点什么才是。有钱的进饭店进商店，没有钱的就从当地人手中买几个烧洋芋或烧苞谷。当然也有实在不饿的乘客就这么"干扛"着，一个镍币也不掏，什么东西也不买。不要紧，长途乏累，车辆闷热，正好出来在车外抽烟、伸懒腰、三三两两吹牛或者无所事事抬头看天。一时间，路边的空地上，到处是叽叽喳喳的人群，乌压压一大片，特别热闹。吃喝好了，正等得焦急，司机剔着牙不知从哪个角落走过来，大家又各回各车，鱼贯而入塞满车厢，怀揣不同的心绪和目的，奔向茫茫远方。

这是上世纪八九十年代的天生桥，充满人间烟火。

那时，最好走的路就是国道。今天看来，那时的国道显然不够宽敞不够直，有对头车不说，还只不过两三个车道；但在那个年代，柏油沥青铺设的路面，平整光滑得如绸缎黑黝黝延伸着，已经是相当讲究。汽车速度不快，只不过几十码，可带起的风力足够把路边水桶粗的大杨树叶片鼓动得哗啦啦响，如果窗外天气不错，坐在车里凝望蓝天白云下群山如黛、村庄俨然、稻田金黄，山野香甜，温暖的气息扑面而来，让人不由得想哼起《北京的金山上》"我们走在社会主义的大道上，巴扎嘿"。

国字头的道路是最好的道路，但国道以外却是另一番景象：村与村之间基本都是土路，好一点的是弹石路面，用狗头大的石头铺就的弹石路并不好走，车走在这样的路面上，颠簸震动得让人怀疑人生。但这还不是最糟糕的路，很多村与村之间和村里道路都是土路，坑坑洼洼不说，一到雨季，道路泥泞不堪，机动车无法通行，只有牛马骡车在稀泥没过脚踝的路面上进退维艰地挪动。低洼之处长期积水，烂泥甚至可以没过膝盖，这样的路连牛马看见都搓着脚往后退。

由于道路不通畅，村里的人能到达的远方并不远。村与村之间如果隔着几十公里，即便在一个乡镇，没有特别的事，都不会去，比今天的出国还难。村与村虽然已经阡陌交通，鸡犬相闻，但相互往来非常有限。那时，离国道不远的村落有种天然的优越感，说话声音都比其他村的人大声武气些。

交通不便，带来的是经济的滞后和与外界的脱节。

千万不要以为，各取所需、以物易物是远古石器时代才干的事情，从今天往回推20多年，由于交通不便利，相对偏远的村庄里以物易物还很普遍。以物易物看似原始落后，受当时交通所限，实则实用方便。举个例子来说，偏远山区旱地多，苞谷产量大。村民想吃米，最方便的方式不是把苞谷搬到街上卖掉然后用卖苞谷的钱买

草木青山

米再搬回家，搬来搬去费力不说，最主要的是交通运输成本太高。所以，最为直接的是以苞谷直接换米。为此，那年代诞生了一个很大的产业"换米"。道路条件差，运输不便，如何把米送到最需要的地方赚取差价，交通工具成了最为关键的因素。起初马车把坝区里的米运往山区换苞谷、麦子、荞子等杂粮赚取差价，但马车到达的最远距离始终不过方圆十公里。家家有马车后，从事这一行业的人多，赚钱变得越来越难。

后来，为了到达别人难以到达的地方，一部分人又买了拖拉机；再后来，拖拉机多起来，先买拖拉机的人又把拖拉机卖掉买轻型小货车。距离从方圆十几公里扩充到五六十公里，圈子越画越大。当然，随着生活水平的提高，所带去的物资也越来越丰富，除大米以外，车上还拉着通海的面条、沾益的小粑粑、小后所的自烤酒，甚至整箱的苹果、雪碧和可口可乐。

我之所以这样清楚，就是因为我们村离天生桥并不远，326国道就在村边。1996年，为"换米"能走得更远，家里咬牙买了一辆拖拉机，为了安全停在家里，连老屋大门都拆了。

《桃花源记》有这样的句子"问今是何世，乃不知有汉，无论魏晋"。交通不便，不单是物资上流通困难，更带来了信息上的闭塞。我清楚记得，1998年暑假期间，我在离我们村大概40公里的一个偏远村庄，才知道村里很多人没有去过几十公里外的沾益县城，惊奇发现还有部分老人不认识也不会用钱，很多人竟然看不懂秤更不会算账。交易全凭良心和诚信，双方做到秤平斗满，童叟无欺。养出来的猪也没有这么大的秤过磅，习惯用"打黑锤"的方式交易，也就是在黑乎乎的猪圈里摊开手掌拃一下猪的高矮胖瘦，一口价就达成交易，赚亏双方无怨言不反悔。

好在，曲靖前几年就在全省率先实现"县县通高速"，建制村公路建制村道路全面实现硬化。没有切身经历是体会不到交通的改善对于周边的人和我们的生活带来多大的改变。现在以物易物基本上没有了，再偏远的村落，年轻人手机一点，即便是国外的产品也有快递小哥送上门去。村与村之间，村子与城市之间往来频繁，说到距离也就几脚油门的事，这个村一脚，那个村两三脚。

这样的变化，算来也就短短二十多年。

至于天生桥，曲靖到胜境关、沾益到宣威的高速打通后，天生桥再没有了当年的热闹。天生不天生，好像不那么重要。就说世界第一高桥——北盘江第一桥（当地人习惯称泥猪河大桥）就在宣威境内，桥面到泥猪河的垂直高度565米，如果不是人造，这样的高度和跨度，靠天生，再等几亿年也未必吧。

好骏一匹马

猴街上有人喊了一声,我转过身去,却没有看见人。

赶集天,街上人来人往,沸反盈天,可能是听错啦。

我从高中就离开了村子,回老家的次数寥寥无几;再加上岁月不饶人,即使还没到"少小离家老大回,乡音无改鬓毛衰"的年龄,人到中年,也没有了少年的模样。小时候熟识的人走着走着就散了,走在村里的集市上,能辨认得出并打招呼的人少之又少。

猴街不是街道名称,当然也不是卖猴子的地方。村里多年来一直沿用十二生肖赶集的习惯。

又喊了我一声,声音不大,却近在耳旁,这下我听清了。

转身看去,一个老倌,邋里邋遢,须发全白。

不认识啊!但出于礼貌,我还是答应着。

他有些怯怯地问,你是某家的儿子吧,你舅舅叫某某吧。我忙说是呢,但眼里还是有些疑惑,我家亲戚吗?不是!街坊吗?也想不起。谁呀?

他高兴地说:"我人老了,但眼睛不错吧,怕有二三十年没见,还真是大侄子你呀!我给你家还有你舅舅家、你隔壁那几家都医过马,记得不?那年,你家有匹黄骠马,高头大马,讲究得很,你还记得吧!"

草木青山

啊，想起来了，是村里最著名的兽医树林叔呀。因为他一条腿瘸了，走路一瘸一拐，村里人都叫他"跸树林"。那些年，家家户户养马拉车耕地，兽医特别是医术高明的兽医，比村长还要出名。我们那个年代的人，怎么会不认识他呢？他比我父亲年龄要小几岁。

只是，多年不见，怎么会老成这个样子？

他不提，我还真忘记了那匹黄骠马。现在一下想起来了，通体棕黄、身形修长，啃着青草，打着响鼻，甩着棕色的尾巴，脖颈上黑色的鬃毛齐刷刷地立着，如挺立在崇山峻岭之上的长城。

我喜欢马，即便我骑马曾摔断过腿。但马鬃挺立、鼻息温热，有着明亮的大眼睛，透彻开阔如含着一汪碧水蓝天，眼帘闭开之间，让世间万物都温良恭俭让。

那匹马是我们家养过的最好的一匹马，遗憾的是，也可能是最差的一匹马。

"行天莫如龙，行地莫如马。马者，甲兵之本，国之大用。"汉伏波将军马援曾经这样论述过马的作用。家里这匹黄骠马虽不是骏马名驹，不能绝地足不践土，更不能腾雾乘云而奔。但无论谁见了都会赞叹句：好马！

云南多山地，当地的马一般是个头相对矮小的云南本地马。本地马外形普通，但吃苦耐劳，上山下坎，拐弯抹角，矫健灵巧。但这匹黄骠马却与众不同，他足足比村里的本地马高了两个拳头，身长也足足多出一尺有余。奔跑的速度，本地马更是望尘莫及。奔跑起来，踢踏有声，蹄声嘚嘚，不几下就甩开马群箭一般绝尘而去。

它站在草坪上，自有一股霸气。吃一会儿草就用前蹄扒拉地面，把头扬起来，咴咴冲天叫唤几声。风入四蹄轻，万里可横行。只有这样的马，才能让人想起"塞马一声嘶，残星拂大旗"。

这样一匹马，谁能相信，竟然是父亲用一匹十多岁瘦骨嶙峋的老马换的呢？等价对调，不加一分钱。人人都说，哪里有这好的事情，捡着大便宜了！

父亲把马拴在梨树下，吸着水烟筒，看着他的马，水欢快地在竹筒里咕噜噜翻滚，吐出一阵烟雾，烟雾中的马越发俊朗矫健，宛若天马。

恰好跸树林经过，看见拴在树下的马，一下站住。父亲招呼了一声，递了一支烟给他，他们是老朋友。他把烟夹在耳朵上，一歪一斜过去看马。马在专心吃草料，毫不理会，树林叔揭开马嘴看了下牙齿，又俯下身去，把马腿拎起来，仔细打量四只蹄子的形状和磨损程度，又在马的前后站了一两分钟。

他这才点上烟慢慢走过来。"我揭开过口了，从牙齿看得出才四五岁，正当时呢！"父亲有些得意地说。

树林叔坐定，吸着纸烟，悠悠地说："这马不是本地马，是匹少见的好马。"弹了弹烟灰叹口气，"马是好马，但这马生瞎了地方。这马太聪明，牲口太厉害，人使不住。不会拉车更不会耕地的马，在农村毫无用处。"

聪明不好吗？我们都一愣。

"人聪明还好，但牲口一聪明就把人与它自己都害了。牛马不屈服耕地拉车的命运，突然醒悟了，那痛苦和麻烦也就来啦。"

"当然如果是匹骑马，比如赛场上的赛马、古代作为交通工具的骑马或者战场上的战马，聪明是好事啊！这马生错了地方，落错了人家。在农村拉车耕地做苦力，需要那么聪明的马干什么，憨马更适用。"

"何以见得它聪明呢？你最多看了几眼啊。"父亲有些半信半疑。这家伙在村里不仅能医马还比较懂马，说起马来头头是道，他

草木青山

的话不得不让人心里犯嘀咕。

树林叔从小得了小儿麻痹，落下残疾，却莫名其妙得到了一门医马的本领。据他自己说，小时候有个山西逃荒的老倌，受他家几餐饭的恩惠，看着他腿脚残疾送给了他一本手写的《疗马经》。也怪了，识字不多的他却一下看进去了，走着坐着睡着迷冲冲地研读，到最后基本上能背诵，见到马总是细细研究，较短比长。对于马的性格总能研究得八九不离十。他与其他乡村兽医不一样，给马看病时，不用任何现代医疗设备，听诊器和针筒从来不带。挎上一个装着灌勺和草药的油腻包包就走，像中医给人看病一样，望闻问切。

可马不会说话，不可能开口表达病情，那就观察马的行为、走路姿势、粪便，伏在马的肚子上听内脏蠕动的声音。他与其他兽医还不同的一点，是把病马当病人陪护，他会直接睡在马厩边日夜看守病重的马，根据马的病情不断调整药方，直到马完全康复才回家。

马与他非常投缘。有人说他是马变的，前世就是一匹马。这样说的时候，大家一看，呀！长得还真像马：大而清澈的眼睛如马眼，矗立的头发如马鬃，就连耳朵也很像，好似会转动呢。

虽然树林叔这样说了，但父亲从心底就不相信有什么马他使不住。那年，父亲也就40多岁，从在生产队时就使唤牛马，包产到户后已经使过两匹马，再烈再聪明的马对父亲而言也不过是牲口！笼头一套，马嚼子一勒，车架耕索往它身上一扣，什么样的牲口不得服服帖帖？

树林叔说，一般的马要么痴呆要么胆小。这马不一样，离得远它根本懒得看你，傲气得很！走近了，无论你在它旁边还是身后，它都会用余光盯着你，眼睛贼溜溜的。耳朵转动捕捉微小的声音，时刻保持警惕。但一旦判定你靠近它并无恶意,无论是揭开嘴唇看牙还是提腿看蹄子,它都相当配合,不费力。

这马太精明了,根本不可能甘心拉车耕地做重活憨活。"不信?我帮它穿鞋,一定乖得很,我一个人就可以完成。"

给马穿鞋也就是钉马掌。这匹马的马掌是该削该钉了。四只马掌,一只已经脱落,另外三只已经磨得快没凹槽了。

树林叔走过去,俯下身子靠在马的侧边,一只手提起马掌抱在腰杆的侧边,另外一只手拿着一个削马掌的小镰刀,二话不说,唰唰地削起来,马不惊不惧不动,就这样配合着。

啧啧称奇!

一般的马要拴住且得把缰绳收得尽可能短才能削马掌。削马掌类似于给人剪指甲,要把马蹄修得整齐溜圆才便于钉马掌。削马掌一般需要两个人,一个双手抱着马蹄子,另外一个人削。更有调皮的马得牵到有横杆的铁架子里,但马还是动来动去,削马掌费精劳神,一身臭汗。

这是个力气活也是个技术活,不能削得太浅也不能太深。浅了马蹄削不到位,失去钉马掌的意义;深了不小心削到肉,沁出血马脚就受伤了。削好后,把方头的钉子敲弯,用小钉锤沿着马蹄凹槽的洞把钉子敲得反过来,把钉头扣好再敲平才算钉好了。有了马掌的马相当于人穿上合脚的鞋,在任何路面上行走不伤蹄、能出力。有鞋的马蹄踏在地咔嗒有声,摇头摆尾更加神气。

钉好马掌,我想趁机骑上溜一圈。这马真高啊,跳不上马背。我把这匹马牵到石坎下,站在石坎上,跳了伏在马背上,像翻围墙一样翻身骑上马背。农村骑滑马,没有鞍子也没有脚蹬,更没有毯子。直接骑在马背上,对人与马都是考验。策马奔腾看似潇洒,对于生手实则痛苦不堪。初骑时,整个人都要被颠散架,第二天浑身

草木青山

酸痛，特别是两条腿根本提不起来。酸痛严重时，一拃高的门槛都会成天险。要迈过门槛，只能用手把一条腿抱过门槛去，再抱过另外一条。两腿被马颠过一天，酥软得根本没有丝毫力气。要适应骑马，只有坚持经常骑，在马背上颠来簸去时间久了，适应了这样的节奏，才不会再酸痛。

只有到那个程度，才能体会人马合二为一，纵横狂奔的快乐。

这是我骑过最好的滑马。马背厚实宽阔，微微凹着，像豪华的哈雷摩托。我在马背上夹紧马腹、抓紧马鬃，抖抖缰绳，马踢踏前行，缰绳把马头拉起，只轻轻一声"驾"，胯下之马飞奔而去，树木房屋飞速后退。那种感觉，就像今天涡轮增压的汽车，爆发力瞬间释放，猛然向前蹿去。

毫不怀疑，这是匹好马！

但可悲这马真是生错了时间和地方。有句话叫"人各有命"，其实马也是，农村不是赛马场也不是战场，骏马和劣马的转换由不得马也由不得人。

聪明的马应该明白有些命运抗争是无用的。可马毕竟是马，哪里会懂得审时度势、能屈能伸的生存哲学呢？

后来的实践证明，这马真是砸了！能勉强拉车，但不拉重，上了两百斤，站在坡底就不走；至于套耕犁耙，根本就不可能。任你抽打，又跳又跃，一纵而起，前蹄在空中翻刨，比人还高出半截。这样顽劣不逊的马让人愤恨，几乎人人喊打。拴到树上抽打，打得木棍都断了，鞭子打得条分缕析，人累得气喘吁吁，细细的马毛下渗出针尖大的血珠。但它还是毫不屈服，不拉重车不上犁耙，毫无改观。

养了个祖宗啊，越看越生气。再骏的马看着也别扭！

只有请树林叔了。树林叔看着被抽打得伤痕累累的马，走过去拍了拍马头说："哎，小伙计，不听话啊！不认命有你受的。"

马打着响鼻，"噗"！然后仰着头，看了一眼人，又从鼻孔吹出一声"噗"。

大家都问，有什么办法治它整它，让它服帖！

树林叔不出声，兀自在树下掏出支烟点上，也不抽，用手攥着，一脸幽戚："办法不是没有，把咬扣上着，前面有人扯着，铁嚼子在牙上，缰绳一扯，敢不走牙就废了。还有马有几个地方是非常不耐痛的，后退时锥子扎下去，没有它不走的路。"

"可这样做，不人道，太残忍。牲口也通人性呢！"树林叔声音低下去，面对马，第一次没有了底气。

"这样做要么治下来，要么这马就废了。废的意思不是残废，而是马彻底与人杠红眼，宁死不屈，以后人连骑它都不可能。"

父亲沉吟了半响，抽了一支烟，然后做出了一个决定："哎！不碰它了，它是这样的马。来错地方，落在我的手里。我没办法治它，但也不能毁它。"

做出这个决定很意外。那天，马拉车不走直往后退，我去牵马，马蹄子扬起来，蹭到我头皮，鲜血直流。

拴在树下的马，挨了重重的一顿抽。那匹黄骠马一反常态，不跳不躲，像犯错的孩子，再抽只是抖，整匹马都在抖。

父亲做出这个决定后走向了马，马扬起头，露出惊恐的眼神，吓得团团转。但父亲过去只是翻了翻马料袋，把掉在外面的玉米粒又捡了丢进去。

一个月后，父亲把马牵到市场上卖了。

认识父亲的马贩子说："你老哥怎么上这当？这马被卖了好几次，也不知哪里贩卖来的，遭人嫌弃被卖了好几次。"

一再到市场上倒腾的马让人疑窦，其实在当地并不好卖。没什

◎ 好骏一匹马

草木青山

么问题谁会卖这样的马？那天卖了一个不太理想的价。被马贩子牵走的那一刻，我突然很后悔我重重地抽过它，也很不舍，如果只是养着骑，那真是匹好马啊。

多年后，看过斯皮尔伯格导演的《战马》。有个场景让人喘不过气，生在战争年代的马，拉着陷在泥泞中的沉重的大炮往山顶走，鞭影声声，气喘吁吁。直到马耗尽体力，被就地枪毙。

这让我突然想起了多年前家里的那匹黄骠马。

马中赤兔，人中吕布，越影逐日，爪黄飞电，的卢越溪。这是历史上的名马。

悲哀的是即便是昭陵六骏首位的飒露紫，如果身上驮的不是唐王李世民，前胸中再多的箭，也不会以浮雕形式定格于历史，更不可能人马相依，以忍痛相抚双目沉沉的神态屹立千年。

《史记》记载：项王骏马名骓，常骑日行千里。及败至乌江，谓亭长曰"吾骑此马五岁，所当无敌，不忍杀，以赠公"。

就凭借这点，读李清照的"生当作人杰，死亦为鬼雄。至今思项羽，不肯过江东"，在成王败寇的历史长河中，相信了项羽是贵族后代，也配得上"人杰"二字。

现在，在老家两千多户的村子里，找不出十匹马。屈指可数的马是上了年纪的老人养着舍不得丢弃的。马老了，不知其可；人老了，也不知其可。

被人遗忘的乡村，儿女远离，秋风落叶，人与马正好相依做伴。

村子里早不是马的世界。路上跑的都是车，满街汽油味。要知道，当年我们村至少有一千多匹马。每天晚上，村里主要几个路口，人喊马嘶。

现在，没有马的村子，《疗马经》成了废纸。而无数匹马，也不知所终……

树林叔与我打过个招呼就走了。还是一瘸一拐，走路高一脚低一脚，但已慢得多，老得不成样子，再没有了当年的气势。

谢谢他，他经手过的马成千上万，竟然记得我家几十前的一匹马。

从今天的角度来看，好骏一匹马！

他的提起，让我再次想起这世间，曾有过一匹俊俏的马。

也让我想起哲学家尼采在路上，看到一个农夫在鞭打自己的驴，尼采不顾一切上前救护，抱着驴头失声痛哭：我受苦受难的兄弟呀……

草木青山

点点滴滴

狗的腐化堕落

要循着记忆,才能走向村北的小河。

一路走过,房前屋后不见人,从紧闭的铁门后偶尔传出零星的狗叫声和老年人沉闷的咳嗽声。空泛的声音撞上铁门弹回空荡荡的院子,再翻出高高围墙而后重重跌落在水泥地面上。

空旷的村落人声寂寥,这样的路上一天难得有几声陌生响动,我"嚓嚓"的走路声无疑惊扰了正在午睡的狗。狗吠并不意味着狗就醒来,听见响动,梦中叫几声只不过是它的条件反射。

农村的狗并不是当宠物养着玩,主人赏它一碗干饭及半碗肉汤不是让它在村里闲游浪荡晒太阳,农村土狗突出的是看家护院的实用功能。

有人走过,即便是虚张声势也要立刻做出反应,遇到动静还沉默不语呼呼大睡,主人往往在一句"熬汤锅的"骂声中过去就赏它一闷棍。

人无远虑,必有近忧。

都说狗是聪明的动物,一句"熬汤锅的"定能让它醍醐灌顶。好在汤锅的远近全由自己掌握,它活得心知肚明,如果还稀里糊涂弄不清主人赏干饭的目的,那脖子上的狗头就危险了。

当然,现在的狗天天被关在大门紧闭的院子里,无形当中闭了

草木青山

它的关也锁了它的国,没能开眼看世界就不如以前的狗见多识广。以前村庄路边的狗有着丰富的经验,吠叫时机拿捏得分毫不差。它们阅人无数,什么是好人什么是坏人,趴在地上不用起身眯缝着狗眼就能判得八九不离十。

以前这条路是村子里的主路,我所在的松林村是远近闻名的大村,有着近两千户人家。每天车来人往,人喧马嘶,如果稍有响动就吠叫,那即便是主人每天喂它一瓶金嗓子估计不到傍晚它就只能哼哼唧唧。你走你的路,它睡它的觉,绝对不多管闲事,珍惜每一滴狗唾液,不做无谓的恐吓吠叫。

农村的狗大多行事低调,通常夹着尾巴顺墙根走,绝不张牙舞爪,也不搔首弄姿逗主人傻笑。农村土狗一般被拴在门背后或者窗子下,呆头呆脑长着一副挨打欠揍的模样,看似诚实可欺,但一旦有陌生人越过它自己划定的警戒线,废话少说,"汪"的一声突然纵起,声到狗嘴开,直接下口开撕。所以那年头的狗,不用发声恐吓,更不用向谁发出严正警告,趴在那里就不怒自威。

现在的狗与以前的狗有区别,农村的狗与城里的狗也不一样,时差加城乡差别,差距大了去。

某天在小区电梯里,电梯要关门的时候,钻进一条狗,狗绳子后面牵着一个女人。狗鼻子到处嗅,一直嗅到我与上幼儿园儿子的裤腿边,电梯狭窄,儿子无处可躲。这女人突然说:"不要吓到哥哥,乖宝宝,来妈妈这里。"女人稍一弯腰,穿着衣服和鞋子的狗就跳到女人的怀里,用鲜红的舌头舔着女人的脸,一阵花枝乱颤的笑声把电梯有限的空间塞满。我不好意思地笑笑,女人对怀里的狗说:"快叫叔叔!"我对突然多出个狗至亲无言以对。

想着这些鸡零狗碎的事,我走到一棵高大的梨树下站住了。在空洞的狗叫声里,我想起了少年时代这棵树及拴在这棵树下的一条狗。

这棵树至少有两层楼那么高，有成年人腰身那么粗，直到今天还枝繁叶茂。当然，当年吸引我们到这棵树下并非树高大优美的外形。

少年时代的我亲眼所见，这棵树的大黄梨全部摘下来，能装满整整一马车。在那个并不富裕的80年代末，这车梨拉到乡镇或者城里卖掉就是笔不小的收入，采购柴米油盐，缴纳娃娃上学费用，很大程度减轻了一个普通农家的负担。所以主人在梨成熟前盯得非常紧。梨树离地一人高的位置放倒挂刺围挡，树下拴狗，一位老奶奶坐在离梨树不远的屋檐下盯着，三重保护，确保万无一失。

大黄梨成熟得较晚，摘完整整一马车梨后，主人家会有意把树最顶端的梨留下来，专门留到中秋节供自己及亲戚朋友享用，数量十分有限，只有一筛子左右。

由于梨的数量不多，主人家盯梢得并不紧，老奶奶拄着拐棍上街或找村里其他老人晒太阳聊天去了，仨瓜俩枣值不得天天守着。只剩下团团围住防止攀爬的倒挂刺和一条拴在树下的黑狗。

倒挂刺不过是象征意义，如果没有拴在树下的狗，倒挂刺无疑就是个笑话。小伙伴里爬树高手众多，用竹竿挑去倒挂刺，噌噌噌三下五除二就可以爬到树顶摘个精光。

偷摘村里的果子，我们曾有过无比娴熟的配合经历，比如摘一种叫"花红"的酸甜小果子。

花红只有鸽子蛋大小，掉在树下菜园里难以寻找又浪费时间。我们发明了一种高效率的偷摘方法，两人拉块油布或破床单展开，一人爬上树扯着缀满花红的枝条使劲摇晃，花红如雨点坠落，不偏不倚正好落在油布或床单上。只听见哗哗的树叶如大风吹过一样，连果子落地的噼啪声都没有。摇得差不多，跳下树来，拍拍手上的灰尘，一卷一收，裹起来甩在背上扛着就走。

当然，偷果子也有过失败：把主人家屋顶石棉瓦踩塌，直接连人带果子跌落到猪圈或者在竹林里瓜分胜利果实时被逮个现行。但总体上说来，少有失手的时候，只要是我们盯上的果子，再怎么看护实质上都没有什么用。一般来说，我们怕狗不怕人，原因很简单。大多是老人看守果子，我们被发现就狼奔豕突，老人根本撵不上我们。况且同一个村子的人，不是沾亲就是带故，小孩子偷摘几个桃李，没有人会真当回事，撵开就行。

可狗不一样，听说狗不能分辨色彩，狗眼看世界非黑即白，所以人只是被它简单划分为生人和熟人两类，没有地位阶层，没有贫穷富贵，也没有人情观念。即便是村长家儿子、村主任家小舅子，只要它不认识，那对不起啦，照样疯了一样地往死里追杀。狗腿子虽短却迈得比人腿快，即便你跑得黄疸水都吐出来也未必甩脱得了。

要摘大黄梨，最为棘手的是树下的狗。

这是条典型的哑叉狗，皮毛黝黑，身材高大，白牙闪着森森冷光。哑叉狗是农村人对只下口不出声的狗的俗称，有常识的人都知道，咬人的狗不叫，叫的狗不咬人。对着人只会"汪汪汪"吠叫的狗只不过是虚张声势，借它十个胆未必就敢下口，特别是边疯狂吠叫边往后退的狗，就算你把腿洗得白白净净抹上蜂蜜送上门去，狗嘴也未必就敢张开。

哑叉狗则不这样，它们处理突发事故沉稳老练，狗头匍匐于地表，龇着牙呜呜前行。如果你还不知好歹靠近，那它也懒得吠叫，当血珠子在裤管上冒出时，你再看狗的眼睛，就知道狗眼看人低的真正含义了。那是真正的蔑视，是狗打心底里对人的无尽的嘲讽和鄙视。

哑叉狗还有个特征就是小心眼，死脑筋，睚眦必报，心胸狭窄得只有指甲片宽。

我小时候曾用竹棍抽过一条哑叉狗。

那时候它还小，毛发稀疏，身子瘦弱很不起眼。看着它整天躺在路边晒太阳而我还要去上学，嫉妒和失落之下，莫名起火顺便抽了它几棍子。

天地良心，抽它只是为了好玩并无恨意。可悲我看走了眼，根本没有料到一年以后它就长得那么威武雄壮，也没有料到它是那样记仇和小肚鸡肠。我去上学，它天天在路边恭候着我，专门找我麻烦，我提心吊胆经过它的地盘。我被它伏击过多次，简直惊心动魄、黄疸水倒流。

怎么过梨树下哑叉狗这一关，让我们很是为难。这条黑色的哑叉狗整天在树下酣睡，一旦我们靠近，它立刻纵身而起，五米之内人狗通杀，寸草不生。

虽然狗被拴在树下，但它的杀伤半径，如今天的火箭军在树下布置了东风21导弹，足以对心怀不轨的人形成巨大威慑。好几次我们试着靠近，如不是拴狗的绳子牢靠，这枚导弹早就发射在我们小腿上爆开血花。

硬攻肯定不行，我们的腿不是铁打的，经不住犬牙交错。

慢慢地我们发现这狗的胃口奇大，但主人超级小气，狗碗被它舔得闪闪发亮，能照出它意犹未尽的狗脸。

贪吃狗遇到吝啬主人，如鸡蛋有了缝。我们商量着每人带一个煮洋芋给狗。可狗也有狗的节气，它也要狗脸。起初，对我们丢过去的洋芋它根本就不搭理，狗也要脸面呢。

高高在上的大黄梨闪着灿烂的光芒，那种诱惑和调戏，快让我们崩溃。

◎ 狗的腐化堕落

草木青山

在浪费了好几个洋芋后，我们心如死灰。有一天下午放学，我们路过这棵梨树。初秋太阳热辣，一只秋蝉在梨树顶上声嘶力竭地独唱。往天的这个时候，狗早在梨树下闭目养神。但那天的情形有些不同，大门紧锁，不见炊烟，狗在树下转着圈圈，坐立不安。看见我们竟然发出呜呜的叫声，眼中充满了哀怨。一个机灵的小伙伴说："怕是忘记了喂狗吧？"我们抱着试试的心态，把吃剩的半个洋芋丢过去。饿疯了的狗把丢过去的洋芋凌空接住，狼吞虎咽。

堕落第一步滑出去便一发不可收拾。趁着主人不在，即便是洋芋和冷饭团，狗也统统来者不拒，一律下了狗肚。狗终于晚节不保，迅速腐化堕落与我们结成了统一战线。喂了若干次后，吃人终是嘴短，即便我们不带任何礼物，狗也会主动起声打招呼，把尾巴摇得如春风摆柳。

再没有比这滑稽的场面了，我们爬在树上，狗摇着尾巴抬头仰望着我们，投来赞许和肯定的目光，一副相亲相爱一家人的和谐场面。我们把树上的梨摘个精光，临走时我们在狗背上抹了抹，拍拍它的狗头，赞扬它的懂事和乖巧。它欢快地躺下，四脚朝天向我们撒着娇。

下次再经过那里，狗看见我们，仍然卖力地摇着尾巴。可那年头，人都吃不饱，没有了梨，即便它把尾巴摇断，我们也不再丢给它任何东西。

梨树还在，当年被我们贿赂的狗早已不知淹没在了岁月的何处。

村里空荡荡的，年轻人涌向城里，门前冷落车马稀，各家各户大门紧闭。村子里也学城里养起了与猫差不多大的宠物狗，遇到生人，吠叫声如青蛙或者婴儿咳嗽，没有任何威慑力，无尖爪利齿，只会讨巧卖乖。现在的狗甚至不会看家护院，遇到危险转身就跑，或者干脆缩到主人后面把主人推到水深火热的前线，置人安危于不顾。

吃着狗饭不做狗事，不思知恩图报，简直狼心狗肺！

这样的堕落和腐化速度，简直气死狗祖先。

◎ 狗的腐化堕落

河上捕鱼者

鸡零狗碎的日子如一地鸡毛漫天飞舞，时常感叹日子过得如狗撵一样快。中年人路过少年时的村庄，我忍不住还是哀叹一声：这日子，岂止狗撵，简直是疯狗在撵！

不想它，还是继续往前走吧！

出村不远，站在高坡上，想着前方一望无际的田野与纵横交错的小河小溪，心里突然生出期待和激动。

云南群山连绵，少有平地。都说靠山吃山，靠水吃水，但很明显，吃水的难度小于吃山，原因很简单：水里的东西种类丰富，可吃的东西相对集中。而山呢？群山莽莽，除了草药、菌子，动物不能捕捉、树木不能砍伐，还能吃什么呢？草药长在漫山遍野的荒草中，如果不熟悉草药的习性，即便把眼睛鼓得"决眦入归鸟"，未必就能找到一根草药。

至于菌子，也不是那么容易吃到的。

云南是菌子的王国。菌子好吃，也值钱，有些被炒成天价。比如一种叫"松露"的野生菌，长得黑不溜秋，丑丑的，样子像煤球或猪睾丸。至于味道，众说纷纭一言难尽。但这种黑色的松露，传说中国境内就只在云南部分地区及四川西部有，数量有限。物以稀为贵，松露出口到西欧后，价格贵得离谱，成百上千欧元一公斤，

草木青山

即便是欧洲的上流社会，也不可能经常吃得起。

这种黑松露，我们云南当地人叫块菌或猪拱菌，在没有出口前，山里的老乡往往直接端上一大碗，用酱油蘸着吃或丢到火塘里烧熟啃着吃，根本不当回事。但价格炒高后，显得弥足珍贵，谁再这样吃就是暴殄天物，与牛吃牡丹无异。

猪拱菌珍贵，但很少有人能找到。

猪拱菌是种十分奇特的菌子。它生长在地面以下，地表之上无迹可寻，须靠有奇特感应的母猪才能挖掘到。母猪的嗅觉极其灵敏，在几米远的地方就能闻到埋在地下二三十厘米的猪拱菌。可这并不说明母猪天赋异禀，只不过是猪拱菌的气味与诱发母猪性冲动的雄甾烯醇类似。母猪闻到松露气味，以为它男朋友藏身地下，欲火焚身，不管三七二十一，跑过去用它的长嘴巴一顿乱拱，拱得个地老天荒，拱得个昏天黑地，所以当地人称松露为猪拱菌。

但用猪来帮助人寻找松露不太可靠，猪毕竟脑子简单，关键时候并不可靠，闻见松露的特殊气味，情欲冲昏猪脑子，根本听不见主人的呵斥甚至感受不到荆条的抽打，火急火燎地将拱出的菌子一口吞掉，只留下目瞪口呆的主人搓脚拊掌。所以，后来又训练嗅觉灵敏的狗来寻找松露。牵着狗上山总比牵着猪上山方便和有派头，最重要的是，松露气味，狗能闻见但刺激不起它的情欲，所以狗只刨不吃，比猪安全稳重得多。

都说高手在民间，也有很多有经验的人凭感觉和脑里的地图寻找松露，主动权不交给猪也不托付给狗。当然，这样的松露猎人是一等一的高手，一个村子扳着脚指头算也没几个。

云南也不是所有的山上都有猪拱菌，也不是随时都看得见牵着母猪上山的人，更不是人人都找得到这种无迹可寻的菌子。我就从来没有从土里挖出过哪怕是指甲壳大点的猪拱菌。

话题扯远了。只不过是举这样一个例子来说明，群山苍莽，高耸入云，吃山哪里那么容易！

所以自小我就不爱山，却独爱水，喜欢群山之间的坝子，喜欢坝子里一望无际的田野，更喜欢空旷蓝天与低垂白云之下缓慢流淌的河流。

今天，又一次走在通向田野和河流的路上，沿途却有种恍惚和不确定感。

多年前，就在这条道路上，村里村外，道路两旁没有一寸土地被闲置。地里种上玉米、洋芋、黄豆、向日葵，就连田埂地埂都被打理得整整齐齐。六七月间，绿油油的禾苗茁壮成长，道路两旁，玉米齐腰深，豆苗舒展叶片层层铺开，空气里弥漫着庄稼和青草的清香。

今天呢？一样的节令，却没有了当年的欢腾和热闹。

现在，我又到了这座曾经无比熟悉的小桥上。石头还是那个石头，与之前稍有不同的是石桥被水泥加固过，石面没有了当年的光滑，上面覆盖着一层厚厚的尘土。

听桥下潺潺流水，想起了多年前在这里度过的无数个夏日。

少年时代的无数个夏日与这座桥有关，与桥下潺潺流水有关，更与河里的鱼虾有关。捕鱼方法千千万，今天只说一种，就是如何拦截过路鱼。

鱼也会过路，七月以前鱼逆流而上，八月以后，鱼顺流而下。

简单来说，七上八下。丰水时鱼从大江大河逆流而上产卵，枯水季节来临之时，鱼从小沟小河顺水流回深水区过冬。

所以，在逆流时，我们当地人用一种叫"须笼"的渔具倒支在小溪流水口。

须笼是竹篾编织的橄榄形渔具，两头开口，捕鱼时用稻草塞住

◎ 河上捕鱼者

草木青山

后面，前面开口处迎着水流的下方，逆流而上的鱼进去容易，由于有倒须出来就比较困难。小须笼不过几十公分，大的则有一到二米。

　　这种捕鱼方法为典型的请君入瓮，智力含量并不高。关键在于须笼编织得好，倒须长短和入口大小及高低位置适当。另外，稍考验人的是观察力和伪装力。在溪水里放置须笼的地点尽量选择小溪和河流交汇处，最好是溪水清澈河流浑浊的交汇点。须笼设置应前高后低，前面出口在水流的中层，而稻草塞住的后面要尽量沉到水底，这样鱼进去后，误以为进入小水潭，才会在里面乖乖待着。支好后，用淤泥把须笼之外的空隙堵严实，用水草把须笼的轮廓遮盖好，不让鱼感觉到须笼的存在。鱼也有追求光明幸福生活的美好梦想，身在浑浊的河水中看见清澈的溪水，会拼了命往清水里游。一切就绪后，不用守着，到处玩耍，几个小时后提起须笼拔去后面的稻草，往桶里倒小鱼小虾就行。

　　智力含量有点高的是捉顺水而下的鱼。

　　捕鱼的工具不用说了，也是竹篾编制，当地大多数人都会编这种叫"浪笆"的简单捕鱼工具。把长得笔直的竹子砍下，用篾刀破开为粗细长短均匀的细竹条，一般是筷子的一半粗。再用篾刀把竹条刮成圆柱形，竹条的长短粗细并没有统一标准，根据水流大小确定用几米长几米宽。直接用指头粗的绳子如编帘子一样编起，为了不漏小鱼，后面越编缝隙得越窄。这样的浪笆往往在水流量较大的河里支起，需提前在枯水季节用八磅大锤把木桩打牢然后用沙袋筑坝，在湍急的水口支好篱笆后，人可以直接蹲在浪笆上捡鱼。这样的浪笆是大人用的，往往谁打坝，这个水口就归谁占有，一旦支上，就在河道旁搭起简易的窝棚连天连夜守着，除非涨洪水，一般几个月不撤离。只要不下雨每天总有收获，用锅炕干或者晒干，卖到集市上补贴家用。小孩一般都在小沟小河里闹腾,在小溪小沟使用小浪笆。所以,那时我有大大小小十多个浪笆,以应对不同的河道和水流。

浪笆制作简单,却是我见过最省力最高效的捕鱼器具。

难度在于如何判断河流中会不会有鱼往下走及在什么地方设置浪笆,这需要经验和天赋。

天文地理恐怕都得懂点才行。

这不夸张,就节令来说,七月以前,顺水而下的鱼极少,所以一般要等稻穗扬花以后才适合支浪笆。另外,出门得看天气,如果是下雨及阴天是不会有鱼往下走的,鱼往往蛰伏在深水区或者水草丛里休养生息。什么时候鱼爱顺水而下呢?中午或者黄昏之时。什么时候最多呢?天气是必须要预测的,那时没有天气预报,判断天气完全依靠观察傍晚的云彩及蜻蜓、蚂蚁等小昆虫的活动情况。如果连续几天阴雨后,红黄的晚霞如瓦片样排满天空,那第二天一定是晴天,遇到那样的时机,支上浪笆,水里的鱼会像雪片般飞来。

知道天文,地理不懂也是白搭。当然说地理严重了,最贴切的是地形及水流。坝区里,无数条河流溪水哗哗流过,学会选择非常重要。

那时的河流没有被污染,也没有人电鱼、毒鱼,只要有水的地方就有鱼,只是多寡而已。但要判断出哪条河流鱼最多,什么样的水流、什么时间节点鱼会往下走,这完全靠观察与感觉。首先你得知道沉塘与过水,有些河流和溪水比较浅,比较平直,虽有利于支浪笆,但这样的水里藏不住鱼。而有些河流湾岔比较多,河道有深有浅,有很多沉塘深壑,这样水里藏鱼较多。但这也不是理想选择,河水流速太慢,水流基本静止,一般情况下鱼很少出动。最糟糕的是,水流平缓不利于支浪笆,即便鱼下到浪笆里,也能轻易折

◎ 河上捕鱼者

草木青山

返逃跑。

这就需要筑土坝改变水流的速度。有经验的人会在水流湍急的地方打起一个土坝,在下方把沟里的淤泥尽可能清理开,让坝上坝下有明显的落差来提高水流速度。更有经验的人不会在坝上直接开口支浪笆。鱼智力虽说一般,但对危险却很敏感。突然出现又高又陡的坝,坝正中一个水流湍急的水口,再笨的鱼也不会莽撞往下冲。所以,往往水流的口子一般不在坝上开,而要用锄头在坝的侧边或在沟埂上重新挖出一条细长而又有一定弧度的口子,再用沟底瓷实的糯泥把整个口子用手抹得光滑平整。细长是让水流初速度不变快,这样鱼才会放松警惕;弧度是让鱼看不清下面的情况。水在弧形的水口加速流动,到了急水口浪笆前,鱼感觉到危险想要折返而逃都没有机会,只得一头栽落在浪笆里。

漏说一点,浪笆要支得与水面平行,一是漏水效果好,水流更快更急;二是与水面平行,鱼在水口不容易看见。浪笆把水漏往下方,水流越来越小,水漏完,鱼就在水面之上的浪笆里跳跃。即便有反应敏捷的鱼拼尽力气往上抢水逃跑,等待它的也是那条细长光滑且水流湍急的水口,身体再强壮的鱼逃到一半往往也会力气耗尽,又随水流下来躺在浪笆里乖乖等死。

这是个技术活,任何一个环节都要求细致准确,同样的水沟河道,有些人满载而归,有些人守一整天也可能一无所获。

为了认一条好一些的河道,很多人都起得很早去认口子,谁第一个到达水口子就归谁占有一天。

有天我起迟了,太阳高照才到达河边。头天我在这里有满满的收获,自认为这水口不显眼,比较偏僻,所以就睡了懒觉。那天我还带着我的另外一个小伙伴,把牛皮吹尽,没想到这水口却被人捷足先登。水口子上支着浪笆,沟底的糯泥抹得瓷实光滑,一看就是老手。一群群鱼如黑豆一样从水口子滚落到浪笆里，可惜这浪笆不属于我们。更可气的是，旁边卧着一个蓑衣，蓑衣旁笼起了一个火堆，火堆旁有个黑锑锅，鱼香味飘散在湿润的空气中。

这是长期驻扎的迹象，让我们绝望和懊恼。

跳跃的鱼撞击着我们脆弱的心脏，堆积在浪笆上面的鱼越来越多，压得我们喘不过气来。

远远有个黑影，在稻田里薅秧，除此之外，再无他人。

我们就这样看着水口子上的鱼哗啦啦啦往下掉，黑锑锅里咕噜咕噜冒着热气。瞅瞅人离得远，我们揭开盖子，看见锑锅里用酱水、大葱煮着巴掌大的鲫鱼，能这样讲究不嫌麻烦地煮鱼绝不是我们这样的少年。在报复和恶作剧心态下，我们干脆把锑锅拎到下游的涵洞里吃个一干二净。然后打上清澈的水又放在火堆上，胡乱从浪笆里捡了几条大大小小的鱼丢到锑锅里，再偷偷撤离作案现场。

这条不起眼的河流给我带来了无穷的欢乐。

现在，这条河流还在，我就坐在这河流的桥上。但弯曲的河道早已截弯改直，河道用石头水泥砂浆镶成沟底及两侧的"三面光"，流经河道的水与泥土隔离着，一根水草也长不出。

沟底只有薄薄的一层水，这样深度的水鱼洗澡都嫌浅。河道两边大片的农田已不是稻田，被塑料大棚覆盖着，那是外地人把村里的田地租下种菜、种鲜花。为了要效益，大量使用化肥和农药，即便看上去清澈的河水，也早已被污染，水里空无一物，虫鱼虾蟹早已绝迹多年。

六月的田野，塑料大棚覆盖着原本生机勃发的田野。没有虫叫，也没有蛙鸣，静得让人怀疑这片空无一物的土地。

绿，成了田野的奢望，塑料大棚没有覆盖的地方，野草无精打采。东一簇西一簇的白与绿交错着像被剃了阴阳头，在这样惨淡稀

◎ 河上捕鱼者

草木青山

少的绿色中，时不时还可以看见被冲到岸边的塑料袋、塑料瓶、农药瓶、方便面盒及其他生活垃圾。

向田野望，一片荒芜，心生悲凉；

向田野之外的村庄望，一片现代气派的景象。

村庄现代气派，早已超越了少年时代的县城。田野间的柏油路面上，有铿亮光鲜的轿车驶过，行色匆匆。一辆轿车从我身边缓缓驶过，一个染着黄毛的青年，蘸着唾沫在副驾位上认真数着一沓钞票，在时间就是金钱的感召下，哪有闲心看窗外，怎么会愿意停下来听一听河水哗哗的声响？

此情此景，究竟该悲凉还是欣喜呢？

河上捕鱼者的故事，如一沓流水流往深处，今天仿佛是在说古人的故事。

其实，扳指算来，这时间也仅仅过去二三十年。

看啊，那鸟那人

在河边枯坐久了，终究要回村。

我走的是另外一条道路，从村北折向村东，再由村东走回村里。

村北面是平整的水田，村东面是高低起伏的旱地，不走回头路有完全不同的景致和感觉。

绕往村东回村还有个原因：我竟然看见一只鹰在村东山岭一侧翱翔。

虽然相隔遥远，但我确定那是只鹰而不是其他鸟。

好久没有看见鹰了！

许多年前，鹰还是一种比较常见的动物，在农村的山野间或村庄外，时常可以见到它高高翱翔的身影。我曾亲眼看见一只鹰把一只飞翔的斑鸠当场击落。那是一种当地人叫"蚂蚱鹰"的鹰，它飞得巨高，大多时候在云层之上飞翔，借助云层的掩护悄无声息地跟踪其他飞鸟，在适当的距离突然发动攻击，如一颗导弹从云层间实现垂直打击。危险猛然降临，那只斑鸠吓得惊慌逃窜，但为时已晚，居高临下的蚂蚱鹰急速俯冲，在它正上方用翅膀猛地拍击，只听"啪"一声脆响，倒霉的斑鸠如一个石头直直掉落下来。那是我唯一一次见过鹰捕捉空中猎物的场景。

草木青山

　　大部分鹰是用尖锐的喙或爪子捕捉猎物，但蚂蚱鹰是个例外。传言蚂蚱鹰翅膀下有块突出的硬骨，像随身携带两把锤子，它是空中的李元霸。它捕捉天空中的飞禽与众不同，用最原始最粗鲁的办法解决问题：居高临下，一锤子砸死。当然，一锤子砸死概率不大，大多时候是砸伤，一路飞翔跟随，直到受伤猎物血流干力耗尽。这是典型的一锤子买卖，砸不中，鹰很难有第二次机会，大多数鸟都比鹰敏捷灵活。

　　但这次，高空的冲击力和翅膀突然扇下去的力度实在太大，那只倒霉的斑鸠被砸得当场毙命。

　　这样的好事，就如好吃懒做的农夫遇到晕头晕脑的兔子撞上树桩一命呜呼差不多，都是小概率事件。少年的我自然不会放过机会，奔跑吼叫着去抢夺胜利果实。平时制空权是鹰掌握着，我即便跳得把韧带撕裂也不过米把高，自然连鹰的毛都抓不到一根。但这次，在地面上，鹰毫无优势可言，我飞快地跑过去，边跑边叫出声音来恐吓。"叫嚣乎东西" "哗然而骇"起了作用，鹰本可抢在我前面把猎物抓走，但它却不敢俯冲下来，畏首畏尾失去了把握主动权的机会。当然，也有可能那时捕捉猎物简单，它懒得与我这个从没有离开过地面、目光短浅的人一般见识。鹰在空中盘旋转悠了几圈以示抗议，但力量悬殊明摆在那里，抗议是没有作用的。抢夺到胜利果实后，我无耻地向它挥了挥手。

　　再次看见鹰，即便隔着天遥地远的距离，却有种亲切感。

　　这种亲切感一方面来自人类突破不了万有引力的无奈，艳羡且嫉妒的亲切。

　　另外的亲切感则是时间和空间给予的。

　　多年以前，鹰还比较常见。鹰捉鸟、野鸡、野兔、老鼠、蛇等，地上的小动物过得心惊胆战。

鹰是天空的霸主，它一出场，天空自动戒严。

高空巡逻，绕村飞行，不用刻意向谁宣示主权，触目所及都是它的势力范围。

那年头，鹰也偶尔进村，猝不及防地从天空突然俯冲而下，众目睽睽之下，用尖锐的爪子抓起地上散步的小鸡就走。电光石火间，等人反应过来，小鸡早被鹰叼到半空中乘坐土飞机走了。

我小时候就干过看小鸡的活计，按现在的理解，鸡是不用看的，但那年头不一样，在粮食很金贵的年代，"自己动手，丰衣足食"不但人得适应，也是对动物最基本的要求。这给了天上的鹰、地上的黄鼠狼伏击的机会。黄鼠狼吸血成性，只要钻进鸡舍，往往造成灭门惨案，月黑风高进行大屠杀，人一般不可能亲眼看见。

我只见识过鹰的厉害。白天，未成年的小鸡，在场院里走来走去，鹰在高空看见，相当于看见肉团在滚动。在此之前我从没有近距离看过鹰，也不相信鹰真会从天空中俯冲下来把小鸡叼走。那天毫无征兆，我突然听见鹰翅膀扑扇声和老母鸡全家老小咯咯唧唧的慌乱叫声。我在惊悸中跑过去，但迟了，鹰张开宽大翅膀伸出尖锐爪子，从容地抓起一只小鸡迅速飞走。天空中没有飞鸟的痕迹，我不知道鹰从哪来冒出来。后来，只得做了个鸡罩，把十几只小鸡罩在里面，只放出身躯庞大的老母鸡自由走动，才不担心鸡被鹰高空袭击。可鸡被圈在里面，老母鸡再也不能自由带着她十几个孩子到处走动，鸡罩把小鸡罩住，老母鸡围着打转转，解放了人，却把鸡关了禁闭。

世事变幻，现在除了孩子还在玩老鹰捉小鸡游戏，一切发生了改变。鸡按人设定的程序生长，不用亲自趴在鸡蛋上孵化，也见不到自己的孩子，甚至连公鸡的面都不见就受精，人剥夺了鸡恋爱的自由和作为一个母亲的权利。我在想，今天的鸡给它一窝蛋，它是否还会孵化？弄不好，它会对那一窝蛋无所适从，用嘴逐个啄开或者用爪子扒拉着像电视上玩砸金蛋的游戏一样砸开了玩。

当然，今天的鹰也别想见到鸡，一只都在暖房里待着，它们六根清净无求一门心思只长肉。即便见到，估计鹰也没有兴趣，用激素和饲料如吹气球一样迅速成长起来的鸡，吃来倒胃口。

鹰越来越少，一个很大原因是老鼠药，老鼠被药死得不多，地上的蛇和天上的鹰却越来越少。老鼠家族兴旺发达，迎来了好时代。

后来，我离开了农村，在城里再也没有见过鹰。

今天又见鹰，实在是新奇，可它盘旋几圈还是飞走了。村庄的房子已经延伸到村外，喧闹繁华，这是鹰所讨厌的，去他妈的现代化。

也许，这只鹰不过是旅游观光客，与猎捕并无多大关系。

鹰孤傲霸气，威震江湖。

"鹰击长空，鱼翔浅底，万里霜天竞自由。"

徐志摩说："是人没有不想飞的，老是在这地面上爬着够多厌烦……这皮囊要是太重挪不动，就掷了它。可能的话，飞出这圈子，飞出这圈子！"

这位天才的诗人做到了，掷了沉重的皮囊乘风而去。可惜却以那样悲壮和令人惋惜的方式。35岁的时候，徐志摩乘坐的飞机失事撞上了泰山北麓的白马山，"轰"的一声，他的灵魂自由飞翔。

谁都梦想着背负苍天脚踩苍黄，作庄子的逍遥游。可惜的是，人总是只能蠢笨地在地上一步步挪动，没有自由和轻盈。

人是很奇怪的动物，一方面崇拜自由强大，另外一方面却喜欢欺负弱小。

比如麻雀，就是饱受欺凌的鸟类。

20世纪50年代，麻雀被定性为害鸟并被判处极刑。全民动员誓将麻雀赶尽杀绝。"麻雀战役"打响，男女老少倾巢出动，锣鼓喧天、鞭炮齐鸣，人们在田间地头用敲锣打鼓、拍手敲盆、大声吆喝等方法弄出各种响声，通过噪音恐吓让它们无法落地，迫使它们保持飞翔，最终死于饥饿和劳累。扑杀是全方位的，在全民动员下，麻雀巢穴被捣坏，鸟蛋被捏碎，雏鸟被直接甩在地上砸死，成鸟被弹弓和猎枪击落。麻雀遇到前所未有亡国灭种的危机。

现在回过头来看，麻雀并非罪大恶极，被判处极刑仅仅是被认为祸害庄稼。

可惜的是，在人饿得前胸贴后背的年代，祸害庄稼这个罪名足以把麻雀打入十八层地狱。

直到八九十年代，即便那时麻雀早已被平反，但思维中麻雀还是作为害鸟存在着。那个年代，捕杀麻雀，没有人认为有什么不妥，大开杀戒也没有人阻止，就像踩死老鼠、拍死苍蝇蚊子一样，没有任何心理压力。

我捕捉麻雀，与保护庄稼为民除害没有任何关系。只为好玩与贪图麻雀汤圆大点的肉。

上小学前，我就参与捕麻雀的行动中。

那时的孩子是漫天放养。由于实在太小，弹弓拉不开，掏鸟巢爬不上墙，我们这些六七岁的孩子心甘情愿地被十多岁的孩子控制着，加入组团捕麻雀的行动。人多雀少，当天捕到的鸟并不够平均分吃，一般捕到麻雀就在小溪边开膛破肚洗净，然后拿出从家里偷出的盐腌好，串在铁丝上晾干攒着一起吃。

我们觍着脸皮极力讨好比我们大的孩子，唯恐他们嫌弃我们小不让我们加入这一重大而喜庆的活动中去。承蒙收留入伙，自然欢天喜地，当然吃白饭是不可能的，要想吃麻雀肉还得自己出力。我

草木青山

们被几个大孩子指挥着在墙根站成一排随时听候指令，诚惶诚恐地接受清晨在菜园里徒手抓麻雀的任务。

栽秧季节前后的清晨，一只只嘴角嫩黄的雏雀从窝里飞出练翅。这些小麻雀羽衣未丰，飞得不远也不高，往往飞三五米就落下来，起起落落很容易寻到。这些可怜的小东西被惊吓后慌不择路，几个小伙伴从不同的方向围拢，很容易就能逮到。四五个人每天清晨都能抓到一两只，我们能感受到小麻雀紧张得突突的心跳。但那个年代我们毫无怜悯之心，捕获后立马上交争取表现。

一串串麻雀肉干随着时间在增多，从房梁上取下，拿到明亮的阳光下欣赏，暗红色的麻雀肉闪着金子般的光芒，看看又挂上，挂上又取下，我们努力用手按住不断溢出嘴角的口水。

为了达到十串麻雀肉的目标，我们起得更早，更卖力地在菜园里抓麻雀。

可惜，我们没有吃到麻雀肉。

在攒得了八九串麻雀肉的时候，我们被突然宣布在竹林里开会，大一点的孩子不无悲伤地告诉我们，麻雀肉昨晚被野猫吃光了。这样的消息让竹林里叽叽喳喳的孩子一下安静下来，只有哗啦啦风吹竹叶的响声。突然有人"哇"的一声哭开，我们这些六七岁的娃娃一下全哭开了，鼻涕与眼泪起飞，哭得惨绝人寰、哭得晨昏颠倒。

被哭烦了，大一点的孩子吼道："屁娃娃哭个球，找猫报仇去。"

我们又化悲伤为力量，随身拾起土块、碎石去找猫报仇。遍寻野猫不见，见到隔壁的家猫正躺在椅子上酣睡，无名的火腾腾冒起，揪着猫尾巴甩出去。一声惨叫，猫夺路而逃，锅碗瓢盆被带翻在地，叮哩咣啷响成一片，突然之间天下大乱，猫逃上房梁惊恐未定地看着一张张愤怒涨成猪肝色的小脸。

后来再大些,我们争取到了独立自主的权利,不再依附任何人,能娴熟地掏鸟窝,也能用弹弓射杀枝头上跳跃的麻雀,学会了用簸箕、三块砖与三根篾片设机关陷阱捕鸟。

由于野猫的阴影,我们一般捕到麻雀就摘头拔毛就地正法,用菜叶包起用棕叶扎紧后丢在火里烧熟后撒上盐吃。

麻雀对人的警惕性并不高,我们最多的一天,曾用机关和陷阱捕获麻雀几十只,死活都有,死的被剥开洗净,活的暂时关进笼子。那天面对的麻雀实在太多了,叽叽喳喳吵闹不止,一次性杀死这么多麻雀,我们突然害怕,惶恐不安,首次对一只麻雀产生了同情。但那天,还是有个小伙伴挺身而出,把笼子淹没在水塘里。几分钟后,世界一片寂静。

多年后,读到《史记》中秦国坑杀赵国降卒后,赵国上下"父哭子,子哭父,兄哭弟,弟哭兄,妻哭夫,祖哭孙,满街满市,连日哀嚎之声不绝"。还是不由得想起了那次淹死四五十只麻雀的事件,《史记》的文字间感觉有凉飕飕的风吹过。

我尝试过养麻雀,却一次都没成功。麻雀在笼子里惊恐不安,不吃不喝,不过一两天就死掉。

大人说,麻雀气性大,是气死的。后来有解释说,麻雀是野生的,在封闭的环境中会焦虑不安拒绝进食,血压升高而死。

看来灰不溜秋、毫不起眼的麻雀却有决绝的一面。

实话实说,美国人帕特里克·亨利的名句"不自由,毋宁死",让我想到的不是历史上人类为追求自由而发生的伟大斗争,而是麻雀一旦被关进笼子就必死无疑。

再后来,我们掏鸟蛋也会小心翼翼,尽量不把鸟蛋掏碎,也尽量不把雏鸟掏死,一般掏到雏鸟也会放回鸟窝。就连到了野外,找

◎ 看啊,那鸟那人

草木青山

到鸟窝里的蛋,也会在溪水里试试鸟蛋是漂起还是沉下。沉下的鸟蛋带走,漂起的表示已经孵化,里面要么布满血丝、要么雏鸟已经成型。

随着城市化进程,麻雀也进城,叽叽喳喳成群飞舞,忽地飞起又忽地落下,在"仓廪实而知礼节,衣食足而知荣辱"的年代,再没有人捕捉和射杀它们。它们终于安全了。

在回村的道路上,我又见到一只麻雀,在路上跳跃着啄食。我小心翼翼走过去,它停了下来看着我,眼睛清澈透明。

但愿它忘记曾经的疼痛,也忘记一个少年对它父辈的围剿与捕杀。

我停住了,不再往前走,唯恐惊吓到它。

麻雀啄食完地上的食物,忽地飞起,我这才轻轻地走过去。

城市符号与乡愁密码

倘若一百年前，城市和城市之间的面貌大概还是容易记住和区分的，比如外国的哥特式建筑与中国的飞檐斗拱定然有着天然区别。就是牵着盲人随意带到不同地区的街头，放开手来让他猜，估计他还是能嗅到空气中来自不同城市的气息和味道，从而分清哪里是纽约的街头哪里又是故宫的门口。

这样的区分，不单单是内外的区别，就是在国内，每座城市都有其本身的样子和气质，"青砖小瓦马头墙，回廊挂落花格窗"。南方的秀丽灵巧与北方的庄重浑厚断然不会混为一体。

城市的面貌不清，也就近些年来的事情。

一样的楼房街道、千篇一律的城市格局，即便你去过一百个城市，但实际上你就只到过一个。用不了多长时间你头脑里定然是一片混沌，世界一片模糊，往往记不起哪里是哪里，就像你从没有去过或者你去的时候有人故意放置一块毛玻璃让你隔着看。

城市没有个性与特点，记不住也大可不必烦恼，这与记忆消退或老年痴呆没有任何关系，用不着捶腿自责。盲目现代化带来的不止城市面貌模糊不清，就连人物的表情也如一个模子倒出来，大多数人都是一副行色匆匆、表情麻木、拒人千里的样子，即便你在车水马龙熙熙攘攘的闹市，也会有"千山鸟飞绝，万径人踪灭"的

草木青山

感觉。

城市的面貌和表情消失后，我们又通过记住城市的符号去记住一座城市，如由埃菲尔铁塔想到巴黎，自由女神像想起纽约，看见故宫联想到北京，望见东方明珠塔感受到扑面而来的上海气息，站在金马碧鸡坊下眼前竟会浮现整个昆明。

当然，对一座城市有更深的记忆，能最终把没有任何生命的城市镶嵌在个人的生命体验里，这不仅仅在于它的面貌和符号，也不在于这座城市如何壮阔华丽，而在于这座城市是否与你的生活与生命产生联系。"爱上一个人，恋上一座城"，城市有了记忆的内容，这座城市也就如楔子楔进了你头脑，一切思念和牵挂也就有了来头。

我恋上曲靖这座城，倒不是因为恋上谁，而是因为我就是曲靖人，这种天然必然的联系是无法改变的。曲靖市现有麒麟、沾益和马龙三个区，马龙撤县设区在2018年，沾益撤县设区也就在2016年，在此之前，沾益是县，曲靖市的所在地是麒麟区。长期以来，我们感觉县是乡下，只有麒麟区的人才是城里人。我真正踏入曲靖城区是1994年，在1997年前，曲靖还没撤地设市建区，由于交通不便，曲靖是我们这些乡下孩子一直向往的大城。

我至今记得在1991年小学毕业时，学校还专门组织毕业班的学生坐火车到曲靖城开阔眼界，专门游览曲靖市。多年过去，街上的其他景物已经记不得，但麒麟公园正门的高大雄伟，园内亭台楼榭的古色古香，市中心雕塑着高高耸立的骑在马背上的阿诗玛和弯弓搭箭的阿黑依旧让我印象深刻。还记得我们几个同学凑钱买了个西瓜在街心花园麒麟仙子雕塑下，边等车边穷凶极恶狠吃西瓜。

那一刻恨不得把整个城市吞进肚里带回乡村。

麒麟仙子宝瓶里的水喷涌而出，一群少年叽叽喳喳，那样的情景让我对这座壮阔美丽的城市向往不已。老师也是农村人，指着街心花园麒麟仙子宝瓶里哗哗喷涌的水激励我们好好读书，争取脱离农村进入城市，那感觉就像当年李自成遥指富丽堂皇的北京城动员摩拳擦掌的农民军。

直到1994年，我从老家的乡村学校考入曲靖市的高中，才真正走近这座城市。我进的是市里一所普通高中，但从乡村考入市里上学的难度比今天考上大学还难。

当年曲靖一中和今天一样已经名满天下，无论过去还是现在，毫无疑问都是曲靖最好的学校，大家都以考入曲一中为荣。当地人都说，考入曲靖一中相当于一只脚已经跨入大学校门或者半个屁股已经坐在大学的凳子上。在当年高考录取率那么低的年代，曲靖一中实在是个奇迹。

说来惭愧，在这方面，我没有给家庭长脸。我外公曾是曲一中的学生，那时学校的名称还叫省立曲靖中学，他说印象最深的是校长谢显琳穿着大衣握着毛笔站立在花格窗后写字的样子。可惜由于家庭成分比较高，外公没有读到毕业就离开了学校。当年，我还特地去曲靖一中参观，一是向前辈致敬，二是看看这所学校到底牛在哪里。

我没有看见花格木窗后的老校长，只看见了在花台边草地上无处不在用功读书的学子。那天我也见到了一块高大的碑竖立在一个木亭子里，学生在亭子里或躺或坐，有些干脆就靠着石碑读书。后来我才知道那就名闻天下的爨宝子碑，那时文物保护意识还不强，并没有用玻璃密封隔离，参观的人可以伸手就摸到碑上那些上千年前漂亮的文字。当然，也可以带着布包，拿着墨与纸按在石碑上直接拓印。再后来才知道，爨宝子碑被康有为誉为"正书古石第一"。近现代李根源称它"下笔刚健如铁，姿媚如神女"。这些拓

草木青山

片，在今天已然成为宝贝。可惜我当年连触摸字体都没有，更不用说带着布包去拓片。

没有考入曲一中，意味着如果高考落榜，三年以后还是要离开城市回到农村，所以我一直感觉整个屁股都还在大学校门外冷飕飕地吹着凉风，只有加倍努力好让那失魂落魄的屁股一点点向大学的方向挪。

因为年轻，屁股再冷飕飕也不会阻碍年少狂热的脚步，城市有无穷的魅力吸引着我们在空闲时到处游走。那时的曲靖市并不大，就那么简单的几条街道，只要记住了麒麟花园和阿诗玛的位置也就记住了整个曲靖，无论在任何地方总可以找到回去的路。最多两个月，我们就把城区摸得像自己的村子一样熟。

在那个交通不是很便利的年代，幸运的是我可以坐火车直接从曲靖到村里。那是一趟曲靖到喜鹊乐的火车，绿色的蚂蚱头柴油机车，吭吭地走得并不快，见站就停无论大小，恰好中途停留的一个小站就在村里。

有时候我们买票，但大多时候不买票，顺着铁路走很远进入火车站，直接上车就行，仿佛这是自己家开的火车。这是连接铁路沿线各村镇的短途列车，挑着担子背着箩筐卖水果、鸡蛋和各种土杂的人都搭这趟车，吵吵嚷嚷热闹非凡。当年也没超载超限这说法，能挤上多少就放多少人上去，有座没座全凭自己去找，实在上不去，从车窗里翻爬进去也没有人管，中途也没有人查票。因为大多数时候想查也查不了，车辆被挤得水泄不通，乘务员根本就无法走动。

在学习之余，我慢慢熟悉起这座城市，整个人也变得轻松起来，不再陌生和害怕，周末也不再急着回家。

曲靖的西门老街就是留下我太多记忆的地方。西门街是条清末民初的老街，底层商铺，上面住人，微微歪斜的土墙，油漆斑驳的木头柱子和板壁，被岁月染得漆黑的瓦片，踩着会咯吱咯吱响的木板楼，老得仿佛不属于这座城市，也不属于这个时代。西门街虽然破旧却热闹非凡，充满尘世的烟火味，卖菜、卖药、卖各种小吃、卖真假文物古玩、卖各种生活用品的小店足以让这条街道吸引着来自四面八方的人。

我同学的父亲在这条街上开了个米店，这同学的老家在离曲靖市六七公里的沿江乡，空闲就在西门街卖米，农忙时关门回家，属于半农半商的性质。房子是租来的，后面住人，门口街道上摆摊卖米，生意时好时坏，日子过得不急不躁。他父亲有事回家，我这同学就叫我们去帮忙卖米，有时晚上睡在米店看店。一来二去，我们也就成了米店的伙计，并乐在其中，觉得卖米比读书上学有趣得多。特别是他父亲不在店里时，我这同学一下升格成少当家，那日子别提有多好过。

周末不回家也不在学校，五六个同学就挤住在米店里，清晨醒来，把各种价格的米从老旧狭窄长长的巷道抬到街上摆好，用瓦砾把地面垫平支好磅秤，就开始了一天的生意。

我们往往两个人坐在街上守摊，一个负责招呼客人，另外一个负责舀米过秤算账收钱；然后把卖掉几斤米，单价和总额整理好记在账本上。另外的人当然也有事干，负责买菜、生火、做饭，忙得不亦乐乎。不做饭的时候，负责轮流守摊卖米，轮换下来的人要么在附近闲逛，要么就在铺子里米堆旁呼呼大睡。

不图锅巴吃，不在锅边转。在我这同学的授权下，我们也偷偷做起了阴阳账，明明是二块三卖出去的米，我们在给他爹的账本上工整写上二块二角五。剩下的五分哪里去了？当然是成了我们的活动经费。所以遇到生意好的时候，活动经费充足，晚上吃肉喝酒看

草木青山

录像,当锅里炒菜滋啦滋啦的声音传出好远的时候说明我们生意非常好;如果饭也懒得做,在街头花江狗肉或者街尾的大富贵饭店大吃大喝,说明我们那天根本就不差钱,可以使劲地造。所以我们卖米动力充足,即便中午太阳把我们炙烤得口干舌燥,晒得面红耳赤也绝不退缩。如有顾客,我们会无比热情向他介绍不同价格、不同档次的米;为了熟练这项业务,我们把每种米的特点和价格背得比英语单词还熟悉。

大多时候,每斤可以赚上两角左右,我们可以得到五分,我们的高涨热情使得销售量总是很不错。他父亲对于我们很满意,所以很多时候即便家里不忙,周末也只交代一声,就骑上自行车回老家,留下欢天喜地的我们在西门老街狂欢。

狗肚子里藏不住酥油,我们成群结队在西门老街吃得油光满面。有次吃完大餐后被班主任逮了个正正,班主任看到我们傍晚七点都还慢悠悠地从西门街往学校方向走,突然把单车停在我们边上,跳下来问:"你几个又赴宴去了?"班主任的突然出现惊得我们油亮的嘴说不出话来。还没有等我们回答,班主任说:"还不赶紧上晚自习?"每人屁股上赏我们一脚跳上自行车走了,被我们屁股擦得油光程亮的皮鞋在自行车脚踏板上闪着落日的余晖。

惊魂未定的我们偷偷摸摸回宿舍拿课本去上晚自习。祸不单行,在酒精的作用下,满面的红光和热烘烘的酒气出卖了我们,迎面走来梳着大背头、说话声音如炸雷的教导主任。我们缩着脖子尽量往墙根走,就在我们都以为要安全走过的那一刹那,教导主任头也不回突然炸雷一声:"站住!喝酒了没?"我们肝胆欲裂,无处逃生,心虚怯懦地回答:"没有。"教导主任一声冷笑:"还能骗老子?你们喝的不单是酒,还是55度的苞谷酒!"教导主任转过身来,我们才看见他的脸比我们的还红,鼻子仿佛在酒缸里糟过。又一声："学生不能喝酒，下不为例，去啦！"我们如获大赦，狼奔豕突而去。

高中毕业后，离开了曲靖城。

随着城市化进程及现代化的改造，城市扩张再扩张，没有尽头。

有时回故乡，独自走在街头，夜晚的街灯流光溢彩，却没有一盏属于我，我与周围的行道树也素不相识，曾经熟悉的城市变得恍若旧梦。

一切都变了模样，故乡也仿佛成了他乡。

唯一熟悉和温暖心灵的只有阿诗玛、麒麟雕塑、西门老街这些旧景旧屋，只有看见这些，城市的繁华才不虚妄，游子的内心才终有归路；看见这些，听见熟悉的家乡话，也才会在行走中真正触摸到这座城市的温度，也才会在内心确认自己真正回到了故乡。

草木青山

骄阳

拟人状物之悲

一朋友相亲n次失败,内心山重水复,找我对酌。

可惜我没柳暗花明之策,愧对了朋友那一桌好酒好饭。

花间一壶酒,独酌无相亲。一个长得像土豆、一个长得像洋芋的两个中年人,昏天黑地,相对无语,好像人生只剩下喝酒吃饭。

酒足饭饱,朋友打个酒嗝,抹抹油光可鉴的嘴,肥厚的手指拢了拢大踏步后退的发际线,哀叹一句:"怎么就四十了!"酒杯重重放回桌上,神经质地仰天长啸,像狼被扣子勒紧了脖子似的哀号,声音怪异苍凉。

隐隐传来一句"老家伙,扯什么神经"。

声音来自邻桌的女孩,鄙夷嫌弃如一张网从空中唰的一声撒过来,隔空兜头可以杀人。

我们把瑟缩着的脖颈稍稍拉长,循声望去。秋风萧瑟,阴雨连绵,春城昆明气温骤降,大部分人都瑟缩着。发出声音的几个年轻人的衣着打扮则停留在夏天,全身上下清澈透亮,露胳膊露腿,完全无视季节变化,青春把其他人逼到桌子底下。

我们摇头笑笑,连回嘴过去的勇气或者想法都没有。谁没有年轻过啊,当年,我们不也这样白眼看人。只是如今,哎,不是近视就是老花,把眼睛翻出泪水,也翻不出一个像样的白眼。

草木青山

　　酒干人散，回去后扳着指头，数着惊心的年龄，唠唠叨叨写下些文字，告知为年岁吐槽懊恼的朋友。

　　人到四十，按正常的推理，无论男女，内心应该早已招安从良。

　　这里的招安可能是一个和顺宁静的小家，也可能是一份称心如意的工作。

　　"曾因酒醉鞭名马，生怕情多累美人"，年少的轻狂与傲慢一去不复返，四十载的岁月风霜即使没有给我们打蔫，也把我们催熟。有时候，即便走到了天涯的尽头，磨破了脚指头，也未必就能找到一株芳草。

　　大可不必懊恼，人到中年才明白，有什么值得哀叹呢？有什么绝对的悲喜呢？久旱逢甘霖，降下遍地酸雨；他乡遇故知，细看不过是眼红讨债人；洞房花烛夜，娶到泰国人妖；金榜题名，却被录到山寨三本。

　　言多思寂默，酒醒悔猖狂，悲喜不过一念之间。

　　一念放下，万般自在。

　　人到中年，就得给自己一个台阶下，给自己一个顺竿溜猴的机会。就像倚门卖笑的暮年妓女一样，自己清楚知道：花容月貌的摸爬滚打，尚不能搏个翩翩少年郎，尚不能攀上高枝嫁个富员外。现在就更不能作非分之想了，年老色衰，即便把脸笑得开裂也无济于事。这时，有人出价替自己赎身，半推半就才是上上之策。

　　于是，该从良时就从良，该招安时就招安，过了这村可没有这个店。

　　于是乎，无论男女，大家统统被招安，稀里哗啦跪倒一大片，头在屁股之下黑压压地匍匐着。站在大殿之上的宣布招安诏书的不是具体哪一个人，而是实实在在俗世的生活。

大部分人可能是累了，航行之人厌倦了颠沛流离，再无心看蓝蓝的大海，再无心听滔滔的水声。

岸边有人只轻轻摇手召唤，就顺势抛下锚。向着岸边那人用力把缆绳一抛，岸上之人只是轻轻一接，顺手在岸上的木桩上打个结牢牢拴住。

一切搞定。

船入港，人靠岸。

这个年龄，我们可以嬉皮笑脸地说出一本正经的话。可以搂着彼此的腰，俯在耳边肆无忌惮地说："放心，我也不是什么好人。"

看破不说破，蛋定之后是淡定，一切都纳入正常的轨道。

于是，浪子舍弃花红柳绿，混混阔别草长莺飞。

无可奈何花落去，但抬头未必就能看见似曾相识的燕子翩然归来。

即便翩翩归来了，那今年的燕子也未必就是去年你似曾相识的那一只。

走过四十载的岁月，才明白：

好多机会，溜了就是溜了；

好多事情，过了就是过了；

好多感情，完了就是完了。

"花有重开日，人无再少年"，这些话我们从小就知道，却偏偏还会无端地懊恼。

时间随流水，掐指一算，谁能青春不散场呢？2021年，70后五十，80后四十，90后三十。70年代到80年代之间出生的人，黄土埋到胸口压得快要喘不过气咯。说不焦虑，那也是矫情，有四十不

草木青山

惑的古训摆在那里，离黄土入颈的五十只有一两巴掌的年龄，难免焦躁心惊。

"好风凭借力，送我上青云。"在事业的征途中，四十载的岁月，也曾经豪气云天、野心勃勃，但结果却是风霜雨雪冷相对，一路走来，跌跌撞撞，与满面尘灰烟火色的卖炭翁又有什么两样？

人生不如意者十之八九，偏偏是再多努力，抓破手指往上爬，削尖脑袋向前钻还是白搭，其结果是所有的心血如落花付流水，所有的勤劳都如泥牛入江河。

古人呢？这个年龄都有什么狗血的经历和吐槽的理由呢？

一代枭雄刘备，在创业之初，上厕所蹲大号的时候，低头看见自己大腿生了赘肉，面对一堆肥肉竟潸然泪下："日月若驰，老将至矣，而功业不建，是以悲耳！"

哎，也难怪玄德公悲伤！汉家皇室早已衰微，玄德公人生高开低走，虽头戴皇叔高帽，他眼中有大侄子皇帝，可偏偏大侄子皇帝眼中没有他这个叔。况且，世风日下，人心不古，汉家江山早已风雨飘摇，他皇帝侄儿的日子过得如风中哆嗦的树叶，受人威胁被人恐吓，哪里还顾得上他这个八竿子恐怕都打不着的皇叔。所以，玄德公这个皇叔帽子戴着既不美观也不暖和，他年轻时曾一度沦落到了卖草鞋摆地摊的地步。所幸后来遇到关张二弟，那时关张二弟也算无业游民，一个在街头卖绿豆，一个在街尾屠狗，都处在人生低谷，空有一身本领，却是报国无门。三兄弟拉杆子创业，一拍即合，趁着桃花盛开，摆酒结拜出门干一番轰轰烈烈的大事，可白手起家，也是创业艰难百战多。玄德公看大腿肥肉哭鼻子时，也正是他人生低谷时，他运气当时差到极点：刚得徐州，被吕布夺走；刚投靠了袁绍，却被曹操打败；庆幸依附刘表，刘表又对他疑神疑鬼。

看三国演义，除"青山依旧在，几度夕阳红"的历史沧桑感，"浪花淘尽英雄"的无奈外，多看几遍，有时也可以看出喜感。比如曹操、袁绍、吕布、董卓、司马懿、刘禅等都很有喜感。

而我认为玄德公是最有喜感的一个人。

整个《三国演义》中的人物，刘备是哭得最多的人，简直是个实力派的哭星！如果在今天评个奥斯卡，颁个小金人给他也不为过。

刘备动不动就"掩面而泣"，但其中的哀伤指数到底有几星？值得怀疑。哭百姓，是为了让百姓都投他的票，选举他当领导；哭下属，是为了证明他有情有义，让你心甘情愿为他卖命；哭荆州，是为了忽悠老实人鲁肃；哭孙妹妹，是为了抱得美人归……

这种哭，玄德公熟练得很啊，那眼泪来得痛快，跟自来水龙头似的，拧开就有，如黄河之水滔滔不绝。哭得多了，读者也就麻木了。我在读的时候，突然冒出句刘德华的歌词："男人哭吧哭吧不是罪！尝尝阔别已久眼泪的滋味，就算下雨也是一种美，不如好好把握这个机会，痛哭一回！"

但唯有这次，我相信，他是真哭啦，为自己而哭，其中难说也有表演的成分，但我确信他确确实实有内心的哀伤。

英雄老去，此生虚度。心比天高，年龄与功业不成正比。"凭轼若梦寐，抚觚伤浮生"，能不伤心？这次哭，OK！我相信玄德公哀伤指数是五星。

年届不惑，对于志在天下的玄德公来说，过着颠沛流离寄人篱下的生活，被人动不动就揭伤疤骂为"卖履小儿"。人到中年，本应该挥斥方遒、纵马天下、指点如画的江山，却偏偏看到的是久不骑马的大腿上肥肉突突地滋生，如白面团发泡鼓起，人生看不到任

◎ 拟人状物之悲

- 085 -

草木青山

何希望，能不哭吗？

只是，合上书本，让我们情何以堪啊！手里有大队的人马可供调遣，有死心塌地的关张二弟陪伴，有金灿灿的"皇叔"高帽可戴的玄德公还潸然泪下，那我们大多数人，不是更应该哭得昏死在厕所？

只是我们大多数人，给自己划定的圈子和人生的目标哪里会有玄德公的大，普通人被说摆地摊卖草鞋，只会露出大板牙嘿嘿一笑默认就是，只要城管不撵、不掀翻摊子、不踢屁股，哪里会暴跳如雷。作为小民，面对无力改变的现实与飞快流逝的岁月，面对一堆赘肉，最多在没有人的地方捶着大腿感叹一句：

他奶奶的，志比天高，命比纸薄，人比猴丑啊！

但与玄德公比，其中的无奈和伤感指数，你能说他就不是五星的？

一直以来，我对物与人都很麻木。

高中时，读《醉翁亭记》。"太守与客来饮于此，饮少辄醉，而年又最高，故自号曰醉翁也。"

我被"年又最高"这四个字误导了，也被峨冠博带、长须飘飘醉卧在课本中的一个老人插图搞蒙啦。很长时间我都以为，醉翁欧阳修定是个年迈老朽之人。

叫"翁"的人嘛，能年轻到哪里去？

后来某天心血来潮，突然想搞清楚醉翁的年龄，不翻不知道，一翻吓一跳。《醉翁亭记》作于宋仁宗庆历五年（1045年），欧阳修时年38岁，按虚岁，他也只有39岁。第一次发现可以称"翁"的，竟然是比我还小的小弟弟！时光的浑浑噩噩和自己的碌碌无为，让我翻书的手把纸张抖得哗哗响。

- 086 -

啧啧，一个39岁的人，竟然自号"醉翁"，倚老卖老吧？再查看他的干部履历表，明白了年龄这东西可不是倚老卖老的资本。他的干部履历表闪瞎了我的眼睛，欧阳修是从庆历五年被贬官到滁州来的，被贬前曾任太常丞知谏院、右正言知制诰、河北都转运按察使等职。被贬后，又一贬再贬，用今天的话来说是断崖式降级。可欧阳修还是欧阳修，被贬后的醉翁当时任滁州太守，这在今天也是相当年轻的省部级干部，同样可以闪瞎我的眼睛。

看来，年龄还真不是个事。年龄与对自己的称呼，让我想起了另外一个耐人寻味的词语"小老儿"。这词语在古典小说中时常出现，对于没身份没地位的人来说，再老，在有身份地位人的面前只能自称为"小老儿"，是"儿"就得乖乖地在人家面前蹲着。

课本上这句："年又最高"，其实，潜台词是相当于资格够老，这在以前是读不懂的。

某天，街头突遇一女同学，她说多年不见，都不知道怎么形容你。

我淡淡说："美女，你可以夸我精神矍铄！谢谢！"

另外一个有意思的人是孔子。

《史记·孔子世家》里说，一次孔子到了郑国与弟子走散，孔子待在城墙东门旁发呆，郑国有人对他的弟子子贡说，东门边有个人，他的前额像尧，他的脖子像皋陶，他的肩部像子产，不过自腰部以下和大禹差三寸。看他劳累的样子就像一条"丧家之犬"。

哇，这在今天，谁敢这样说他老师，恐怕全班人都要冲上去掐他丫的脖子。

可子贡不会对老师溜须拍马，有人损他的老师不但当场没表态去掐他丫的脖子，过后还老老实实，就把这段话一字不落地转告了

草木青山

孔子。没有想到，孔子很坦然地笑着说，（一个人的）外形、相貌，是细枝末节（或不重要的）。不过说我像条无家可归的狗，确实是这样！确实是这样啊！

自古圣贤多寂寥，在这之前，孔子周游列国，推行他的政治主张，但并不顺利。

当时智者孔子恐怕也是蒙圈的，那么好的政治主张，各国都不采纳，领导们的脑袋莫非是阴沉木雕的？大家在今天来看，原因不难理解，在一个战乱、弱肉强食的年代，那些诸侯一心扩大自己的地盘和势力，只想吃掉对方，迅速做大做强，哪里听得进孔子的什么"仁治"。所以《楚辞》里也说孔子"颠簸流离，游说列国，惶惶如丧家之犬，不可终日"。

当然，后来也有研究孔子的人反驳丧家之犬的说法是谣言。

我却信以为真。

真正的强者有唾面自干的包容。普通老百姓心中装着一个家，诸侯王心里装着一个国，而心怀仁的孔子心里装着的却是整个天下。这样气度的人，说他是丧家之犬，他会在乎？他会跳出来与人争个脸红脖子粗？他会撸起袖子冲上去哐哐扇耳光？

周星驰的《大话西游》里结尾不是也有这么一个桥段嘛，已成孙悟空的至尊宝看见了城墙上自己的前世犹豫不决。为成全这一对恋人，他吹出一阵狂风让两人拥抱相恋，墙上的紫霞仙子看着远处的至尊宝滑稽可笑而又落魄的样子，不也嘲讽地说："他好像一条狗哦"。

说他是条狗，孙悟空至尊宝是不在乎的，更没有恼羞成怒一棒子甩过去把损他的人打死，他只留下一个匆匆赶路远去的背影。

因为，此时的至尊宝已经成仙。

史书上并没明确说那时的孔子多少岁。但别人评价自己为犬，自己嗨皮郎当，欣然接受，不反驳不争辩，不与人互撕对骂。推测孔子当时也是暮年。

因为只有年龄会赋予人包容与智慧。

生而为人，奈何为犬。也许孔子早已预见到了这一点，呵呵一笑就放下了，更难能可贵的是为一个本不可能完成的任务却矢志不渝并一往无前。

孔子在外多年，心情不好的真正原因也许并不是自己的遭遇，而是无人可以理解的烦恼。

某天，孔子在卫国，独自在屋里击磬，铿铿作响，烦闷无处排解和消遣。

这种烦恼，是无人领会、无人知晓的烦恼，是说不出道不明的烦恼。

一个背着箩筐从门口经过的汉子却停下了，听出了孔子磬音中的心事重重。这个记载出自《论语·宪问》。但背着箩筐的汉子只是部分听懂了孔子磬中的铿铿之音，而不能完全理解孔子这样的行为，所以他既而曰："鄙哉！硁硁乎！莫己知也，斯已而已矣。"就是说既然别人不知道自己就不要浅陋固执，何必自寻烦恼。设身处地地想，孔子周游列国推行自己的主张，十四年中他三到卫国，卫国国君对他十分冷淡，不但不让他参与政事，还听从谗言，暗中监视他。孔子去陈国也同样遭到冷漠，并被围困起来。按一般人，也就是那背箩筐汉子的理解，最好的做法是撞了南墙回头得了，识时务，知深浅，何必固执？所以，背箩筐的汉子不可能真正理解背天下的孔子。原因很简单，孔子箩筐里装的是天下世道，而汉子箩筐装的只不过是泥土。

异心不能同解，脑回路都不在一个平台，无法真正有效沟通也无沟通必要。

草木青山

　　"莫己知"的烦恼是众人皆醉我独醒的烦恼。所以，最好的结果是，谁都不理解自己，自己也懒得搭理和理解别人，同一个时代，却在不同时空思考着不同的问题，所以孔子不说服背箩筐的汉子，回答是"果哉！末之难矣"。

　　这是孔子"人不知而不愠，不亦君子乎"的气度和胸怀决定的。

　　普通人是知进退的，是让自己去主动适应世间。而孔子偏偏反其道而行之，要让世间适应自己，不去迎合国君，而要国君听自己的。这在任何时代，不碰壁不撞墙才怪，但孔子却不退缩，他的伟大之处恰恰还在于，知其不可而为之。

　　只是这个过程未免太长，几乎耗尽了他整个有限的人生。

　　不问年龄，不问时代，不问结果，无问东西，不妥协不和解，即便南墙把脑袋撞得咚咚作响也不回头不退缩。

　　这样的气度，年龄时间统统靠边站。

　　同处困境，道家学派的庄子则要潇洒得多，当然，这更是一种大气度。即便尘土满面，形容枯槁，时常有菜色之忧，但始终坚持"曳牛尾于途中"的乐趣。

　　曳牛尾的乐趣可不是每人都能体会得到的。

　　能懂这种乐趣的人，不是俗人就是高人。

　　这是人生价值观的分野，也是生活乐趣的分野，同时还是历史的分野。

　　"众鸟高飞尽，孤云独去闲。相看两不厌，只有敬亭山。"这样的认识和智慧，没有一定的阅历，怎么咂摸得透彻呢？

　　至于天地自然、时光人生的关系，前人早已告诉我们了。

　　孔子说："逝者如斯夫！不舍昼夜。"

　　庄子说："知其不可奈何而安之若命。"

李白说:"抽刀断水水更流,举杯消愁愁更愁。人生在世不称意,明朝散发弄扁舟。"

所以,当王健林一本正经地说:"奋斗的方向嘛,最好先定下一个小目标,比方说,先挣它一个亿。"

我们普通人,揉揉老花加近视的眼睛,也可以一本不正经地说:"努力的方向嘛,最好也定下一个小目标,人到中年,低下头去,能看到自己的脚尖,而不是凸起的肚腩。"

这样,如果哪天走在前面富豪的钱包掉在地上,我们至少可以弯腰捡起。

苍鹰与盲鱼

苍鹰飞来,空中自动清场。

抬头仰望,众鸟高飞尽,孤云独去闲。

苍鹰之上是湛蓝的天空,苍鹰脚下是苍黄的大地。

它收缩利爪,张开双翼,在高原呼呼的风声中盘旋,上下左右,任意东西;它主宰着这一片天空,高高在上俯视大地,脚下都成了它的领地,一切都小得不能再小,再高的山都是它踩在脚下的小土堆,河流如细线,道路如蚯蚓,房屋如儿童的积木。至于人,别看平时趾高气扬人模人样,在它眼中不过一个个芝麻大移动的黑点,缓慢而笨拙,如人类在楼顶看一只蜗牛蠢笨地爬。

它骄傲孤独,无拘无束,不群不伍,目空一切。

春风吹拂,苍鹰无须扇动翅膀就能借助高空的气流滑过山头,掠过村庄。

这是云岭大地上一片叫泸西的红土地。喀斯特地貌少有平整大片开阔的土地,峰峦起伏如大地上的皱褶,附近村庄绿树掩映,山石相伴,田野阡陌纵横,房屋在树木掩映下若隐若现,群山在远方连绵起伏。在这片喀斯特土地上,这样开阔成片的地方并不多见,人们也更加珍惜每寸土地,或精耕细作或开发利用,在大地上雕刻出自己想要的样子。山川变了最初的模样,人类自我得意自我吹

草木青山

嘘着。

可苍鹰并不喜欢热闹,更讨厌现代化的村镇。对于身子底下鳞次栉比的房屋,四通八达的街巷,它有着天然的抵触与讨厌,它扇动翅膀快速飞过,离得越远越好。现代化对苍鹰来说是灾难,树木没有,猎物没有,空气污染,水也污染,操!

好久不见天空中有鹰飞过。我站在地面上,仰望着如黑色纸片一样掠过大地上空的鹰出了神。我不能飞翔,所以对鹰钦佩得五体投地,它能在立体的空间自由活动,而我的脚却被土地牢牢吸住,只能朝前朝后、向左向右,我只能在扁平的二维空间缓慢蠢笨地移动。苍鹰几分钟的飞翔,够我走上整整一天,最糟糕的是,我是平面的2D,而苍鹰是立体的3D。就像看电影,平面在立体的面前精彩程度自然大打折扣。

天空中的飞鸟、陆地上的老鼠、野鸡、野兔,水边的蛇,浮出水面的鱼虾,都是它的猎物,海陆空都是它的势力范围。

今天,天空中也有鹰,但大地与空中干干净净、空无一物。天空蓝得如一汪倒扣的海水,一丝云彩也没有。对鹰来说,这并不是好天气,无遮无挡,苍鹰无处遁形,看见苍鹰飞来,再蠢再笨的鸟也早已飞走,这样的空中巡逻和交通管制徒有其表。

但对于地上的人来说,这绝对是个好天气。仰望天空,蓝天白云,空阔无边,极目楚天舒,哪里找这么心旷神怡的好景致呢?

可惜人不能上天,即便上天也是借助科技,飞机离地,屁股底下虚空着,万米高空中把自己完全交给机器,提心吊胆地听着发动机的轰鸣,一方面嫌发动机的噪声烦,另一方面却把耳朵支棱得如雷达一样捕捉噪声。我们心知肚明,没有翅膀,能飞不过是暂时的假象,一旦机器停止转动摔在地上,那就彻底完蛋。所以,人类坐飞机的感觉与真正的飞翔完全是两码事。

鹰还在上空盘旋着,我挥了挥手向它告别,估计它也看不见,从它的视角垂直往下看,我可能也就一个不起眼的小黑点。

我要进入地下的阿庐古洞。因为地上有洞,我不能上天,却能入地。鹰却不能,除非它是蝙蝠;在狭窄黑暗的空间,鹰没有施展拳脚的空间。

阿庐古洞名扬天下。洞口如大地张开的嘴巴,从嘴巴就能进入大地的心脏。从古至今,这个嘴巴吞吐了无数旅客游子,见证太多的人世悲欢。

我们喜欢好高骛远仰望星空,却很少认真俯瞰大地。我们探索的眼光已经到达外太空,却对地下知之甚少,而溶洞给了我们立足当下和到达地下最自然最简单的方法。

这是我第二次进入阿庐古洞了。

每一次进入溶洞,我都有一种消失隐匿于世间的神秘与快感。

阿庐古洞绵延数公里,无疑使这种神秘和快感得到延伸和放大,这是藏于地下隐于阳光之后的壮阔与雄奇。洞中有洞,洞中有水,洞中有天,石笋、石钟乳、石柱、石幔、石帘到处可见,形成了形态各异、气象万千的地下园林和地下宫殿。

第二次进洞,不单是熟悉之地无风景,更多的是人到中年心境与年轻终有不同,不再跟随导游听介绍,也不再想象石头长得像什么。这年龄,还是喜欢石头就是石头的感觉,将俗世抛在了洞外,将想象的思维关闭,在地下黑暗中行走,体悟"见山是山,见水是水;见山不是山,见水不是水;见山还是山,见水还是水"的几种人生境界。在这里,面对亿万年形成的石笋、石钟乳、石柱,会莫名喜欢被批评得一塌糊涂的诗句"远看石头大,近看大石头"。石头就是石头,人就是人,神就是神,把石头想象成猪八戒,石头不乐意,猪八戒也不高兴。

草木青山

　　走出旱洞,以为到头了。有人开玩笑说,万一出去,发现洞外已经过了千年。在洞中,在黑暗中行走,洞外的世界,都与此时此地无关。对于这句玩笑话,竟然会有莫名向往与深深恐惧。

　　洞中有水。在洞中面对清冽幽深的水面时的所思所想,当与阳光下抬头仰望苍鹰之时的心态完全不一样。

　　水滴顺着石钟乳滴下,叮咚作响,在空旷的洞里尤其清脆。这是洞中一条叫"玉笋河"的河流,坐在小船上,冷气扑面而来,清冷入骨髓。向水下望去,清澈透明的水下是厚厚的淤泥,淤泥上有大大小小的出水孔,密密麻麻像马蜂窝,厚厚的淤泥之上每一个出水孔都通向远古。我睁大眼睛寻找洞里传说中的透明鱼,洞中黑暗,我打开手机的电筒四处照亮水下,希望能遇见哪怕只是一条"透明鱼"。据说,这种鱼长期生活在黑暗的石洞中,全身透明,连内脏都清晰可见。可惜的是,在这样黑暗的洞中,眼睛早已退化,早就全瞎了。

　　在黑暗中寻找盲鱼,自作多情地可怜起盲鱼来。洞外蓝天白云,鹰迎着春风自由翱翔,翩跹多姿,翅膀上闪着金黄的阳光。洞内阴冷潮湿,盲鱼长年累月生活在暗无天日的环境中,没有白天黑夜,也无四季轮回,生命只剩下一种感受,只留下一种色彩。

　　但转念一想,盲鱼也有盲的好处嘛!它从来没有见过光明,又怎么知道光明带来的绚丽多姿呢!没有比较就没有痛苦,不知道光明,哪能感受黑暗的压抑与痛苦!在这样黑暗幽深的水里,没有天敌,张开嘴巴游动就能衣食无忧。况且,至少不用在乎彼此的长相,长得丑点也没关系,照样会有女朋友。重要的一点是,彼此的心还是透明的,那有多好!

　　惠子说:"子非鱼,安知鱼之乐?"庄子辩道:"子非我,安知我不知鱼之乐?"

生命就是传奇，自得其乐，安知其乐不乐？追问其乐，本身就无乐。

苍鹰在天际间翱翔，我在地上笨拙地移动，瞎眼鱼在黑暗中摸索游动。

苍鹰以3D的自由形态存在于天地间，人只能在平面上以2D状态生活，而盲鱼眼瞎了一辈子什么也看不见，它的生活终其一生也只能在地面之下溶洞之中那一汪又冷又清的水里。

水面之上

盈盈的是水面的波,青青的是河边的草。

自小我就不爱山,独爱水,家乡的老屋后,就有条一丈多宽的小沟,随着季节的变换,或清或浑、或大或小的水哗哗地从窗下流过,年少的我总是在这样的流水淙淙声中沉沉地睡去。

再大些,走出村子走向田野,才发现水的世界是多么神秘与广阔。稻田里如镜的水面在微风吹拂下轻轻地晃动,爬满青草的田埂把蓝天白云下一望无边的坝子分割成或大或小、整整齐齐的方块格子,田野间密布着如蛛丝网一样的河流与小沟小壑,到处都有水在流淌浸透,田野之上就是一个绿色稻田与亮色水面交融的世界。

年少时趴在水边凝望,我总觉得水中有另外一个世界,喜欢用棍子把平静的水面搅得晃动起来,水面款款而动,童年的梦便随着水波转动荡漾起来。

少年时代的夏季几乎大部分时间都在水边度过,河流对于孩子总是有无穷无尽的吸引力。也许,更准确地说是河里的鱼虾对于一个孩子来说总是像块磁铁,吸引着附近村庄的孩子整天围拢在河流的两岸。那时,水比山更能吸引我,因为爬山要费脚力,要玩耍、要采摘野果菌子必须满山野地跑;而守在水边,人不动,可闭目养神、可清水濯足,水却一刻不停留,或下网或垂下钓竿,小鱼小虾

草木青山

自动送上门来,可以坐享其成。对于一个贪恋玩耍而又慵懒的少年来说,河边和水面有无穷无尽的魅力。

离开村庄到城里上高中,很难见到生机勃勃而又清澈干净的流水,能见到的不过是城市里凝固的一个个公园里死气沉沉的湖面,再没有了水的灵动与韵律,对水凭空生出无限的惆怅与叹惋来。假期回到故乡,在河边往往把自己坐成一截木头或者一个雕塑,静静望着激流翻滚而又流向舒缓的河水,一沓沓的莫名忧伤也随着水面层层铺开,渐渐远行而去。

再后来,家乡的河水也被污染,鱼虾绝迹、垃圾成堆,关于水的种种美好只能留在记忆中。随着时间的流逝,对水的种种美好回忆越来越淡了。

大学时,一日偶读纸张泛黄的《诗经》"蒹葭苍苍,白露为霜。所谓伊人,在水一方。溯洄从之,道阻且长;溯游从之,宛在水中央"。恍惚中满纸的方块字都晃动起来,关于水的记忆与印象再次变得复杂与灵动起来。

似水年华,韶华之舟,月与梦总是停留在水面上。

知道云南有个抚仙湖的时间很长,但一直以来于我而言它都是个地名。

我一直认为,不会流动的湖泊之水是没有多少美可以言的,也承载不了旷古的忧思与现实的哀伤。"只恐双溪舴艋舟,载不动许多愁",舴艋舟只适合行在淙淙流淌的溪流之上,而不是平静凝固的水面。

初见抚仙湖有些意外。2001年,中国历史上第一次水下考古在抚仙湖全面展开。一支由中国历史博物馆、云南省博物馆、福建省博物馆等各方专家组成的水下考古队冒着阴雨和冷风下到了抚仙湖中,那天中央一台现场直播水下考古作业的实况。我与当时的女友在校园里的冷饮部喝可乐，恰好看见了电视上的直播，一下就被吸引了，吸引我们的是水的清澈和幽深以及在水面之下黑暗之处的神秘。当地传说，古时候曾有一座城池沉入湖中不见踪影，因此人们称之为"沉江"，后来写成"澄江"或"潋江"。然而，许多人并没有把这一传说当真。在考古队下水之前的几年，当地一位名为耿卫的潜水员在抚仙湖水下无意中发现，这里真的有许多加工得十分整齐的石条砌成的大型建筑遗迹。

水面之上的风景如此摇曳生姿，水面之下竟然有这样的神秘忧伤。看着电视直播，我们十指相扣，约定以后一定要到抚仙湖去。

后来，写论文、找工作，工作后又千头万绪，总有一千次念头出发，却总有一千个理由不去。总以为时间很多，未来很长，人生可以做无数次远行，世间的风景看无数次也行，何必匆匆？

水的故事往往伴随着至纯至善的情感故事。

水面之上有柳的疏影、鸟的白羽，水面之下有穿梭的游鱼也有藕的深根，绿的是树叶，红的是花朵。掬一捧水，我们往往能捧在手心的只是那一时刻刚刚汇集过来而又没有流走的。

我们终于还是没有等到携手去看抚仙湖的那一天，抚仙湖成了一个人的抚仙湖。很长时间以来，那段岁月、那段感情过去了又好像没有过去，像埃及金字塔的狮身人面像一样远远矗立着，隐隐又觉得更像抚仙湖下崩塌倒闭的石条砌成的大型建筑遗迹在水底矗立着，有时清晰有时模糊。

"渐行渐远渐无书，水阔鱼沉何处问。"有时也想写下几句，记录下那段青葱的岁月，但纵然有梦终归是远了，很多时候我更喜欢沉默如石，把心绪坠入深深的湖底。

时间长了，想起抚仙湖水下的种种传说，一座城池沉入湖中不见踪影，我想那座沉入水中的城池中也埋葬着那个时代缠绵悱恻的

◎ 水面之上

草木青山

故事。

有谁知道成百上千年前那人那事那物当时是怎样的心情呢？随着古城沉江，一座城市，尘世的恩恩怨怨被永远密闭在幽深的水面之下，了无痕迹。

红尘的牵绊纠葛化为尘化为土，化为淤泥化为水。时间长了，一对对恋人就像一根根倒塌在水面之下神殿上的柱子，永远只能在黑暗中静静地凝视。

时间可真是奇妙的东西，可以让两只手温情地握在一起，也可以硬生生劈开十指相扣的手掌。"死生契阔，与子成说；执子之手，与子偕老。"携手不相弃，白首不相离，那只是荡漾在泛黄纸张上的文字。从古至今，世间又有多少牵手又放手的人走向不同的远方。

当然时间也是好东西，可以割去三千烦恼丝，可以沉淀一切悲苦。大风吹散文字，流水洗净哀愁。我真正见到抚仙湖是在若干年后，心早已澄净得如一汪碧水。

抚仙湖的水是我见过最干净与透明的水，清澈中透着微微的蓝，绿色的水草在水底轻轻地摆动摇晃。离岸近的地方四五米深的水面之下，游鱼细石历历可见，再往前望，高原之上一片深蓝。

放眼望去，湖面辽阔无边，微微的波浪一层层从远方滚滚而来，水面翻卷，永不停息。过去和现在，脆弱与坚强在水面之上层层荡开。

在所有人都睡去后，趁着淡淡的月光，自己一个人在湖边岩石上坐下，细碎的月光在水面闪耀、凉风习习吹拂、浪涛哗哗作响。这样深邃辽阔的水面之上，一切都美好得无与伦比。

凝望着远方墨黑的群山和山间晃荡着月光的湖水，想着古滇国的一个城池，无缘无故竟然就这样囫囵沉到了水底，一切的纠葛与难舍也就这样囫囵被包裹在水面之下。时间久远，水下崩断的琴弦和神庙前倒塌的柱子，早已落满灰尘，青苔密布。沧海桑田如此，又有什么是永恒和亘古不变的呢？

据说湖底发现了两千多年前的石雕，石头上雕刻着神秘的人像，石像在水底下微微阖着双眼，凝视着湖面上闪烁的粼粼波光，期待着有人来和他对话，听他诉说经年陈旧的往事。

白天，阳光照耀，船行水面之上，船上的人弯下腰去碰触湖面，水面轻轻晃动起来，如一张撒在水面之上的网想要捕捞岁月的痕迹。

草木青山

板上行舟

明月下西楼

认识"小会泽",那是好几年前的事了。

肿瘤科的夜总是那么深沉,走廊上休闲区的病人家属三三两两坐着,靠在墙角的拖把影子映到墙角,如一个沉重灰黑的叹号。

这时走来一个人,有人招呼他坐,他不坐却偏偏喜欢蹲着。

深秋的夜,有些凉。只有他还穿着塑料拖鞋。旁边一老倌关心问:"小伙子不冷?"他说:"不冷,习惯了,基本上一年四季都穿拖鞋。"

他开口说话,有明显的会泽口音,一问果真是。算半个老乡,我报上自己的家乡,与他点了点头算是打个招呼认识。

他话并不多,一个多小时基本上只是蹲着听大家说,偶尔说一两句话,有趣之处咧嘴笑笑。窗外有月光投射在他脸上,照着白白的牙,泛着淡淡的光。

他中途离开后,另外病房的罗叔叔说:"这个会泽的小伙子不错呢,他陪着母亲住了好几次医院,从头至尾尽心尽力陪着。"

罗叔叔陪妻子入院出院好几次,对很多病人及家属都比较了解。

肿瘤科的病人大多都是每化疗一个周期住一次院,大家都在入院出院中来来往往。区别在于有些次数多,有些次数少;有些痊愈

草木青山

了,有些永远不来了。

罗叔叔对小会泽赞赏有加:"小会泽早年丧父,老母亲住院,整日整夜在医院陪着守着,这样耐心细致的年轻人不多啊。"

另外一个老倌却说:"听人说他手脚有点不干净,大家还是小心点自己的财物。"

我们都有点诧异:"不会吧?看着很老实的一个人啊。"

另外的人说:"咦,这与老实没有关系!这是以前与他住过一个病房的人说的,手机在充电,出去一趟回来后就没有了。"

"手脚不干净"是我们那个地方的方言,意思是有小偷小摸的习惯。

我第一反应就觉得这不过偏见而已,我知道身边的好多人对昭通、会泽人有偏见。偷鸡摸狗、打架斗殴很容易就会联想到他们,在昆明一些城中村,很多房东甚至不租房子给昭通及会泽的打工人员。这毫无道理,却也是事实。

客观来说,这与哪个地方来的其实没多少关系,昭通、会泽人口较多,生存环境比较恶劣,很多人外出谋生,数量上就比其他州市的人多,总有人做些违法乱纪的事,但这不是哪个地方人的问题。手机不见就怀疑人家,就因为病房里他是会泽人?我有些怀疑他们的说法。

饥寒起盗心,这事不是表面那样简单,我一个朋友给我讲过这样一个故事。

在20世纪90年代初,会泽县有个村庄很多人偷过往汽车的货物。

事情是这样的:冬天路滑坡陡,货车爬坡速度比较慢,村民在汽车嗡嗡爬坡的时候,趁着夜色,在淡淡的月光中,埋伏在路边尾随着悄悄爬上货车。用镰刀割断绳子,迅速往路边的草丛里丢货物,也不心厚,一次最多两三箱。偷多了可能是不忍心,更主要的是怕数量大了警察来追究。数量虽然不大，但什么都偷，哪怕是煤炭，也要拿钢筋一捅，蹬一脚滑下几箕来。对于这样的小偷小摸，如果只有驾驶员一人，即便发现了也敢怒不敢言。长此以往，大家都知道那段路是贼路，如果有押车的人，上长坡前会提前爬到货物上坐着，即使冻得清鼻涕横流，也要拿把大砍刀如铁塔般镇守在车厢上。

村民偷得的货物，就在附近乡镇上甩卖，香烟、水果、红糖、罐头，甚至卫生纸、女人内裤什么都有。有一次，他们偷得一箱货物，包装精美，打开一看却是领带；这东西在那年代的农村没有销路，在乡镇集市上根本卖不出去，又不敢拿到县城去卖。后来，村里人觉得这东西无用，把它缠在腰杆上当裤腰带，那年，村里就连放牛的老倌、浇大粪的大妈腰里都系着一根闪闪发光的金利来领带。

我是当一个笑话来听的，朋友却赌咒发誓地说真有其事。只是后来，大家日子好过了，就没有谁再去干那些违法乱纪又下作的事了。

小会泽是个什么样的人呢？孝子？小毛贼？

再次见他是第二天在护士站，他拿着一张医生开的单子与护士低声交流着什么。护士摇头再摇头，他却不急不躁拿着那张单子，用手指比画，像学生在讲台前对期末试卷的答案。最后，护士用手指了指医生办公室说："我也做不了主，你去问医生。"

我比较好奇，随口问道："单子不对吗？""这小伙子觉得进口药太贵，想换成国产的，或者不打这种针水。"护士嘴一撇说，"怎么可能嘛！除非医生说可以调整。"护士又摇了摇头，继续埋头整理一摞材料。又加句，"莫名其妙的人！"

草木青山

呵，今天遇到新鲜事了。我们都知道，一般物品在消费之前是可以挑选可以讲价的，而有些地方、有些东西则不能，比如医院和学校，从没见过谁在医院及学校谈价钱，说多少就是多少，哪里有讲价的余地，又有谁会吭声。医院里讨价还价，真是奇葩。

再见他，我就问他："老乡，听说你找医生改单子去了。"他一愣，有些羞涩："有些花费没得必要嘛，太贵了，效果还不见得好，真的，我打听过了。"我说："你懂医学？"他很羞涩："不懂，但有些药物的功效和相似的药物百度上有介绍。"我问："医生帮你改单子了吗？"他说："这次不可以了，但我求医生以后再开的时候帮我调整，太贵了负担不起，医生说可以考虑。"

"遇到个好医生！很是感激！"他搓着手说。

没有想到他竟然在医院"谈价"成功。后来，很多次看见他握着手机划拉着屏幕，有时候还拿笔记着、算着。

我想，真抠啊，你老母亲得的可是癌症，这个时候还想着省钱吗？精明过头了吧。但他坚定认为，一样的效果，不影响。我说："你说不影响，以后想起这些你缩水的药单，万一觉得有影响，你心里的石头落得到地上吗？"

他一愣，不知怎么回答，继续手机百度。

某天深夜，我听见有人在低声地啜泣。肿瘤科的夜晚这样的声音和眼泪太多了，无所谓了。

有人抽抽搭搭哭出声音，有人把眼泪擦擦又翻身睡去。

但呜呜的哭泣声还是让人心生悲凉，我无睡意，穿上拖鞋，看见一个背着书包初中生模样的小女孩在楼道黑暗的角落里对着一个丢弃医疗废物的垃圾桶哭泣，呜呜咽咽声音很小，肩膀耸动，瘦削单薄的身体微微颤抖。她听见有人，转过身来，我看见她满脸的鼻涕和眼泪。

我走了两圈又折回去继续睡觉，翻来覆去辗转难眠。哪家的娃娃呢，那么小，就不该晚上还在医院逗留，哭有用？

在电梯口，遇到小会泽领着昨晚哭泣的小女孩，听见这个女孩喊他哥。小会泽说："以后你不要瞎跑，好好读书。那么远跑来有个屁用，一床毯子还送来，我热得很，盖不住，你白跑。"女孩很委屈说："我怕你冷，变天了嘛。"出电梯口，我又看见他给他妹妹塞钱，一个要给一个不要，兄妹俩推搡着。

"好好读书！以后别来！"小会泽生气吼了声，把钱砸进电梯。

后来，记不得又隔了几天，在住院部楼下，小会泽迎面小跑到我面前说："你有空吗老乡？帮个忙，放心，只耽误你两三分钟。"

他把我带到另外一幢房子的楼梯口，指着一堆纸板说："帮我看着哈子（分分钟）。"还没有等我反应过来怎么回事，他向医院门口大步走去。

没想到一等就十多分钟，我等得有点烦了。其间有个捡废品的老太太走过来，对着那堆纸板张望，我只有难为情地说："纸板是我的，我还有用。"

大概十四五分钟后，小会泽指挥着一个骑三轮车的人过来了，气喘吁吁说："门口保安堵着三轮车进不来，耽误你时间了。"他边说边指挥带来的"老板"捆扎过秤，小会泽怕人家吃他的秤，拿起秤来提着在空中左看右看地检查，又是讲价又是过去赶秤砣，终于把这几十公斤的纸板换成四五十块钱。

他很高兴，说刚才下楼，正好遇到医院添加设备，一问人家包装纸板不要了，相当于捡得钱哦。

小会泽说得很高兴，手舞足蹈。

◎ 明月下西楼

草木青山

　　后来，父亲要出院前一两天吧。我才发现，好像有好多天没有见过小会泽了。闲聊时才知道，附近的人也都有好几天没见过他了。

　　这时，有人小声地说："小会泽犯了点事。"我一惊，啥事？传言他偷电动车被派出所抓到，还有人看见他被铐在派出所的栏杆上。旁边的老倌接过话："我早就说过嘛，这家伙手脚不干净。"

　　多年前，我到一个派出所办事，看见栏杆上拷着两三个十七八岁的少年，据说是盗窃单车的小贼。让我印象最深的是他们也穿着塑料拖鞋，站成一排地被铐着。我丢过单车，当时觉得把小偷抓到铐起来大快人心！后来，偶尔想起他们光着脚杆，拷着一只手站在院子里六神无主，总会想起他们眼睛像惊慌小兽的样子，心中还是觉得难过和不忍。

　　现在有人说起，小会泽也被铐在栏杆上，我的心一痛。

　　前些年被铐在栏杆上惊慌失措的少年一下跳出来，又想起小会泽穿着塑料拖鞋蹲在我们身边默不作声的样子。

　　拷着蹲不下站不直，他怎么办呢？他母亲在医院，他妹在学校，一家人怎么办呢？

　　我无心听下去，走向小会泽母亲的病房，往里面一瞟，病房里空荡荡的，只有她母亲在躺着打针，可能针水快完了。

　　她也不确定，用干瘦的手扳着床板半坐着，尽力斜着身子抬头看针水还剩多少。小会泽的母亲发现有人在看她，也抬头往外看了我一眼。目光相对，我这才发现，她有只眼睛好像不太好，不知是白内障还是其他方面的问题，白乎乎的像涂了一层石灰。

　　我不敢对接这样的目光，像自己做了亏心事，匆匆走开。

　　后来的夜晚，走廊的角落里再没见小会泽，抬头向窗外看，只有一轮明月高高挂在医院空旷的场子上。

离开医院后，再无小会泽兄妹的消息，他们就像一把洒向池塘的盐，悄无声息，杳无踪影。

◎ 明月下西楼

同一首歌

我听一首歌听得泪流满面是在医院里。

那段时间,我陪父亲住院。他睡下后,我就悄悄起来到走廊或者楼下走走。

夜已深沉,整个城市都渐渐入睡,但肿瘤科是不眠的。

每天晚上,总有心事重重的人在走道上,或表情木然呆坐,或一言不发枯站,或相互小声地打听着病情,或在走道上闲走,来来回回不发一言,分不清是患者还是家属。

明知道生命奔向一个结果,却都在苦苦寻找解套的方式。

我被隔壁病房里传出的弹奏之声吸引过去。

这是一种类似琵琶的声音,恬静柔和,圆润丰厚。在幽静的夜晚,在气氛凝重的医院,如天籁漫过病房又流过走廊。

我不是喜欢凑热闹的人,但有一种强大的力量吸引着我走了过去。

狭窄的病房被挤得严严实实。有人往周围挤了挤,让出一点点空隙,我站住了。

一群默默无声者围绕着一张病床垂手站立,大家大多相互不认识,却有个共同的身份:患者及患者家属。

围观者中间盘腿坐着一个病人。类似琵琶的声音正是由这个病

草木青山

人弹奏出的。细看,他并不是盘腿而坐,而是盘腿而靠。病床的一半被摇得基本直立,他身后垫着两个枕头,直挺挺地坐着。

他给我最大的印象是瘦,铁黑的脸清瘦得如刀条,整个人的身体如窄窄的刀背。

他怀抱着一件乐器,如抱着个婴儿,全身心都倾注在这件乐器上。右手在乐器的弦上挑、滚、划,左手上下左右翻飞按弦,整个人都交给了那件乐器。

医院里的倾听者只有两种人:病人及病人家属。在这样的乐器声中,大家静静垂手听着,听得肃然,听得痴醉,没有喝彩也没有叫好,只是默默地望着病床上的弹奏者,屏声静气。有一个词语叫作洗耳恭听,以前我一直认为是个表达敬重的谦词,但此情此景,证明了书本的刻板及我理解力的浅薄。

奏完一曲,他又弹奏一曲,他几乎是用全身的力量在弹奏。

旋律慢的时候,他闭上眼睛陶醉其中,弦子和手指的跳动舒缓有致。旋律快的时候,十指上下奔跑跳跃。弹奏到热烈之处,弦子翻飞,他消瘦脸上长长的头发也垂了下来,半边脸颊被遮住,头发跟着弦子在铁黑的脸上跳动。弹到激烈紧凑的地方,却戛然而止。

整个病房静下来,万籁无声,只有头顶悬着的两顶日光灯嗡嗡的电流声在响,他理了理遮住半边脸的头发,把头抬起来看看大家,然后嘴角微微一笑算与大家打了个招呼,大家也嘴角瘪了瘪算是一笑做了个回应。

再下一曲,是熟悉的旋律,《渴望》的主题曲《好人一生平安》。《渴望》这部电视剧是1990年播放的,而病房里的人无论是病人还是家属,基本都超过30岁,这首歌在那个年代传遍大街小巷,基本人人都知道。也不知是谁,伴着旋律跟着唱了起来:有过多少往事,仿佛就在昨天,有过多少朋友,仿佛就在身边。也曾心意沉沉，相逢是苦是甜，如今举杯祝愿，好人都一生平安……起初是一两个跟唱，后来加入的人越来越多，起初大家只是哼唱，不太好意思开口，很多人来自农村、来自工厂、来自街道，有几个人平时会开口唱歌呢？有几个人的生活是在歌声飘荡中度过呢？

起初歌声并不大，大家有些羞怯，但加入的人越来越多，由哼唱变成大声歌唱，唱得蒙面而泣，唱得泪流满面。我知道，他们在别人的歌声中也唱出了自己也看见了自己。他们大多数劳作于田间地头，很多人从没有在城里住过，却一步踏进肿瘤科长年累月住了下来，不知道何时出院，更不知道何时痊愈，没有希望，没有尽头。

但在今晚，这些不会唱歌的人却被同一首歌牵引着，牢牢定住。站在一个病房里听一个患者弹奏内心的绝响。我们都在歌声中同醉和祝愿，飘荡的歌声如水推流沙，年年月月苦熬岁月，过得小心翼翼，过得战战兢兢，却提前看见了人生另外的结局。

这样的歌声让人痛心疾首。

我没有唱完，擦擦眼泪就出去了。走廊上有人朝这边张望，有人靠着门框看着天花板发呆，有扶着墙壁扶手做康复训练的病人在驻足聆听。

我知道，他们听的是同一首歌，但想的却是不同的人，每一滴眼泪里都有不同的故事在滴落。

歌声结束，人散去后，我又来到这个病房。

弹奏者告诉我，这种乐器叫中阮。

"白天睡多了，晚上也无睡意，就弹了玩玩。"我与他聊起来才知道弹奏者也是曲靖的，师宗人。

病房里有人告诉我："他是袁局长，才退休一年多。"具体哪个局，无关紧要，我也没有问。

◎ 同一首歌

草木青山

在这里，大家只有一个身份：病人。职务高低、贫富贵贱都无关紧要。

袁局长是直肠癌晚期，做了好几次手术，最后一次手术后再也起不来，只能坐在轮椅上。

我这才注意到他病床的旁边还有个轮椅，轮椅用一条布带子拴住，要下床的时候，拉过来靠近床边先拴好固定，侧身坐上去就可以活动了。

很多时候，都不见亲属。

好在，同一个病房，一条线上的蚂蚱。病房里其他家属也会顺便帮忙，比如按按床头呼叫器找医生和护士，偶尔帮打打饭倒倒开水。时间久了，大家像一家人。

后来，聊的次数多了，才知道袁局长有个儿子在外地工作。袁局长一声叹息，在工作方面没有处理好以至于儿子有怨气。儿子退伍后，没有在当地找到合适的工作，远走外地谋生。还有个女儿，文凭低，他直接就没有替她找工作，人到中年，还没个固定的职业，儿女日子都过得凄荒。

儿女要淘生活，要吃饭，哪能天天陪伴？

袁局长一声叹息。

小地方，周末病房会比较冷清，有些人提前办好出院手续走了，有些人因为家在附近被接回了。

有个周末，大概10点多钟，我发现他一个人在护士站旁边那个小小的休闲区坐着。

我走过去，他不好意思地笑笑，然后告诉我，他7点多就坐在这里了。病房里冷清，想着外面热闹点。但外面也不热闹，自己也回不了病房，不好意思开口。我问他吃饭没，要不要给他买点东西。他说饭是吃了，只是口渴，帮我把水杯递给我吧。水杯拴在轮椅旁，袁局长尽力伸长的手只差三指宽就够到水杯了，他笑笑说："拴好的水杯，带子耷拉了下去，就怎么也够不到，无用得很啊！"

袁局长又是一声叹息："以前，即便把水杯挂到篮球架那么高，也能跳起来摘下。万万没有料到老来却如此无用。"

后来，隔三岔五的，我能看见他女儿来医院照顾他。

袁局长说，周末不能让她来，即便来了，也要使唤她回去。她在乡镇上开了个理发店，逢赶集天得去理发，赶集天都不去，哪里会有饭吃？所以，女儿不在，只有换其他亲人来照顾，如果其他亲人没有来，袁局长大多数时候只能抱着他心爱的乐器中阮，坐在轮椅上耐心地等待。

有天，天气很好，医院走廊上阳光灿烂。我看见袁局长一家三代在走廊上散步，准确地说，也不叫散步，就是从房间里出来透透气而已。说三代人散步有些勉强，因为只有袁局长女儿的脚落在地上，另外两个，一个不能走，一个还不会走。轮椅上坐着袁局长，轮椅之上袁局长怀里抱着女儿的女儿，祖孙三代其乐融融。女儿推着轮椅在走廊里走，他把孙女抱在怀中，如抱住一件稀世珍宝，小心翼翼。

袁局长的外孙女还只是八个月大的娃娃，毫无疑问，她是整个住院部最小的陪护。一家三代吃住都在病房里，我不知道母女二人晚上怎么睡，医院里陪护的椅子拉开来就可以当床，但实在太窄了，一个人翻身都困难。袁局长腰间挂了好几个排泄废物的袋子，手上还埋着针管，床上各种管子蛛网密布，也不可能让八个月大的孩子睡在病床上。我不知道母女俩是怎么挨过无数个这样的肿瘤科之夜。

大多数时候，袁局长是没有人陪的。打针时他钟爱的乐器中阮

草木青山

与他并排躺着。

他木然地望着倒悬的吊瓶，针水一滴滴往下滴，如古代的计时器数着时间在悄悄地走。

无论是袁局长还是他女儿，我们都没有留下任何联系方式，也不知道袁局长还在不在人世。

只是，无论何时何地听到那首《好人一生平安》，我还是会想起那个肿瘤科之夜病房里的歌声，和那个脸颊消瘦的袁局长以及那个见人笑眯眯在乡村里理发的女儿；也会想起袁局长在散步的时候，抱在怀里的外孙女咿咿呀呀，胖胖的小手在空中抓来抓去的样子。

一花一世界

农民作家培训班结束后，刘承美发现最后一场讲座的听课记录忘写日期。她重新拿出已收起来的笔，摊开笔记本郑重补上"2018年12月24日"。

为期三天的培训结束，她收拾好笔记本坐上车，回五六公里外的茂源酒店。

车沿程海边开，窗外右侧是美丽的程海，微风习习水波荡漾；左侧是耸立连绵的高山，群山之上草木枯黄。

对风景，她有些麻木。

培训班结束了，她有些伤感，心事沉默得像程海湖里的水。梦想、生活、文学、上课、上班，这些词语如阳光下湖面的波光晃动起来，显得虚幻陆离，真实却又遥远。

由于培训学员有四五十人，在永胜这个小县城，特别是远离县城的程海镇，一下子来了这么多人，单独一个酒店没接纳这么多人的能力。所以培训班学员分永联庄园、茂源酒店两地住宿，培训集中在一个地方，一辆大巴专门负责接送。

酒店说不上有多好，镇上的酒店，牌子看着很大，条件却有限。乡村中巴顺着程海湖畔来回跑，风景虽优美，但山路崎岖，每天来回四趟还是让人头昏脑涨。即使这样辛苦，刘承美也感觉相当满意。她是丽江永胜人，大多数时间在一百多公里外的丽江市一家五星酒店打工。当服务员多年，对于酒店她很熟悉，作为住宿者让别人为自己服务，且就在出生及生活的永胜县却是第一次。

为这次培训班能顺利请到假，她之前已经连续上班三十天没有休息。每月有四天休息时间。一个月前得知有培训班，她主动要求停休。她申请将四天的休息时间安排在22至25号，以便与培训时间吻合。但就在培训班开班前，酒店主管突然变卦不批假，这让她有些慌乱着急。她不可能请"霸王假"一走了之，那是她的饭碗，酒店服务员虽然工作辛苦报酬低微，但一个中年女人，只有初中文化又无一技之长，这个饭碗她无论如何是不敢轻易丢弃的。

她焦急得一圈一圈在院子里走，走了好几圈后，掏出手机，带着失落悲哀的心情打电话告知县文联主席胡延平。

县文联主席按行政级别来说，是科级干部。在其他部门，科级干部在县上也是个人物。但云南很多地方的县文联发展很不平衡，编制多的有十人左右，少的两三个。而永胜县文联更是特别，目前在文联上班的只有一个人，胡延平既是领导也是兵，自己下的命令自己执行。

县文联主席胡延平得知情况后，主动鼓励她再次向有关领导申请。

当主席多年，省里到永胜县里来举办培训班，却是第一次。无论如何他得替所有文学爱好者争取这样一个机会。

胡延平是主席更是文学爱好者。早在20世纪90年代初，年轻人胡延平一腔热忱就主编油印文学刊物《东风》。

那时的永胜县与全国一样，这块土地上活跃着一大群文学爱好者。著名作家海男和她的诗友们率先在永胜县城创办星巷诗社，杨学韬创办三川文学社，李梦游创办荒野文学社并主编油印刊物

《流沙》，谭元怀主编油印刊物《山魂》，刘志凤创办"芸骊诗屋"等。

在永胜这块土地上，文学之花开满山坡。

作为从那个年代一路走过来的县级文联主席，胡延平自然能体会文学给基层写作者带来的苦乐。

在沉闷压抑的生活中，文学无疑是点亮平淡灰暗生活中的一抹光亮。

最终，刘承美抓住了这抹光亮。

刘承美自嘲是个奇葩的农民工。用她的话来说，之所以自己觉得奇葩，是因为农民工给人的总体印象就是没知识没文化，更不可能写作。农民工干的几乎是苦力活，一天下来筋疲力竭，生活自顾不暇，哪还有心思去抒情写诗？再说，农民写诗，感觉自己是个另类。周围的人一有空闲，要么三五成群往麻将桌上凑，要么凑在一起家长里短。而自己两样都不爱，空闲之余只喜欢缩在角落里读书，提起笔抒发对岁月及人生的感慨。

她虽然觉得自己是个奇葩、农民工的另类，但还是很愿意把这份梦想坚持下去，不顾及周围人异样的眼光，只要有了灵感，就随时在纸片上记下，回去有空再慢慢整理。她就想诉说自己的故事及身边农民朋友的故事，就想告诉大家农民工也有梦想。

写作让她扩展自己，一个在生活中承接艰辛和苦痛，另外一个在文字中承接美和哀愁。

另一个与之年龄相仿的农民作家叫海忠菊，她是永胜仁和镇的农民，也以打工为生，写作用她的话来说"属于疗伤"。她在婚姻内遭受重创，离婚后文字为她提供了一块可以沉淀忧伤的地方，就这样，她与文字结下缘分。文字做伴，生活也有了另外的安静澄明之地。

草木青山

　　参加培训班的另外一个农民作家叫高开文，他是1994年出生的，是这期培训班里年龄最小的写作者。

　　这个年龄，对于其他行业的人来说并不年轻，但作为农民写作者却寥若晨星。现在的农村不用说写作者，就是年轻人都很少留在村里。云南昭通诗人陈衍强在《农村现状》里是这样写的："有力气的男人外出找钱去了\才长大的姑娘被劳务输出了\连长得一般的寡妇也进城给人擦皮鞋了\老得掉牙齿的老家\只剩下年迈的父母\带着上小学二年级的孙辈\白天在去年的土地上掰苞谷\夜晚守着三间瓦房和两声狗叫。"

　　这样寥落的村庄，年轻人都没有，还奢谈什么年轻写作者？

　　高开文的家在永胜县期纳镇半坪村，爸妈年纪已大，父亲患高血压、颈椎病多年，母亲身体也不好，劳动能力弱，家里的收入只能从几亩薄地中来。自己与姐姐上学，加上父亲的医药费掏空了这个本已风雨飘摇的家。

　　与农村里许多年轻人一样，为了改变贫穷的命运，他高中毕业后不愿给家里增添任何负担，把上大学的机会留给姐姐，然后头也不回毅然决然一个人往外走。白日放歌，青春做伴，正是人生好时节，但与大学绝缘后，在打工路上离年少时的梦却越来越远。一个人孤身在外，稚嫩的肩膀扛起这个家走得摇摇晃晃，曾经的理想和追求被残酷的现实粉碎得一塌糊涂。

　　青春后退，世界远去。

　　靠打工实现梦想难于上青天，为走捷径他误入传销组织。血本无归后，他一度变得性格孤僻、不爱说话，对未来沮丧失望甚至对世界充满了怀疑与不安。心高气傲与年轻气盛在强大的现实面前一文不值。困顿无助时，是文学为他打开了另外一扇窗子。自己的烦恼和忧伤无处诉说，他就把无处倾泻的忧伤写成诗，写成了自己可以对话的文字。在暗夜里默念自己的文字，那些忧伤的文字划破夜空奔向远方，让他得以安睡也让他看到了微茫的希望。

省外打工经历让他不愿重提往事，经过生活的磨砺和文字的渗透，他迅速成长起来。现在，他转了一圈又回来，他不再好高骛远，在家乡安定下来，有了自己的小修理铺，变得开朗务实，专心给村里人修理拖拉机和农业机械。他有了不多但相对稳定的收入，即便这样的收入还不至于使家里从贫困的泥淖里迈出脚步，但终归是离理想又近了一步。

培训班开班前一天，他把拖拉机的摇手柄一丢，工具一收，关上自己的修理铺，认真地用洗衣粉和去污粉洗了几次手。然后在门上贴了张条子，"有事关门三天，敬请原谅"！在生活面前，他又一次任性一把，甩着再怎么也不可能完全洗干净的留有乌黑机油印记的手直奔培训班而来，向平庸黯淡的生活暂时说声再见。

庸俗的时代，奢谈文学，有些突兀和意外。但总有那么一群人在坚守与瞭望，且多少年如一日，正应了仓央嘉措那句诗"你念，或者不念我，情就在那里，不来不去；你爱，或者不爱我，爱就在那里，不增不减"。默然相爱，寂静欢喜。文学早已经与他们的生命追求融合在一起。为什么而写作呢？又为谁而守望呢？精神寄托还是思想分享？

谁也说不清楚，反正就有那么一群人在埋头写作，像地里耕作的牛，不问收获只是低头一步步往前走。

永胜县老作家杨学韬是这样的写作者的一个缩影。在我们到达永胜的当晚，他送给每人一份1994年的《三川文学》报。24年，不知道搬了多少次家，他一直舍不得丢弃这份已经泛黄的报纸，人搬到哪里，发黄变脆的《三川文学》也搬到哪里。

三川文学社于1987年初春成立，是当时永胜这块土地上众多文

草木青山

学社之一。

1987年前后是一个激情澎湃的年代，街头巷尾到处可见穿着喇叭裤扛着燕舞牌双卡录音机疯狂扭着迪斯科的年轻人，他们唱歌跳舞，谈论诗歌与爱情，到处充满着青春和文学的气息。

杨学韬那时风华正茂，作为民办教师郁郁不得志，常常望着天空发呆，寂寞、躁动中重新思考自己的人生。他在调入永胜三中工作后的第三年，向杨金乾副校长提出了组建文学社团的想法。杨金乾也是文学爱好者，这样的提议得到积极响应。

三川文学社成立之时，四方诗人作家奔涌而来，就在永胜三中学生食堂杀猪宰羊，热闹非凡。没有经费、没有人员，有诗就有远方，有文学就有未来。那是个以梦为马的年代，如何困难都阻挡不了前行的脚步和躁动的青春。杨学韬和退休教师周瑾贤自己动手刻蜡版，白天上课，晚上看稿、选稿、一一回复作者来信，画版、校对一丝不苟。有时一干就是通宵，没有任何报酬，也没有任何人要求，甩开膀子干得热火朝天，就为了心中的那份爱好与执着。后来印刷数量增加，改为铅印后，又自己出差旅费坐两个半小时的车到丽江印刷，在乡村与城市间来来往往。

《三川文学》虽然只是一份地方报纸，作者却遍及全国20多个省市。1987年4月21日，著名作家、诗人白桦欣然为《三川文学》写下"三川是在冲刺中诞生并流向远方的"的题词。杨学韬回忆说："那些年，所有的休假日都耗费在了编辑《三川文学》的过程之中。为了寻求资金支持，一旦有空就骑上一辆破单车，四处游说。"

三川文学社历经艰辛，坚守了整整八年，出版《三川文学》16期。

进入新世纪，喧哗过去，文学热潮迅速退去，文学盛况不再。

陈洪金在《回首,再回首》里说:"在新世纪之初那几年,大批大批从事文学创作的永胜人相继调到丽江,剩余一些的也似乎在做别的事情,没有几个人在坚持……作为县里极为重要的文学阵地,《永胜报》因为国家政策的调整被取消了,坚持了十多年的副刊也随之消失。作为团结全县文艺工作者的县文联,也因为当年的专职副主席简良开退休回家,只在县委宣传部的图书室里留下一枚木质印章。"那时的陈洪金痴心于文学创作,写了大量的散文、诗歌,在县里也算小有名气。他在县委宣传部工作了好几年,主要负责理论和对外宣传。"上级文联有什么事情交代下来,顺带着应付一下。"

这一应付就是好多年,直到2006年夏天才终于迎来转机,在县委领导的重视下,县文联终于召开了第三次代表大会。

这一年,距第二次文代会召开,已经整整16年了。

担任永胜县文联常务副主席长达20多年的简良开经历过这段低谷的苦痛,他在回忆文章里动情地说:"困境并未使文艺工作者们气馁、消沉,因为他们都清楚,自己所从事的事业是高尚而圣洁的,它所创造的社会效益是无法用货币来衡量的……他们坚信,百折不挠、锲而不舍的奋斗,终将会感天动地。"

习近平总书记在纪念改革开放40周年讲话中说:"实现中华民族伟大复兴,是一场接力跑,我们要一棒接着一棒跑下去,每一代人都要为下一代人跑出一个好成绩。"

永胜文学的接力棒交到了现任县文联主席胡延平的手中。2014年11月14日担任县文联主席的那天夜里,他在一个记事本上写下了许多人的名字,整整写满了12页,都是与自己曾经创办的《东风》和《永胜文艺》有关的朋友、同仁、前辈和领导。他在《田园将芜胡不归》这篇文章里说:"我会守在这里,重拾旧梦谱新歌,给

草木青山

出发人以祝愿,给归来的人以安慰。这将是我一生最大的幸运和幸福。"

文学热潮退去,田园一片荒芜。一人一单位,一花一世界。胡延平姓胡,他的"田园将芜胡不归"如自己的宣言,也如文学出征的誓言。

江山代有才人出,各领风骚数百年。如今,当年的热血青年也一个个变成文学白头翁,有些早已淡出文坛不知所终,让人唏嘘不已。发黄变脆的《三川文学》也流向历史的深处,它静悄悄地躺在历史的角落,被遗弃和遗忘。

岁月可以带走一切,但带不走一群痴心人对梦追寻的脚步。

在这块贫瘠的土地上,涌现了如谭碧波、海男、简良开、毛诗奇、马霁鸿、陈泽、严谅、杨学韬、赵晓梅、木祥、李理、陈洪金、蔡晓玲、黎小鸣等全国及全省有名的作家,更多的却是一些默默无闻而又对文学深入骨髓地热爱的追随者。

一花一世界,一人一刊一单位,这是很多县城文学写作者的天地和舞台,却包容了所有的苦痛与欢乐,也接纳了尘世间所有的幸和不幸。

旷野之外,一片葱茏,无数文学的舞者与歌者长在未识的深山,欢快地舞蹈与寂寞地歌唱!可能他们一辈子的写作都走不出脚下的这片大山,但他们无比挚爱和忠于内心的文字,无论山重水复也无论艰难困苦,这些文字始终是他们心里流淌的歌。

这是一批真正与文字相互取暖的人,配得上这喧闹尘世间所有的赞誉和掌声!

他乡成吾乡

从家乡曲靖到昆明140公里左右,沿途经过大大小小十多个车站。无论大站小站,火车经过都"咯吱"一声停住。上下客间隙,当地村民把装着煮熟鸡蛋和红薯的篮子举过头顶,乘客便将半个身子探出车窗挑挑拣拣,讨价还价。车上拥挤不堪,左右力道均衡车窗一提就开。有人图方便,干脆从车窗直接翻到站上,或百无聊赖地闲逛,或对着远处的群山伸几个懒腰打几个哈欠,再慢悠悠地上车。

车不会马上开走,来得及。反正,大家有的是时间。

那是1985年,我还没有上小学。第一次出远门,去的是省城昆明,一切都觉得新鲜。

绿皮火车哐当哐当摇晃着行走了6个多小时到达,出站时天已经黑透,成百上千的人肩背手提着大大小小的包裹,往一个窄窄的通道里走。我被喧闹的人群挤散了,拉不到母亲的手,只看见蓝色、绿色和黑色的衣服裤子在身边闪动。什么也抓不着,慌了神,惊恐当中,我"哇"的一声哭出来。

这么大的一个城市,我实在太小,且谁也不认识。首次来到,我只感到压力和紧张。

亲戚家在火车站的背面,距离并不远,也就两三公里。

草木青山

　　印象中，要穿过一个长长的地下涵洞，洞里灯火昏黄，人在里面说话有回声，听上去瓮声瓮气。

　　出了涵洞再往南走，路面坑坑洼洼。车经过，泥水四溅。

　　大概40多分钟，到达了官南路旁边一个叫"小街"的村子。

　　即便离昆明火车站不远，但那里没了大城市的气息，与家乡的农村好像并没什么两样。周围有稻田、河流、竹林和低矮的土屋，我有点怀疑我是否真的来到了昆明。

　　但第二天清晨，却是另外一番景象。老家的农村还在沉睡，昆明的农村却早早醒来。在叮铃铃的自行车铃铛脆响中，当地村民前前后后往城里涌去，或做工或卖菜，一派生机勃勃，是老家农村完全没有的景致。那时候除了种地，老家的农村附近没工可做，也没地方可以卖菜，由于交通不便，菜即使烂在地里也无法运到20多里外的县城去卖。

　　那天，我跟着昆明亲戚家的一位小叔叔进城。说是小叔叔，但他只是辈分比我高，实际只比我大一岁，没有其他长辈在的时候，我们打打闹闹，直呼其名。与昆明当地的孩子玩，彼此说着不同的方言，大家都能听懂，但都觉得对方的语调滑稽可笑。我们马上就熟悉起来，趴着弹玻璃珠，玩丢镍币的游戏，玩得灰尘满面。那天我赢了不少弹珠和好多张彩色小画。老家还没有这样的小画，那是种只有火柴盒大小的纸片，上面画着彩色的三国人物，有刘备、关羽、张飞……我要走的时候，一个与我年龄相仿的昆明小朋友操着浓重的官渡方言说：“给你家藕张朽画儿（给你五张小画）。"

　　哈哈，我喜欢这座城市。

　　再次来到昆明是1998年，我到这座城市读大学。还是坐火车，但时间整整缩短了一半多，虽然还是拥挤，但车上的卫生却好多了,在小站上停留没有人再翻车窗,也不见当地人卖鸡蛋和红薯。列车员推着小车在车厢里走动,小货车里吃的喝的应有尽有。

校车没有把我们这些探头探脑土里土气的孩子拉到校本部,而是来到了位于昆明北边的龙泉路新校区。由于本部校区面积有限,那年所有的文科类到龙泉路校区就读。

我们在写信的时候要加上个前缀"岗头村",否则收不到。从新校区到校本部,我们管这叫"进城"。坐9路车再到北站转22路,要经过上马村、中马村、下马村、大厂村、小厂村等一溜村庄。我们一路风尘仆仆,一路东瞅西看,像梁生宝进城买稻种,欢天喜地。

这些地方虽然叫村,但实际上已不同于传统意义上的农村,完全两回事。城市已经蔓延到村庄周围,家家户户一幢一幢的房屋拔地而起,周围村民靠出租房屋和做小生意为生,日子过得悠哉悠哉,让人好生羡慕。无事的时候,我们站在校内的宿舍阳台上,看着窗外的村庄长胖、长高。看着村庄与城市连在一起,融到一起,直到乡村和城市变得界限模糊。

1999年,世界园艺博览会在昆明召开。也就短短两三年时间,昆明的城市建设发生翻天覆地的变化。突然有一天,龙泉路尽头围挡被撤除,一座三层立交桥出现在眼前。还没有通车,夕阳西下,昆明的夏日晚风习习,我们走到最上面一层眺望城市。金色的黄昏、光辉的街道,欢声笑语的人群,阳光斜射下,条条道路像鎏了一层金,延伸开去,一直铺往落日的远方。

后来,我工作也在这座城市。走过青云街、白云巷、象眼街、鱼课司街、吹箫巷……听着"整喃"(做什么)"为喃"(为什么)"克喃"(去哪里)的昆明方言嘻嘻哈哈。

其他城市有四季,昆明可以模糊成一季,或者两季。旱季和雨

草木青山

季,有海鸥的季和无海鸥的季,有菌子的季和没有菌子的季,常年绿树红花,日子在花开花谢中悄悄溜走,倒也舒适自在。

但从骨子里来说,我总感觉家乡仍在百里之外。在昆明,我不过工作、生活、漂泊。

工作后,有天单位通知去落户口、办身份证,拿到户口本看见自己的户籍上清清楚楚打印着昆明市五华区某某路几个字,又欣喜又悲伤。欣喜的是,我一直喜欢这座温和而又五光十色的城市。悲伤的是,从此以后我再也回不去那个生我养我的家乡了。那一刻,有种想哭的冲动。

屈指算来,今天我已经整整在这座叫"昆明"的城市生活了24年,白发拔不净,人生早不惑。

前半程的家乡几乎一半对一半,说不清道不明对哪个的爱多一点,对哪个的恨少一分。就这样活着、忙碌着,也深刻地爱着模棱两可的家乡。

火车一再提速,城际列车一小时,高铁半小时,高架、地铁四通八达,空间上的距离被压缩,可还是有人两头担着、惦着,心事重重回故乡。

当父母双亲离世后,我突然心酸地发现,原来的"故乡"竟然成了一个烙在心底结痂的印痕,成了一个地名。看见它,再没有当初的迫不及待与心潮起伏。

而原来的他乡,竟然在毫无准备、毫无意识的情况下生根发芽。故乡成他乡,他乡变故乡,这世界原来如此啊!

一日闲逛到这座城市的官渡古镇。戏台上,有人在盛装唱花灯《昆明是个好地方》,观者如潮;也有村民在自顾自地唱"弯呢的树,弯呢的树,弯呢的树上开满了花啊……"无人角落,冷落清秋节。

我们爱着这个亘古不变的世界，爱着远方已经走远或者还在的亲人。有时，夜深人静，在这座城市，看着原本家的方向，木然呆立：到底哪个方向我是主，哪个方向我是客？

写下这些文字，不是熬煮过往的鸡汤，而是人间的药。回不去家乡的时候，就着浓浓的夜色，舀一勺，尝一口；第二天醒来，嘴里还是彻夜的苦。

好在，总还是有一个地方接纳了我；好在，这个世界也总还有人爱着我。

从心底来说，我感激脚下踩着的这片土地，也感恩哪怕是擦肩而过却匆匆瞥我一眼的人。

现在和将来，我没地方可去，也不想去。

再大再繁华的城，与我无关。如今，这座叫昆明的城，却让我心心念念：一座云的故乡、花之海洋的城，只有它会容纳我，也会将一个再也回不去的人揽入怀中。

草木青山

青草地

一人一指一梅花

1

平地起楼高百尺，城市以挤压的态势，无声威逼周边的村庄。高楼围拢，诞生了一个词语：城中村。

城市扩张蔓延，咚咚的破拆之声不分昼夜响彻上空，昆明北郊龙泉镇小窑村处于极度焦虑与烦躁中。

小窑村口路对边的房屋墙面上，像血一样红的"拆"字被画上了大大的圆圈，让人想起古代被判处极刑的犯人。好在，路口转个弯，以路为界，拆字就此被收住。

昆明正午，高原上白花花的阳光刺得人睁不开眼，小窑村村民杨晓荣走在我前面。上坡，腰间的钥匙哗啦响一下；下坎，钥匙又哗啦一下。我就这样尾随着钥匙声爬坡下坎，走过村中的一条条街巷。

在小窑村，杨晓荣有三幢面积不小的房屋，一幢自住，两幢出租。除此之外，自住房前还有一个占地近两亩的花园。

与其他村民不一样，他的焦躁不仅仅为丢失村庄，由村民成为城市居民，更不是忧虑拆迁使腰间一坨拳头大鼓鼓囊囊的钥匙，变成城里七八片薄薄的钥匙片片。

草木青山

村民杨晓荣的焦虑无人能懂。他爱花惜花如命,如男人中的黛玉。两年以来,他一直想请我写写他院中的蜡梅花,我没有应承:世间有无数的蜡梅花,世间更有无数籍籍无名之人。原本山川,极命草木,一株花木哪有文字记述的必要?

钥匙声停住了,他翻出其中的一片,打开一扇宽大的朱红色铁门,又咣当一声关上锁紧。然后一路无言,领着我穿过一个偌大的茶花园,走到园子正中间,在一株蜡梅花前停住了:"给你看样宝贝!"他回头看我一眼,然后用手一指:"这株蜡梅是林徽因、梁思成栽植的!"

我一时有些懵,哪个林徽因?哪个梁思成?但旋即明白这世间原本只有一个林徽因,也只有一个梁思成。震惊之余更多的是疑惑:林徽因、梁思成栽植的蜡梅花怎么会在这里?

小窑村属于龙泉镇。我知道,抗日战争时期,我国一批著名的大学和科研所南迁昆明,由于日军频繁对昆明城区进行轰炸,中央研究院历史研究所、中国营造学社、清华大学文科研究所、中央博物院筹备处等学术机构人员连同西南联大的众多文化名人集聚龙头街这一带。之前我也略有耳闻,林徽因、梁思成的旧居位于龙头街的棕皮营村。但让我惊愕的是,小窑村村民杨晓荣家院子里怎么会有林徽因栽植的蜡梅花?

眼前一株好茂盛的蜡梅!扶着碗口粗的树干抬头仰望,不是开花季节,丽日蓝天下只有层层叠叠的绿叶在阳光下晃动。

树还是那棵树,太阳还是那个太阳,寻寻觅觅,唯不见当年栽花人。谁能给出岁月的答案呢?

1937年,卢沟桥事变后,北平沦陷。梁思成、林徽因夫妇举家往西南大后方撤退避难,从长沙经过39天的长途跋涉于1938年1月抵达昆明,暂借住巡津街"止园"。日本侵华铁蹄步步紧逼,1939年初,春城天空也不再宁静。日本人的飞机不断来轰炸,空袭的警报一响,全城百姓携家带口"跑警报"。

烽烟四起,何以为家?迫于无奈,林徽因全家人再次随中国营造学社,迁到相对安全的昆明北郊龙泉镇麦地村的兴国庵内暂居。

那时龙泉镇一带的司家营、麦地村、小窑村、棕皮营等村子成了抗战时期多位大师的寄居地,朱自清、闻一多、金岳霖、冯友兰等35位院士曾在昆明这个城郊接合部居住。

麦地村的兴国庵本来就不大,那时中国营造学社全社人员办公和住宿都在里面。中国青年报《林徽因设计建造昆明客厅》有这么一段:"重新建立的营造学社将工作室设在供奉菩萨娘娘的大殿内,屋顶没有吊灯,桌上也没有台灯,所谓的窗子,也没有窗页,空空的,只有横七竖八的几根铁丝。大殿内用薄板一隔为二,菩萨塑像用布帘遮住,外间密密地摆放了四张工作台,内间则安置着一张工作台……林徽因的休息之所设在同大殿成直角处的一间半泥土铺地的小屋里,屋内非常潮湿,必须投撒些石灰方可除去潮气。因为战事趋紧,聚集到麦地村的文人越来越多,住房成为稀缺资源,独立的空间已然是奢侈品。林徽因迫切感到应该拥有一间属于自己的房屋,以便接待那些情谊真挚的旧遇新知。"

很快,他们发现离麦地村不远的龙泉镇棕皮营村。"风景优美而没有军事目标。邻接一条长堤,堤上长满如古画中那种高大笔直的松树。"

有资料说他们借,又有资料上说是租本村富户李荫村(部分资料写为李迎春)的私家花园盖房。

借还是租,在《费正清对华回忆录》上说:"按当时的惯例,借别人的地皮盖房不付房租,但五年后房子产权归地皮主人。"所以，应当是借了李家花园院内的一个角落盖房。

战乱年代，无立锥之地，租借地皮盖房很常见。就在棕皮营，同在这里避难的"傅斯年向村民赵崇义租了一片竹林土地，修建了一座由梁思成、林徽因设计，造型、规格与林梁房子差不多的房子，屋前有一个大大的花园，花园里有两棵古梅树。"（昆明市盘龙区文物管理所编《龙头街的守望者》）

林徽因、梁思成棕皮营房屋1939年年中开工，1940年春建成。其间的艰辛，林徽因在给远方友人的信中提道："我们正在一个新建的农舍里安下家来。它位于昆明东北八公里处的一个小村边上……出人意料地，这所房子花了比原先告诉我们的高三倍的价钱，所以把我们原来就不多的积蓄都耗尽了，使思成处在一种可笑的窘迫之中……以致最后不得不为争取每一块木板、每一块砖，乃至每一根钉子而奋斗……"

据费正清夫人费慰梅《梁思成与林徽因》一书，林徽因向在美国的费正清夫妇在信中诉说她一家的困境："现在我们已经完全破产，感到比什么时候都惨。"在林徽因的监督和参与下，三间房终于在梁思成从四川回来以前完工。

棕皮营当时属于郊外农村，没有自来水。当地人说，每家必备一口大水缸存水，靠人从附近一个叫大井坡的地方担水储存在里面。今天，在当地人的带领下，我找到了这个叫大井坡的地方。离林梁旧居大概几百米距离，是大路边一个很宽很深的低洼大坑，无论过去还是现在要走下很陡很深的台阶才能取到水。

没有电，没有电话，没有交通，照明用菜油灯，她和当地农民一样为活着精疲力竭。

战争、疾病、颠沛流离的生活、飞涨的物价，贫病交迫让这位出身名门仕宦家庭、游学欧美的才女备受折磨。

2

战乱、困厄、疾病接二连三，但在昆明的林徽因始终保持对生活的诗意。

这是梁思成、林徽因一生中唯一为自己设计并亲手建造的房屋。

中国顶级建筑设计大师，共和国国徽、人民英雄纪念碑重要设计者之一，一生中唯一为自己建盖的住房竟然如此简陋。这是很多人参观昆明龙泉镇棕皮营林梁昆明旧居普遍的感受。

但很多人忽略了一个事实，战乱时期，物资极度匮乏。

在这时期，西南联大校舍也是出自梁思成、林徽因夫妇的设计。如今，凝视西南联大的旧照片，很难相信，大师云聚的西南联大教舍竟然那样简陋。

战时物资匮乏到什么程度呢？联大校史记载，由于没有经费，设计方案一次次被否定。梁思成夫妇只好一改再改，高楼改成矮楼，矮楼又改成平房，砖墙换成了土墙，青瓦屋顶也统统变成了铁皮和茅草。

梁思成、林徽因的儿子梁从诫回忆说："几乎每改一稿，都要落一次泪"。

专家考证，林梁为自己建盖的房屋虽然简易，但其选址、规划、设计毕竟出自建筑大师之手，处处体现着主人不凡的文化品位和匠心独运的设计理念。与当地民居相比较，显示出鲜明的特点：一是门窗较多，宽大敞亮；二是三间住房内全部安装了木地板，吊有顶棚；三是客厅里设计了壁炉，墙上还安装了壁橱。

房屋建好后，经常光顾的贵宾有中央研究院历史语言研究所所长、著名学者、教育家傅斯年，著名哲学家冯友兰、金岳霖，考古

草木青山

学家李济，古史学家董作宾，政治学家钱端升，语言学家王力，古文字学家陈梦家，文学史家、楚辞学专家游国恩，古琴演奏家、音乐理论家和音乐教育家查阜西等。

周末，也会有年轻的飞行员光顾，轮到谁休息，谁就会来这里度假。他们很多人把这里当成了家。

成为这些飞行员的名誉家长很偶然。梁从诫《我的母亲林徽因》一文中说："在我们从长沙迁往昆明途中，母亲又在湘黔交界的晃县患肺炎病倒。我至今仍依稀记得，那一晚，在雨雪交加中，父亲抱着我们，搀着高烧四十度的母亲，在那只有一条满是泥泞的街道的小县城里，到处寻找客店。最后幸亏遇上一批也是过路的空军航校学员，才匀了一个房间让母亲躺下。"

晃县的邂逅，让这些航校的预备飞行员，把林梁夫妇视为在他乡的亲人。

悲惨的是，林梁在昆明的日子，不断收到这些飞行员先后战死蓝天的噩耗，这些年轻的飞行员从航校毕业到牺牲，平均只有6个月。一张张阵亡通知书、一份份遗物转寄到了名誉家长手里。

梁从诫回忆说："因为这些飞行员的亲人在敌占区，他们阵亡后，私人遗物便寄到我家。每次母亲都要哭一场。"

林徽因的弟弟林恒与许许多多有志报国的青年一样，也加入了抗击日本侵略的血战长空中。后来在李庄，1941年，他们在心惊胆战中收到林恒的阵亡通知书。三年后，林徽因写下了那首读来让人痛彻心扉的著名诗歌《哭三弟恒》。

今天，旧居被附近的高楼挤压到一个闭眢的角落里，毫不起眼。很难想象，当年这所屋子前，晃动过中国历史上一大批知名大师的身影，门口的斜阳映照过为我们国家和民族做出重大牺牲、英气勃发的年轻飞行员的脸庞。

他们从历史悄然走来，又从历史悄然走过。

什么才是真正的蓬荜生辉，什么才是真正的壮怀激烈？这座简陋的屋子可以给出我们最好的答案。

3

山河破碎风飘絮，身世浮沉雨打萍。

林徽因儿子梁从诫在后来的回忆录里说："在这数千公里的逃难中，做出最大牺牲的是母亲。三年的昆明生活，是母亲短短一生中作为健康人的最后一个时期。在这里，她开始尝到了战时大后方知识分子生活的艰辛。"

1940年隆冬，中国营造学社随中央研究院历史语言研究所一道北迁四川南溪李庄，林梁夫妇离开了昆明。

此后，林徽因再也没有在自己建盖的房屋中住过。

1946年2月，林徽因从重庆乘飞机回到昆明，住宿在圆通山下的唐家（唐继尧）花园。

这一次回到昆明，一切变了样。抗战胜利，昆明又恢复往日的丽日蓝天，但林徽因本就虚弱的身体却大不如从前。

陈学勇的《林徽因年表补》里记录，早在1945年底，林徽因赴重庆出席美国特使马歇尔举行的招待会，由著名胸外科医生里里奥博士做病情检查，这位医生悄悄告诉费正清夫人费慰梅，林徽因短暂而多彩的生活，再过五年就会走到尽头。

所以，朋友费慰梅、金岳霖、张奚若将她安排在了条件更好的唐公馆，而不是城郊棕皮营自己建盖的房屋。

林徽因重回昆明心情之好溢于言表，对昆明这座城市的喜爱，不吝言辞："我终于又来到了昆明！来看看这天气晴朗、熏风和畅、遍地鲜花、五光十色的城市。"

昆明的气候虽然宜人，但高原缺氧的状况却不利于林徽因肺病的治疗，加之西南联大北返，老朋友们都归心似箭，中国营造学社也完成了历史使命。梁思成受聘清华大学建筑系主任等缘故，1946年夏，在昆明休养了几个月之后，梁思成、林徽因一家又回到了北平。

千辛万苦建盖的唯一住房，住了一年都不到。

建盖时间与住宿时间大体相当，其间的艰辛和酸楚岂是三言两语能说清。

如今，80年前的郊区棕皮营，已经与昆明城区连接为一体，龙头街地铁站离此地不过一公里多的距离。

附近高楼林立，与中国所有城中村一样，房屋盖得密密麻麻，南来北往的人穿梭往来。今天，再也看不见林徽因给费慰梅的信中说的长堤和高大笔直的松树。

本地除了上年纪的少数老人，年轻人及外地打工者，很少有人知道，村中角落里那毫不起眼的围墙内伫立的房屋由林徽因、梁思成亲手建盖。

来也匆匆，去也匆匆。

人去楼空，大门紧闭，院落里一片萧条。

墙角的竹子，一树的梅花，日日盼君归。

林徽因离别昆明，如白蝴蝶倏然飞过春城飞花的枝头，再没能回来。

1955年3月31日，北京同仁医院住院部。林徽因昏迷不醒，梁思成扶病过来与林徽因诀别，失声痛哭。深夜，六点二十分，病房十分寂静，黑夜中林徽因醒来用尽力气喊："思成！思成！"

护士过来俯下身去,一个声音微弱但清晰:"我想见思成,我有话要对他说。"

"夜深了,有什么话明天说吧。"护士有些不耐烦。

病房被黑夜包裹,重归寂静无声。

当黎明来临,清风吹过白杨,微光照亮窗棂,一代建筑大师、一代才女林徽因再没醒来。

"一身诗意千寻瀑,万古人间四月天。"

旷世才女,人间最美的四月天,这位被胡适誉为一代才女的人,带着她对这个世界无限的热爱和无尽的思绪,也带着她对昆明无限美好的回忆和眷恋,永远离开了这个世界。一语成谶,正如她的诗:"当我去了,还有没说完的话,像钟敲过,时间在悬空里暂挂"。

她的生命,如一首诗,真挚、深刻、隽永留在了慢慢合起的书本上;她在昆明的短暂岁月,如一个秘密,隐在了时光深深的角落里。

那个叫棕皮营的偏远小村的房屋默默伫立着,白墙青瓦,屋檐上的马头墙依然眺望着远方,只是那位手捧烧制陶罐,插满鲜花从土路上走来的端庄、美丽的女主人再也不能回来。

4

生命中所有的灿烂,终究要寂寞来偿还。

为建筑奉献了一辈子的林徽因,没有留下一份房产。

林徽因、梁思成两位建筑师唯一为自己建盖的房屋,一砖一瓦,一草一木,留下了那个时代深深的印痕和鲜活的生命气息。

林徽因与昆明,一个人与一个村庄、一幢房屋就此如天上的云

草木青山

彩聚拢又散去。也许曾经美丽过、绚烂过,也许曾经笑过、哭过。但80年过去,抬头仰望,什么也没有,只有湛蓝的天和翻卷滚动的白云。

关于这座房屋的后来,鲜有记载。

昆明余斌先生的《西南联大,昆明天上永远的云》里有这么一篇文章《在龙泉镇的梁思成夫妇》:"梁家走后,那三间房自然成了李家花园的一部分。但这私家花园也未维持几年。据刘凤堂老先生和北京友人韩耀成先生提供的情况和我查索到的资料,花园主人是本地名绅李荫村,昆明私立求实中学重要资助者。土改时花园被没收,公社化以后,花园里的梁家三间房做了宝云大队卫生所,之后又成为村干部开会的地方。20世纪80年代初,花园归还李荫村之子段连城(三代归宗恢复段姓)……由于段氏长期在外,村中又无直系亲属,花园由亲戚代管,作为花圃经营。"

之所以引用那么多文字,就是希望尽可能避免错漏,经得起历史的叩问及推敲。

还回到文章开头的那株蜡梅花。

林徽因、梁思成到底有没有栽过这株蜡梅?

拨开这团历史迷雾,擦亮这面历史的玻璃,需要详尽的田野调查。

首先得把地理位置搞清楚。林梁旧居在棕皮营,旁边相邻的两个村子是瓦窑村和小窑村。很多资料搞错,说成与棕皮营相邻的两个村是瓦窑村和麦地村。实际上,麦地村在今天的沣源路以南,而棕皮营在沣源路以北,隔着近1.5公里的距离,并不相邻。

据当地采访,瓦窑村在更早以前也叫大窑村。瓦窑并不烧瓦,而是烧制大型瓦制生活器皿,比如瓦盆、瓦缸、瓦罐。当然,还有种说法是瓦窑村也叫碗窑村。而小窑村是烧制小一些的瓷器,比如碗、碟、盘等。棕皮营夹在两个村中间，与小窑村一样不过七八十户人家，是个小村，而瓦窑村则大得多。

林徽因在棕皮营居住时，常常到附近村子看老师傅制作陶器。儿子梁从诫回忆："妈妈经常带我们到邻近的瓦窑村，看老师傅在转盘上用窑泥制作各种陶盆瓦罐，对瞬间出现在美妙造型总是赞不绝口，她大呼小叫喊师傅快停快停，但老师傅根本不睬这个疯疯癫癫的外省女人。"

就像今天村里租住的外地人一样，本地人是不太关注也不会在意租客姓甚名谁、什么来头、从事什么职业，统统无关紧要。所以，在那时，能认识并记住林梁夫妇的人并不多。80多年过去，时间如一双大手，基本上已经把那个时代的人和事抹得一干二净。这还用说嘛，就连村口的寺庙也变了样，里面供奉的神仙和不知名的神兽早不知道遗落何处。

云南诗人樊忠慰说过，大风吹散文字，流水带走美人。一切都会永恒，一切都会绝望。

居住在瓦窑村的花灯非物质文化传承人刘凤堂老人，是少数清晰记得林徽因的人，在2017年的生前采访中，他说："她在路上与我相遇，她并不担心和我这样的乡下小孩打招呼会有损她的名誉。她身着蓝色上衣，白色的裙子，人长得十分漂亮。风从她额头刮过时，飘舞的发丝会带起阵阵清香。她微笑着，亲切地扶着我的肩头，询问了我学习和生活的情况，翻看了我的语文课本，还为我纠正了几个写错的字。她的美，无法用语言来形容，我一辈子也忘不了……"

梁思成、林徽因旧居中的花园，有资料说是李家花园，也有资料说是桂家花园。桂家花园的说法显然不准确，为什么会出现这样的错误呢？原来棕皮营附近的确有桂家花园，但不在棕皮营，而在小窑村靠近村口的位置，相隔几百米远，出现这样错误属于张冠李戴。

问题来了，林梁故居在棕皮营花园，离小窑村的杨晓荣家有近800米的距离。蜡梅花如今怎么会在杨家院子？

何以断定这株蜡梅花是林徽因栽植？

站在蜡梅花下，一个个谜团涌出来。但斯人已去，花木不语，历史的真相到底是什么呢？

林梁离开昆明后，按照合约（这里我个人是有疑问的，5年合约显然太短，一般不会选择建房。今天当地或昆明附近农村也有人借地盖房，一般都是10年以上。在战事胶着的情况下，林梁建盖房屋应该是做长期居住的准备）所建盖房屋收归李家。

李家花园收归公社后，改称为棕皮营花园。

这一片的瓦窑村、棕皮营、小窑村都属于宝云大队。据走访得知，收归公社后，棕皮营花园中的林梁旧居被临时改造，搬入些床铺作为宝云卫生大队。附近村子里的人都到里面去看病，当时的条件很一般，甚至医生，也是由当地的赤脚医生临时充当。

林梁旧居所在的院子无论是叫李家花园还是棕皮营花园，都说明了它里面是花园而没有其他更多建筑。

花园收归公社归大队以后，在别的地方很可能要被推平盖房作为办公区或者仓库，再或被平整后作为打谷场使用。

但这里却基本原封未动，保留了它最初的样子。原因之一在于林梁旧居盖起的年代并不远，白墙青瓦，窗明几净，可以继续使用。更重要的原因是，房子东边有一个两亩左右的茶花园。

我们今天看到林梁旧居，房子基本上与80年前没有变化，但房前屋后早已不是曾经的样子。

在不断的采访和查证资料中，让一座屋子和花园逐渐得以还原，如修复一帧丢失损坏残缺不全的老照片。

5

修复照片的第一步就是恢复以前的格局及方位。

好在时间间隔并不太遥远，让还原还有可能。据当地人回忆，在80年代以前，林梁旧居是相对独立的，林梁旧居与隔壁花园之间有道简易的围墙，围墙上有道门，可以通过这道小门出入花园。

这应该就是以前林梁旧居最初的格局：围墙之内还有围墙，里面被大致分为两个不同的区域。

先说内围墙东边的花园（李家花园）。

这个花园与印象中茂林修竹、亭台楼阁、假山池沼的花园不是一回事。花园内基本没有其他植物，满园都是姹紫嫣红、各类品种的茶花。

李家花园的茶花是最大的财产，除欣赏价值，更大的是经济价值。所以公社没有对花园进行大改造。

也许在其他地方，茶花不能称为财产。再美的花朵当得了饭吃？

但在昆明及楚雄、保山、大理等很多地方，茶花和兰花还真可以当饭吃。

在云南很多地方，从古至今，房前屋后都喜欢栽植茶花。茶花彰显主人不俗的追求与殷实的家底，所以，品种越稀有越名贵，千金难求一茶花的故事到处都有流传。

在龙泉镇，茶花的地位很高。李家作为当地富户，没有囤积金银珠宝，而是囤积了满院的茶花，这在当地一点也不奇怪。

人们对茶花的追求跟个人喜好有关，更与当地文化有关。即便在集体（公社）的时期，茶花仍然具有很高的经济价值，形成了基本固定的市场。

所以，当李家把整个花园交给大队时，宝云大队专门挑选了三个人进入棕皮营花园管理茶花。对外出售茶花可以作为大队长期稳定的副业经济收入。

走访中得知，被挑选进入花园的这三个人是李则生（音）、桂国余（音）、赵玉明（赵刘）。

龙头街这片，李、桂、王是当地的三大姓，李则生（音）、桂国余（音）分别是李家大院和桂家大院的后人，当时70岁左右，对培植茶花有丰富的经验。

三名花工中，赵玉明（赵刘）比较年轻，只有20多岁。

赵玉明就是杨晓荣的叔叔（父亲入赘，赵玉明实为母亲的弟弟）。赵玉明年轻，并没有培植茶花的经历，大队上让赵玉明进入茶花园属于照顾性质。他小时候爬树摔伤，落下残疾，腰杆佝偻着，不能干重活。赵玉明虽然残疾，但非常聪慧，也是当时为数不多有知识有文化的人，能写会算。所以大队上一方面请他做大队的会计，另外一方面让其在空闲时，跟着两位老师傅学习培植嫁接茶花技术。

人养花，花养人。

爱花护花之人，把花木当作人来伺候。

服侍好这些花，成了三名花工最大的任务。

杨晓荣说，记得当时院里的名贵的大茶花在雨季结束后，都要用鬃毛刷把树皮洗干净，虫洞用蜡封好，用生香油把树干刷得油亮，整个院子里的茶花都非常漂亮。

为什么用鬃毛刷？老花工的回答是，鬃毛刷软，硬塑料的刷子会把树刷疼。

6

写蜡梅花，说园中的茶花似乎扯远了，但并非全无关系，所以故事继续。

除普通茶花外，园中最为宝贵的是两株古茶花。关于这两株古茶树，很少有资料提及，偶有提及也语焉不详，有说300年的，有说500年的，有说800年的。

当地人，对于过客一样的梁思成、林徽因可能没听说过，也不了解。

离乱年代，龙泉镇一带到处是天南海北的避难人，谁会在意天地一沙鸥，匆匆一过客。但当地人，特别是年岁较长的人对这两株茶花却如数家珍。

园中的茶花传说树龄几百年，有两人合抱之粗。

我不相信，有这么大的茶花，为何从没有听说过！

当地人回答，死了，99'世博会之后就死了。

树干树桩呢？

烧了，烧锅洞（当地对土灶的称呼），烧了一年才烧完。

"哎！我当时应该把它买下来，作为标本放着。那么大，以后可以进博物馆。"杨晓荣懊悔不已。

这两株古茶树到底多大，一直是个谜。

杨晓荣从楼上的一摞书里翻出了1981年云南人民出版社出版，中国科学院昆明植物研究所编的《云南山茶花》。里面恰好有"狮子头古树，昆明北郊棕皮营"这幅照片。

两株茶花下有张石桌子，一对母女（推测是母女）在石凳子上相对而坐。照片上最前面这株茶花，看着抱粗，但离镜头近，参考价值不大。人背后的那株茶花离镜头最远，最具有参考价值。即便这株茶花目测在人身后一两米开外，看着树干还是比一个成年人腰身粗。至于多高，根本看不见树冠，两人坐在茶花树下，推测也就茶树的十分之一高。

照片中的茶花"昆明北郊棕皮营"，通过当地人确认，就是棕皮营花园。

后来，翻阅资料，也印证了棕皮营花园这两株茶花的确名不虚传，当年的林徽因也见过这两株茶花无疑。

昆明的李国庆在《梁思成、林徽因昆明旧居轶事》里说："更让他们惊喜的是，村中的农户大都喜爱种花，家家花团锦簇，五彩缤纷，特别是村中的大户李迎春（李荫村）家，占地2亩多，大部分地方用来种花，种了很多种云南名花，尤以茶花为盛，其中有两株狮子头（九心十八瓣），树高12米……客人来时，梁、林夫妇总是把他们请到花园中，品茗赏花，谈诗论文，海阔天空，尽一时之趣。这时候，梁、林夫妇总是首先抬出花园的主人李迎春，声称大家有如此眼福，全是李老先生的功劳，他一生爱花、惜花，将大部分时间、精力用于侍弄、呵护花草，方有如此秀色，可供诸位饱餐。众大师自然齿牙春色，赞不绝口。"

到底是狮子头还是如有些资料上村民回忆的，这两株茶花"中间是红色的，周围还镶着白色的边"。侍弄了几十年茶花，在这两株茶花下长大的杨晓荣肯定地说："不是玛瑙，是狮子头，九心十八瓣。"

满园的茶花给大队带来了不错的收入。在那时，普通的茶花也能卖个一二元，好的能卖八九元。每年卖几批，是笔不小的收入。

80年代，院子里的一株茶花曾经卖过800元的天价。

要知道，当时，一头肥猪也不过80到90元的价格。

7

小窑村的花工赵玉明在棕皮营茶花园打理茶花，从公社、大队到集体，一直到80年代（大概1987年前后），棕皮营花园归还给李家后人段连城后才离开花园。

如今，当年花园里打理茶花的三名花工相继离世。一扇大门，一把铁锁把所有故事锁进了杂草丛生的院落。

1966年出生的杨晓荣六七岁就天天在茶花园玩耍，对林梁旧居和院子中的一花一木再熟悉不过。

我更好奇的是，那时的林梁旧居是什么样子呢？蜡梅花在哪里？

经过三次回忆补正，他向我描绘了当时林梁旧居院子中的植物：当时，进大门边（现在棕皮营花园铁大门）有一株梅花，靠旧居偏下附近有篷竹子，院子里有两株梅花，较大的是株粉红色的梅花，稍小的是株淡黄色蜡梅。至于其他花木，基本上没有，茶花及院中出水的水塘属于李家花园这边。

现在的林梁旧居，虽然是文物保护单位，但产权依然属于私人。高墙围绕，红色大铁门边的砖墙上钉着书本大小的金属提示牌，上面白底红字写着"私人产权、谢绝参观"。

大门紧锁，我们被隔在高高的围墙外，只有站在靠围墙边的一辆废弃共享单车上，双手扒着围墙翘首而望，确认那些消失花木大概的方位。

现在的院子里，没有杨晓荣提到的植物，比如竹子、梅花，会出水的水塘及东边满园的茶花，什么都没有（现在有几棵树，确认

草木青山

也不是以前的），只有满园的荒芜和杂草。

空荡荡无所依，只剩下三间孤零零的房子。

回来查阅资料，很巧发现了一组照片，内容都是同一幅，有完整的，也有局部的。文字说明稍微有出入，"1939年秋，林徽因与女儿梁再冰在昆明龙泉镇麦地村自家设计建造的房屋前"或"1939年，林徽因与女儿梁再冰在昆明自建房屋前合力洗衣服"。把图片发给杨晓荣看，杨晓荣肯定地说，他院中的蜡梅花正是林梁旧居中老照片中最左边的那株蜡梅花。

仔细端详，照片中母女二人在中间，右边是一篷长得郁郁葱葱的竹子，左边是一株木本植物，离镜头近，目测可能不到一人高，很纤细，还没有婴儿手臂粗。端详完整那张，基本可以看见这株植物全貌，虽不是很清晰，但还是可以看出有竹棍或是木棍简易围挡着。由这个简易围栏，可以推测才栽植不久，根须不牢需支撑保护。

从母女二人穿着及植物的叶子稀落程度，推测应该就在立秋前后。说是蜡梅基本切合，蜡梅花立秋前后正是掉叶子的时候。

时间和地点当是无误的，这不难确定，因为房屋及门窗今天也还是照片上的样子。照片拍摄可以确凿就在林梁旧居门前。只是照片说明把棕皮营误写为麦地村，在这前面说过，很多资料犯了地理方位的错误。

林梁旧居隔壁就是一个两亩左右的茶花园，为何这边一株茶花也没有，却栽植了梅花和竹子？

这也是个有意思的问题。

1939年6月，林徽因在香港《大公报》上有首《除夕看花》，写的是她到昆明第一次过年："新从嘈杂着异乡口调的花市上买来/碧桃雪白的长枝/同血红般山茶花。"

- 150 -

"嘈杂着异乡口调",正是一个外地人对昆明本地口音的感知,诗歌中充满离乱年代的忧伤与哀愁。血红,有些也翻译成红血,一般本地人很少用这样的词语来形容山茶花。

对这种花,林徽因是陌生隔离的,她更熟悉更钟情的是梅花。

梅花,纤细文弱的外表下有凌寒独自开的铮铮傲气,如知识分子自身的写照,历来都为文人墨客所喜爱。

在昆明,另外一位爱梅花的是写下大观楼长联——古今第一长联的孙髯翁。"把酒凌虚,叹滚滚英雄谁在……只赢得几杵疏钟,半江渔火,两行秋雁,一枕清霜。"孙髯翁一生孤傲,酷爱梅花,自制小印,上刻"万树梅花一布衣"。

时间隔着几百年,但有一种情怀、一种执念却能古今如一。

林徽因自然也是喜爱梅花的。在上世纪30年代初,林徽因与梁思成住在北京胡同三号,家里布置格外雅致。现在留存于世的有三张经典的照片,一张是梁思成在盆栽梅花旁的沙发上认真读报。另外两张与梅花合影的都是林徽因,一张是阳光通过窗棂斜斜照射进屋子,林徽因对着窗子在静静沉思;另外一张是她微微侧身抬头仰望,含苞待放的梅花与一代才女交相辉映,很具美感。

林徽因的诗文中多次写到梅花,早在1936年《大公报》上发表的《蛛丝与梅花》:"冬天的太阳照满了屋内,窗明几净,每朵含苞的,开透的,半开的梅花在那里挺秀吐香,情绪不禁迷茫缥缈地充溢心胸,在那刹那的时间中振荡。"

现世安稳,岁月安好,人生却瞬息万变。

战事一起,国将不国,家将不家。"时代的一粒灰,落在个人头上就是一座山。"去还是留,成了一个问题。

即便是北平沦陷后,很多人也没有南迁。当时林徽因的家庭情况是老的老,小的小,当家人梁思成腰有沉疴,自己身体又虚弱多病,兵荒马乱,上千公里南迁,老弱病残一家人路途茫茫未可知。

在踏上南迁流亡以前,他们出人意料地决绝了朋友费正清夫妇邀请他们去美国避难的建议,在给费正清的信中,梁思成写道:"我的祖国正在灾难之中,我不能离开她,假使我必须是在刺刀或炸弹下,我也是要在祖国的土地上。"

曾有亲友问他们夫妻二人:"你们为什么那样心情激动南迁呢?即使成立自治政府,那又怎么样呢?我们的房子还在这,生活还是平常那样过。"

林徽因在给好友费慰梅的信中回答了所有:"如果我们民族的灾难来得特别迅猛而凶暴,我们也只能以这样或那样迅速而积极的方式去回应。当然会有困难和痛苦,但我们不会坐在这里握着空拳,却随时让人威胁着羞辱着我们的脸面。"

这些话语穿越时光,如梅花迎着风雪傲然挺立。

什么叫铮铮铁骨,什么叫文人气度,战争离乱中一个女子的这番话做了最好的注脚。

8

女儿梁再冰回忆在龙泉镇家里的日子:"妈妈常常在陶制土罐中插大把的野花。只要有一点条件就把房子弄得很舒服……"

林梁旧居虽是战乱年代中所建,但主人志趣高雅,充满对生活的热爱,栽植梅花完全在情理之中。

即便在1946年,林徽因重返昆明后在唐园养病,她凝望窗外的梅花,写下了《对残枝》:"梅花你这些残了后的枝条/是你无法诉说的哀愁/今晚这一阵雨点落过后/我关上窗子又要同你分手。"

常恐秋节至，焜黄华叶衰。病中的林徽因看着窗外的残枝，联想到自己的残日，预感生命无多，对残梅诉说心事，哀伤缠绵悱恻缀满枝头。

院子里梅花到底哪里来的？这些反向推测也许是可以成立的：当地人无追捧梅花的习俗，李家花园几乎全部栽植茶花，在另外空地角落栽植两株梅花的可能很小。即便原来就栽植过，林梁旧居在建房之初是不可能留存不及人高的植物。（建盖房屋，砖石材料堆放及施工多有不便，半年多的施工，房前屋后不及人高的植物存活下来基本没有可能）建房之后，隔墙另外一边已属林梁私人地盘，李家人也绝无可能去别人家的房前屋后栽植梅花。

这株梅花，林徽因与梁思成栽植的可能性比较大。

即便有合理的推测，可惜年代久远，资料无记载，不能百分百确定，略微遗憾。

听当地人说，林梁旧居里不单有梅花，还有竹子、兰花及菊花。

竹子在当地很常见，原来就有，而兰花和菊花属于草本植物，一岁一枯荣，早已了无踪影。

现在，旧居竹子也没有了，究竟是枯死还是被移栽其他地方，不得而知。

另外一株粉红色蜡梅花的命运呢？

非常可惜，早在上世纪80年代就被砸死，围墙倒塌或不小心被石块意外砸死没个准确说法。杨晓荣说，只记得看见的时候这株梅花树干已经断裂倒伏在地，头嗡地黑了一下。

不幸中的万幸，这株淡黄色的蜡梅花，至今枝繁叶茂。

这株淡黄色的梅花虽然没有确凿的资料证明它就是林徽因亲手栽植，但可以确认，出自林梁旧居。

草木青山

林梁旧居不是属于保护单位吗？里面的一砖一瓦，保护区范围内的一花一木都是文物，文物怎么能动？

这得把列为文物保护单位的时间搞清楚：2003年5月林梁旧居被列为昆明市市级文物保护单位；2012年1月被列为云南省省级文物保护单位。

但在之前呢？与普通农舍一样，私人财产，不是任何保护单位和项目。

有次，我感叹说，龙头街一带那么多名人旧居，可惜破坏比较严重。

当地人立刻纠正，是保护不够。

我猛然醒悟，内心却非常沉重。

现在，偶尔有人去参观林梁旧居，大多情况下都是大门紧锁。甚至很多领导去参观，也无法联系房主，吃了闭门羹。还有些人批评说，这是房主没有情怀，是不负责任。

这样的批评，粗看似乎有道理，但却经不住推敲。

现今，这房子是私人产权，房主不过普通人，普通人就要为生计奔波，一幢老屋，没有收入，没有报酬，总不可能天天守着屋子，或者接到电话就放下手中的活计立刻出现在参观者面前。

大多数时候大门紧锁，我们只能隔在高高的围墙外，想象着曾经的热闹与欢笑，现今的寂寞与无聊。

站在道德制高点批评别人不费力，但没有意义。

央视纪录片《梁思成林徽因》记者采访房主顾彪的镜头很有意思。顾彪骄傲地说："西南联大时，这附近有很多名人旧居，留下的房子只有一二家。这房子没有拆除，自己还是做了一点点贡献。"

当记者问怎么别家拆除了你没有？

顾彪回答："这要看个人的认识，文物这个东西是不可再生的。"

在长达半个多世纪的时间里，因为各种各样的原因，这些颇具历史意义的宅子，一直未得到应有的重视，饱经风雨，漏雨塌陷，破败不堪。

个人认识在生活面前是会打折扣的，这种对文物的认识也会在时间面前动摇，更会被现实击垮。

1998年，房主顾彪计划在院子里盖新式洋楼，原本打算盖好后就把旁边低矮的房子拆除。

1998年，林梁旧居还没有划定为文物保护范围，半个多世纪，这里就是一座无人问津的普通院落。拆与不拆我们能指责什么呢？

在清理地盘时候，唯一剩下的那株蜡梅花成了难题，挖掉舍不得，移栽没有地盘。房主顾彪一时想不到出路，就把它暂时移栽到一个合抱粗的瓦盆中。

主人早已化为历史尘烟，蜡梅花在瓦罐中，像无父无母的弃儿。

1998年这个时间，杨晓荣之所以记得，是因为当年他在昆明世博园建设工地开货车拉石头。那年，他用拉石头的货车把这株蜡梅花拉到家里，上车时请了四五个人，卸花时不小心打破瓦盆，最后，他选了一个最好的位置把蜡梅花直接栽入院中土里。

如半个世纪前，漂泊离乱中的林徽因来到了昆明郊区陌生的小村落栖身，这株蜡梅花就这样也在另外的陌生之地安定下来。

花与人，命运惊人相似。

9

历史的巧合在于，1998年前后，一种叫朱砂紫袍的茶花一花难求，三五个叶子的小苗，每株炒出几百上千元的价格。云南本就是个疯狂的地方，德宏、腾冲中缅交界一带为翡翠狂，大理、保山一带为兰花狂，昆明、楚雄一带为茶花狂。起起落落，如坐过山车。或一夜暴富，心花怒放，得意忘形；或血本无归，痛哭流涕，疯疯癫癫。

房主顾彪与杨晓荣同在龙泉镇玩茶花这个圈子里，相互比较熟悉。杨晓荣进入这个圈子时间较长，而房主顾彪是嵩明人，原是昆明某单位职工，进入茶花这圈子较晚。那年，杨晓荣托顾彪帮买十株朱砂紫袍，付了六千元定金。

如果当年买成茶花，用今天的话来说，赚翻了。

阴差阳错，朱砂紫袍没买成，最后六千元却换得一株因为盖房子无处可以安放、茫然无措的蜡梅花。

在一般人眼中，六千元，换回一株不过水烟筒粗的蜡梅，不能卖不能吃，简直疯了。

杨晓荣自我安慰，蜡梅花不稀奇，但林徽因栽的蜡梅就稀奇了，整个昆明，甚至整个中国，难有第二株。

一念之下，挽救了一株见证过绝代风华的蜡梅。

99'世博会前夕，棕皮营花园中的两株古茶花也走到了命运十字路口。

百年的古茶花，"树头万朵齐吞火，残雪烧红半个天"。很多人慕名而来，啧啧赞叹不已。后来，有人提议将这两株茶花移栽到世博园，那一定万众瞩目。有关领导拊掌叫好，可专家来到现场立刻傻眼了，古茶花移栽成活本来就难，况且那么大的古茶树，闻所未闻,见所未见。专家一个个在树下嚓了声,谁也没有把握把树移栽成活,皆不敢签字确认移栽成活。有关领导也还算有些情怀,没强行移栽。最后,这件事不了了之。

古茶花如梅花一样,逃过一劫。

但世间的人或事,祸兮福所倚,福兮祸所伏。到底是福是祸,谁又说得清呢?

99'世博会后一年左右,两株古茶花还是没保留住。

茶花市场一路走高,古树茶周围用六米的钢管架设了三层,用于修剪枝条进行嫁接,随便嫁接成活一株都是二三十元钱。三层钢管的高度印证了有关资料"1939年林徽因与友人在李老先生花园品茗赏花……尤以茶花为盛,树高12米"记载的真实性。

侍弄茶花是一门非常专业的技术。嫁接多少,施多少肥,照多少阳光,浇多少水很有讲究,即使在棕皮营花园里侍弄茶花一二十年的老花工都谨小慎微。

房主也许是爱花心切,在那一年,他为了让茶花来年枝条抽得更茂盛更粗壮,到附近的大井坡养鸡场拉了一拖拉机鸡粪倒入墙外的化粪池。

也许是浓度太高,也许是没有发酵好。院子中的大部分茶花被浇下的鸡粪水烧死。

走过几百年的风风雨雨,见证过几代人物命运起起伏伏的两株古茶花,就此枯萎,走向生命的尽头。

一树一树的花开,转眼间变为一树一树的叶落,此情此景,让人潸然泪下。

不在园中的蜡梅又躲过一劫,在杨家小院子里安稳生长了20年,波澜不惊。

但谁晓得后面还有什么坎坷与波折呢?

10

龙头街地铁站修通后，昆明地铁2号线离小窑村口不到一公里的距离，城市已经延伸到脚下。

轰轰烈烈的城中村拆迁也开始了。

咚咚的机器破拆声震得人坐卧不安。

杨晓荣的住宅和花园连在一起，高墙大宅内栽植着两千多株茶花，高高低低的茶花把近两亩的院子占得严严实实，走进院子像走进茶花的森林，只有一条不过半米宽的路通向屋子，房子隐藏在茶花后，只露出一点影子。两千多株茶花，收集了基本所有茶花的品种，春天一来，争奇斗艳，美不胜收。

里面的名贵茶花非常多，稀有品种价格不可估量。

我问，里面最名贵最值钱的花是哪棵？

杨晓荣不假思索，伸出右手食指，指向院中那株蜡梅。

他说，这花园有很多名贵茶花，很多品种是独一无二的，二三十年前就有人出到十万以上。但这株蜡梅是历史，没有价格，它不是一株植物，而是个人站在那里。

围墙之内，层层茶花围着护着这株蜡梅。

但破拆声提醒，安稳只是暂时。破拆声让主人忧心层层加码。

所以，他说出了这株蜡梅花的身世。

如野外捡到的弃婴。透露身世的秘密，迟早的事。

两年来，他一再说："你是文化单位的，你应该懂它的价值。我与其他人说，别人不明白。"

我怕开发商把它当普通的蜡梅挖了。

我问他："如果拆迁了，这株蜡梅花怎么办呢？"

他把茶盅端在手里，思考了半响说："肯定没有能力再把它带走了,我当年把它移栽来,不能让它死在我的手里。"

他顿了顿又说:"我要给它找条出路,一条好的出路!"

我说:"当年你花了那么大的代价,又养了20年,有什么考虑呢?"

他晃了晃茶盅,把右手食指直直竖着,然后又指向天空左右摇了摇,哎的一声叹了口气。

我不解其意,顺应天意?独一无二?茫然未可知也?

竖一指什么意思?一相即实相?

指向天空又摇了摇什么意思?实相即空相吗?

大千世界,森罗万象、无欠无余,即便大地孤危,山河险绝,终尘归尘,土归土,可在此间竖一指。

我懂了,实际上好像并不懂,我们都沉默不语。

他把升起的指头放下去,然后像一个孩子样,在洒了一摊茶水的桌面上划拉着,画圈圈、画问号、画曲线,不知所示。半晌,他才说:"事到如今,归还回去吧!还到旧居原来的位置,归还给林徽因。当然,如果没有人联系,也最好不出龙泉镇,到寺庙里也行。"

寺庙?我一顿,疑惑了。他把那放在桌面上的一指在桌面敲击叩响,幽幽地说:"寺庙里至少安全,没人会再动它。"

寺庙里安全吗?我与他才从村子附近的响应寺和弥陀寺回来。响应寺就在棕皮营,离林梁旧居几百米,在金汁河宝营桥旁。金汁河埂是当年的老路,林徽因等这些名人就是从这桥头,沿着金汁河往城里走。当年林徽因在此地居住,如普通农妇一样,承担起家庭及生活重任,为了生活,还要去云南大学和附近中学任教贴补家用,来回路上几个小时,同时冒着被飞机轰炸的危险在河边来来往往。

草木青山

她走过这座桥,听过河水的响声,应该见过桥旁寺庙里的菩萨,菩萨也应该见过她。

响应寺早不存在了,只留下个地名。现在是村里的公房,遇到村里红白喜事,大家在这吃饭喝酒,大呼小叫,好生热闹。

小窑村的弥陀寺倒是还在,但路对面房子已经拆光,满地瓦砾,空无一人。

要知道,这里的弥陀寺,可是当年冯友兰居住过的地方。如今,弥陀寺院门紧闭,一面墙壁已有垮塌迹象。

蜡梅花移到寺庙里真会安全吗?我们都默不作声,一口接一口地喝茶。

他把手指按在太阳穴位上,来回摩挲着。"反正要有个好归宿,蜡梅死在我手里,后人再也看不见,对不起历史。"

"补偿呢?"我问。

他又是升起一指头。

"一万?十万?"

他忙接上:"给值?"

怀揣其玉,像寻找识宝之人那样的渴求眼光。

"当然值,况且,20多年前你花了6000元呢!"

他的指头在空中重重点了点,又摇了摇。

"说对一半,错一半。"

"第一,肯定值,但不是钱的问题;第二,再穷,也没人卖儿卖女。"

他叹了口气:"哎!只要有个好的出路,就像嫁自家姑娘,不会计较。人到这年龄,不是什么都要讲钱财。"

他又接着说:"我虽是一农村人,没多少文化,但我敬重林徽因。"

他陡然竖起一个大拇指。

"你认识林徽因？"话一出口，就知道错得离谱。林徽因逝世10多年以后，杨晓荣才出生呢。君生我未生，怎么可能会认识！

但这与认识不认识有什么关系呢？指头为谁而竖，上天自有安排。

11

抗战爆发后，日军侵略的铁蹄步步紧逼，轰炸的炮弹在远方浓烟滚滚，为了考察遗落在各处的古建筑，林徽因还在河北、山西、山东、浙江等省的广大地区进行野外调查和实测。餐风宿雨，"艰苦简陋的生活，与寻常都市相较，至少有两世纪的分别。"她忍下来了！

80年前，在没电、没自来水、没交通工具的乡村，又要工作又要拖儿带女，林梁夫妇在昆明郊外的乡间小村，在昏暗的油灯下，与命运较量着。她还是忍下来了。

昆明是这样，离开昆明呢？

1940年隆冬，林梁随营造社离开昆明前往李庄。

梁思成临行前脚指感染破伤风，必须就地医治。病中的林徽因带着一家老小，再次踏上了上千里的路程。既要坐车又要乘船，拖着患有肺结核的身躯走走停停，饥肠辘辘、歪歪倒倒一路前行，为了不让"威胁羞辱我们的脸面"，个人生死早已置之不顾。

李庄是个依山临水的小村子，滔滔长江翻滚不息从村前流过。今天来看，这里的风景美如画。但在凄惶、混乱的年代，这里是穷乡僻壤的山村，几乎与世隔绝，没有医院、没有商店，与外界的联系就是一条水路，没有任何地方可去。

草木青山

在《回忆我的父亲》里，梁再冰回忆了在李庄的生活："我家住的陋室低矮、阴暗，竹篾抹泥为墙，梁柱已被烟熏得漆黑。顶上席棚是蛇鼠经常出没的地方，床上又常出现成群结队的臭虫。没有自来水和电灯，煤油也需节约来使用，夜间读书只能靠一二盏菜油灯来照明。"

如果说，在昆明的三年，林徽因是与命运较量，那在李庄的五年，她就是与命运死磕。

陈学勇的《莲诗灯梦》里记述："住下不到一个月，林徽因的肺病急剧复发，从此卧床不起。她一天天消瘦，眼窝深陷，颧骨凸起，咳嗽不止。"

李庄的这几年，拮据和困难难以想象，张清平的《林徽因传》里也记述："孩子和李庄的农民孩子一样，穿草鞋或赤脚，衣服上缝着补丁……一次，小弟不小心打碎了家里唯一一支体温计，很长时间，徽因就无法量体温，因为再也买不起也买不到一支体温计。"

时任中央研究院历史语言研究所所长的傅斯年写信向教育部部长朱家骅求助。这些信如今读来让人唏嘘不已："梁思成、思永兄弟皆困李庄。思成之困，是因夫人林徽因卧床二年矣。思永闹了三年胃病……梁任公家道清寒，兄必知之，他们二人万里跋涉……已弄得吃尽当光，又逢此病，其势不可终日……其夫人，今之女学士……二人皆今日难得之贤士，今日在此困难中，论其家世，论其个人，政府似皆宜有所体恤……恐无外面帮助要出事。弟写此信，未告二梁，彼等不知。"

诚如信中所说，傅斯年与梁思成、林徽因并无多深私人交情，此举完全出以公心。但后来林徽因知道后，深受感动，梁思成出差在外，林代为复信："终增愧悚，深感抗战中未有贡献，自身先成朋友及社会上的累赘而可耻。一言之誉可使我疚心疾首，凤夜愁痛。胶着于疾病处残，体衰智困，学问工作恐无分，将来终负今日教勉之意，太难为情了。"

万般恶劣的生活条件下，大家都以为她可能要葬身李庄而忧心忡忡。出国治疗才是万全之策，甚至朋友费正清已经将她移居美国的一切事宜办妥，但林徽因坚决辞谢。祖国正烽火连天，她万万不肯独自远避于海外。

林徽因在李庄的五年，贫病交加。但她在李庄简陋的农舍里，半躺在一张行军床上，摊开了那些用性命保存下来的资料，全面系统整理夫妇俩的调查成果，撰写了《中国建筑史》的辽宋部分，同时，他们用英文撰写说明并绘制了一部《图像中国建筑史》。

林徽因没有离开中国，也没有抛弃李庄，更没有被困难击倒。

有种精神叫李庄精神，林梁停留过的李庄，参观者络绎不绝。

君子固穷，穷却愈坚。一个弱女子把这句话扛着往前走。

零落成泥碾作尘，只有香如故。花与人，相通相惜。

林徽因在困厄时期怎么谈安身的呢？1944年适逢抗战最艰苦的时候，日军侵占贵州，直逼战时陪都重庆，局势危急，那时尚且幼小的儿子梁从诫问母亲林徽因："如果日本人真打进四川，我们打算怎么办？"林告诉儿子："要真的打进来了，我们也顾不得你了，中国的读书人总还有最后一条路，我们家门口不是有扬子江吗？"

什么叫"士可杀不可辱"，什么叫中国人的气节。一个如花一样的女子掷地有声告诉了我们答案。

站在这株蜡梅花下，凝视着它的一枝一叶，透过历史的层层叠嶂，我似乎看到了谜一样的女子林徽因。

她抱手而立，站在谜一样的蜡梅花下，吟诵着她的《春天田里漫步》。

"春天田里，慢慢的，有花开，有人说是忧愁，——有人说不是：人生仅有无谓的空追求！那么是寂寞了，诗意的悲哀，心这样悠悠；古今仍是一样，河水缓缓的流。"

月亮照在姑娘房上

姑娘房的故事，是一叠由现实流向永恒的浪漫故事。

姑娘房的故事，是一段韶华倾负，爱也幽幽、恨也悠悠的故事！

彝家山寨，山高路远。

在传统的彝家中，大多在离村寨不远的地方都建有姑娘房。姑娘房成了外界最为神秘也最为向往的地方，如果你到彝家山寨，总会有人半开玩笑半调侃地问：串姑娘房去了没有？接下来就是坏坏一笑。

殊不知，姑娘房不是随便可以串的，但对于外界的人来说，姑娘房因为不为外人所知，长期以来都蒙着一层神秘的面纱，更加令人着迷与憧憬。这也不难理解，在云南，即便不是彝族，不是少数民族，也几乎人人都知道姑娘房，但很少有人真正了解，更很少有人走进过姑娘房。对于姑娘房，我听过的传说和版本很多，但都只是有个模糊的印象，大概是姑娘房与浪漫和爱情相关。说不清楚道不明白，但这丝毫不阻碍大家对姑娘房的向往与猜想，闭上眼睛可以想象的浪漫场景是：一轮淡黄色的月亮从黛色的山脊升起，劳动喧闹了一天的彝族村寨安静下来，薄薄的雾气在青色的瓦面上袅袅飘荡，年轻的姑娘小伙在村寨边的场子上唱歌跳舞，歌声由嘹亮到

草木青山

低沉，月光由淡黄到明亮，照过屋顶，走过树梢。繁茂的枝叶间筛下斑驳的月光，静静地洒在彝家的姑娘房上。彝家小伙、姑娘双双成对，牵手步入姑娘房，整个打歌场又安静了下来，只有姑娘房中的窃窃私语，浅言轻笑……

对于从未深入了解过姑娘房的人来说，对于姑娘房恐怕只有这点有限的想象空间了。

彝家的姑娘房到底是什么样？干什么用的呢？

姑娘房，也称公房，姑娘房彝语称"移堵嘿"。"移堵"汉意为"睡处"，"嘿"汉意为"房"，全句汉意为"睡处房"。但这样的"睡处房"特指未婚女青年睡处。有的地方又称"闹房""公房""草棚楼"等。婚前，公房就是未婚青年男女幽会和娱乐的地方，是彝族未婚青年的乐园，是专供未婚青年男女谈情说爱的场所。姑娘房里一般搭有多张床铺，一张连着一张，一间房子里有三五张床是常事。到节日、会日、跳歌日及外村外姓未婚青年到本村时，由中介人（男女均可）介绍进入姑娘房，为男女一对一，二人一同和衣而睡，谈情说爱；几对男女青年同在一房，互不见怪，无拘无束；但是按照彝族传统规矩，姑娘小伙同床，只能动口，而绝不能有其他动作。青年男女社交娱乐，交流思想感情都在姑娘房中。双方情投意合后，向父母报告，请媒人说亲。有些地方姑娘出嫁也从姑娘房出发，伴娘们一齐唱哭嫁歌，在歌声中结束自己的姑娘时代，走向婚姻。

有趣的是，除了姑娘房，彝族部分地区还有小伙子房，小伙子房是只有儿子没有女儿的人家准备离家长稍远的给儿子住的房子，儿子可以约年龄相当的同伴共享受，吹牛闲聊，谈谈姑娘，夜里无聊时，也会相约去烧蜂或狩猎。小伙子房类似姑娘房，但在节庆、赶会、跳歌时却空着，这时小伙子都串姑娘房去了。可见，小伙子房只是小伙间交流玩乐的场所，并不具备谈情说爱的功能。

为什么会有姑娘房呢？一种说法是彝族人认为在家中谈情说爱是不礼貌的。姑娘大了，情窦初开，应该有个单独私密的场所。毕竟作为普通家庭，女儿大多数时间可能要随着父母做些活计。日出而作，日落而息，女儿一般天天与父母相伴，很少有自己独立的时间与空间，所以诗歌上描绘的"月上柳梢头，人约黄昏后"的浪漫情调现实中其实很少。年轻男女互生爱慕之心，黄昏后，人约到哪里去，毕竟也是个问题。房前屋后，花前月下，不如有个专门的场所让人放心和踏实，所以就有了姑娘房。

另一种说法是，"姑娘房"是母系社会"走婚制"的遗迹，与云南丽江摩梭人的走婚习俗有些相似。姑娘们白天各回各家，跟父母劳作生活，晚饭后都到姑娘房里。半个世纪以前一般用柴火照明，姑娘、小伙映着火光在姑娘房里自由自在地聊天和弹琴。交往得差不多，姑娘也会把男方带回家里，有些男方在女方这边一住就是好几天。白天男青年随女方回家砍柴、放牧、干农活，晚上又随女青年回家住宿，女方父母也会招待男青年，对于他们的感情则不加干涉。男方提亲，女方可以拒绝。无论哪方不愿意，都只有等到下一次跳歌会或者其他场合才可以再另做选择。

两种说法都有其道理，都充分体现了对个体、对爱情的尊重。彝族，本就是一个开放而热情奔放、率真直白的民族，这从他们对火的崇拜与祝酒歌中可以体验出："阿老表、阿老表，你要来呢噶！阿老表、阿老表，你要来呢噶！不来么就说不来呢话，莫让阿妹干等着！阿表妹、阿表妹，你要来呢噶！阿表妹、阿表妹，你要来呢噶！不来么就说不来呢话，莫让阿哥干等着！"这首歌在整个楚雄州都流传广泛。

这样的一个民族对爱情的态度自然也是直白的，爱就是爱，不

草木青山

爱就是不爱，强扭的瓜不甜，捆绑不成夫妻，姑娘房充分给了彝家儿女爱与不爱的选择权。姑娘房存在的时间很长，谁也不能准确说出到底什么时候就有姑娘房了，只是代代相传至少已几百年。可见，在婚姻制度还封建的年代，彝族的姑娘房就存在了。从横向来对比，对于传统封建的婚姻制度而言，姑娘房无疑是爱情与婚姻的幸福房，无数彝家儿女在姑娘房中同被而盖、相拥相偎、互倾爱慕、互诉衷情，从而相伴到老，续写了一个个爱情不老的神话。

相比"父母之命，媒妁之言"的封建婚姻制度，这无疑是人性和进步的。在森严的等级制度和封建礼教影响下，"父母之命，媒妁之言"的爱情婚姻制度不尊重当事人的意愿，酿成了不少爱情悲剧。最为著名的《梁山伯与祝英台》，祝英台的父亲非要把女儿嫁给富有的马文才，置女儿的幸福于不顾。最后祝英台在嫁给马家途中跳坟自尽，死后与梁化作两只蝴蝶，翩翩飞舞，让人感叹万分。即便是婚后，父母的力量仍然左右着儿女的婚姻幸福，所以有《孔雀东南飞》，在反抗封建礼教无效的情况下，刘兰芝投水而死，焦仲卿最后也只有"徘徊庭树下，自挂东南枝"。

不单汉族在旧社会屡屡发生殉情的悲剧。在旧社会，在云南很多少数民族地区，由于婚姻的不自由，殉情时有发生，比如丽江纳西族的分支纳若，纳若在旧社会实行的是包办婚姻制，婚姻制度是非常严格的。父母之命永远不能违背，因此在纳西族分支纳若当中出现了这样一种风气：相爱的男女双方纷纷殉情。所谓的殉情就是，相爱的男女双方相约到一个美丽的地方，一起吃上一顿好吃的饭菜，然后双双自尽。他们认为，死后灵魂就可以在一个神奇的国度——"玉龙第三国"一起过上没有忧伤没有烦恼的生活。这种殉情的风俗一直延续到20世纪60年代。纳西族先人的勇敢和坚韧不屈，无数悲情壮烈儿女的牺牲才换来了今天我们纳西族儿女的婚姻自由。

彝族能为自己女儿单独建盖姑娘房，充分体现了父母对儿女的尊重与关爱。个人认为，姑娘房虽然是走婚制的遗迹，但不是落后与闭塞的代名词；姑娘房的存在，奠定了彝族人婚姻幸福美满的基础，避免了父母粗暴干涉或者草率成婚而酿成的婚姻悲剧。

姑娘房是自由和开放的，在没有谈婚论嫁之前，姑娘可以随意与她中意的小伙子交往，小伙也可以随意串不同的姑娘房，父母听之任之，视而不见。

据楚雄州南华县的彝族、原县民宗局副局长罗宗贤介绍，一般来说，彝族小伙的恋爱是比较自由的，姑娘小伙认识一般通过几种途径。一是在跳歌场。姑娘小伙子在月光清亮的晚上，在彝家山寨旁边的跳歌场上，尽情唱歌跳舞，如有中意的人互相倾慕，通过歌舞表达自己的感情，暗暗约定一起回姑娘房继续交往。另一种是赶街。几个村寨的人到附近的乡镇上赶集，赶集的日子也是彝家姑娘、小伙节日盛装的时候。大家梳洗得干干净净，穿上自己喜欢的衣服，姑娘把自己打扮得漂漂亮亮，小伙也把自己整理得精精神神。这时，如有自己心仪的姑娘或者小伙，他们往往会通过眉目、言语、歌舞等来传情，小伙可以表达自己的爱意，但主动权不在小伙手里，往往需要一个介绍人。如果姑娘也有意，就会委托身边熟识的伙伴，通过第三方问小伙，愿不愿意与她串姑娘房，算是姑娘正式发出邀请，小伙可以答应也可以不答应。一般来说，姑娘在没有通过第三方发出邀请时，小伙子是不能冒失地当面提出交往要求的，但可以通过歌声及吹箫弹琴来表达自己的爱意，如彝族歌中唱道：

什么日子来相会，欢乐会上来相会。

草木青山

> 有心不怕路途远，千里路上来相会。
> 小小三弦来领路，妹跟郎来郎跟弦。
> 你遇我来我遇你，妹妹你我同回去。

还有一种交往的途径，外地、外乡的小伙子到村寨串亲戚办事情时，如果当地的姑娘看中了该小伙，姑娘也会通过第三方，比如一起玩耍的小伙伴、亲戚等直接向小伙子提出邀请，问该小伙是否愿意晚上去串姑娘房。罗宗贤说，外村外姓的未婚青年到本村时，由中介人（男女均可）介绍小伙子同宿，男女二人同床和衣而睡、谈情说爱、嬉笑打闹，毫无拘束，很是浪漫自由。

当然，在现实中，也还有其他相识和交往的途径，但无论哪一种，在楚雄南华一带的彝族，串姑娘房的主动权都掌握在姑娘一方的手里。

女儿是父母的心尖尖，婚姻大事关系到女儿一辈子的幸福，女儿与什么样的人交往，父母虽然不能干涉，但总是记挂在心头，父母不能露面，只能从姑娘房门缝中偷看。女儿带回小伙子，或者有人主动与女儿交往，父母会认为是脸上有光的事情，姑娘房中来往的小伙子越多、越热闹，说明姑娘的人缘好，喜欢女儿的人多，魅力也就越大，做父母的面子也就越有光彩。同样，小伙子如果有姑娘邀请去串姑娘房，父母也很是高兴，如果跳歌会上没有姑娘邀请，自己只身回来，父母会觉得很没有面子。特别是女儿带回小伙到家里，女方的父母一般都会做好饭菜给未来的准女婿。两人交往的时间长，关系逐步确立，到了两人情投意合、正式谈婚论嫁的时候，父母也只会提出建议，而不会粗暴干涉。

那是否需要媒妁之言呢？

婚姻向来都是人生大事，彝族也需要媒妁之言。在楚雄南华的

罗鲁村的彝族文化陈列馆,姑娘房里贴着这么一副当地的歌谣:

> 天上无云不下雨,地上无媒不成亲。
> 请个媒人想说你,不知媒人要请谁。
> 千万莫请表兄弟,表兄表弟白话多。
> 请个大舅来做媒,不知小妹可合心。
> 要请大舅合妹心,你家大舅爱什么?
> 本家大舅爱一样,从小大舅爱骑马。
> 什么日子你放媒,大哥出来接小马。

据当地人介绍,以前彝族盛行姑舅表优先婚,即姑舅表兄弟姐妹有优先婚配的权利。姑娘出嫁,要先嫁给舅舅家的儿子,如果舅舅家恰巧有一个儿子婚姻大事没着落,舅舅就会反对外甥女的选择,理由就是"你表兄弟还没结婚呐"。一句话,可能就僵住了。当然,现在这样的习俗基本上没有了,只有在少数落后闭塞的村庄还存在。"千万莫请表兄弟,表兄表弟白话多",就是怕姑娘的表兄弟看上自己心爱的姑娘,故意说白话(假话)搅黄了婚事。这些歌谣,直白生动有趣,让人忍俊不禁。

罗宗贤回忆,自己第一次串姑娘房是15岁,是被伙伴叫去的。当然,两个伙伴一个19岁、一个20岁,都已经懂得男女间的情事,只有他还是个懵懂的少年。要去串姑娘房,让他有些害怕。他怯懦地说自己没有姑娘,伙伴大包大揽地说已经给他找好了,到时候会有人介绍,还有什么好担心的?进了姑娘房后,两个伙伴都有自己的姑娘,有说有笑很是欢乐。与小伙伴相会的姑娘介绍自己的同伴给自己,让他们自由交往,可自己什么也不懂,也不知道说些什么。夜深了,其他人成双成对相

草木青山

拥在被子里说悄悄话，屋子里黑乎乎的，只能听见姑娘小伙的笑声和压低了声音的说话声。亮瓦里投下的月光照在姑娘房的被子上，本是谈情说爱的好时候，可自己却觉得眼皮越来越重，哈欠连连，不多久竟然在姑娘的怀抱里沉沉地睡着了。罗宗贤说第一次串姑娘房的经历至今想来自己都觉得好笑。

南华县五街镇的另一位彝族老大爷也向我们讲述了自己第一次串姑娘房的经历。他说当时自己与几个小伙伴受邀去串姑娘房，起初很是拘束，几个人在姑娘房里唱歌、聊天，已经很晚了，周围安静得连狗都没有了叫声，柴火已经熄灭，其他伙伴都与自己心爱的姑娘睡了，但自己不知道要怎么办，突然坐在他对面的姑娘说："要不你回去得了。"他当时没有听出姑娘言语中的娇嗔与责怪，还以为真的要撵他走，很是难过，深更半夜怎么回去啊？他含着泪，走出姑娘房，"撵"他回去的姑娘也偷偷跟出来走在他身后。走了一段，姑娘突然狠狠地拧着他的背脊，疼得他嘴里丝丝冒冷气。正想生气，回过头来，明亮的月光下，却发现这姑娘也是满眼泪水，一副委屈样。姑娘低着头指了指刚才走出的姑娘房，他这才明白刚才让他回去并不是真要撵他走，掐他背脊是姑娘怪他笨和木，没有听出言语间的意思。所以，两人趁着夜月，悄悄又回到了姑娘房。

早上天快亮的时候，两人约定了下次相会的时间。但有一个伙伴没有被告知下次相会的时间，小伙子很是沮丧，意味着姑娘没有看中他，也意味着双方都可以重新选择。再下次约会，又有两个小伙伴带着难过的心情离开了。只有他一直与这姑娘相约，并最终结婚生子组建家庭。

一个小伙子可串几十个姑娘，一个姑娘也可接待几十个小伙。"至今想来，串姑娘房实在是太浪漫了！那种感觉真好！"至今很多人都在都感叹自己年轻时候串姑娘房的经历。

对于彝家儿女来说，对于老一辈或是中年一辈来说，也许，他们能想到最浪漫的事，就是串姑娘房了。

现在的南华一带，部分村寨边也还建有姑娘房。部分景区，比如咪依鲁风情谷、罗鲁村彝族文化陈列馆等都还有姑娘房。当地人说，除少数偏远的村寨还保留这习俗外，其他地方姑娘房虽有，但基本都成了摆设，没有姑娘，也没有小伙子。上学的上学，打工的打工，年轻人都各有各的事情，哪里还有人闲着去串姑娘房呢？

月亮还是原来的月亮，清澈透亮的月光洒在偌大的跳歌场上，但跳歌场空无一人，这里已经很长时间没有人光顾了。姑娘房也是蛛丝网结，床上落了厚厚的一层灰，年轻的一代在忙着学习、忙着打工。姑娘房成了一代人的回忆。"再说，现在的人谈恋爱都用不到姑娘房了，直接用手机。很是直接与简单，合得来，出来见见；合不来，挂了电话不再联系就是了。"南华当地人从很久没有人光顾的姑娘房中边搬长条板凳边说。我凑着头看，里面已经堆了一些生活的杂物，有桌子、凳子等生活用具，占去了大半个空间。姑娘房的几张床被挪到了墙角很小的一个空间里，灰尘满面，满面尘灰。

"我可以进去看看吗？"

"当然可以！"当地人大度地说。

这在以前，结了婚的人无论男女是不能迈进姑娘房的，这是除两人可以同被而眠而又不能越雷池半步的另一条严格的禁忌。现在姑娘房早已没姑娘，"公房"变成"空房"，成为一种记忆、一种符号。当然，作为空房与景点的姑娘房来说，迈进姑娘房去参观也就不是什么犯禁忌的事情。听说作家于坚在罗鲁村深入生活创作时，没有住处，也曾在简陋的姑娘房里住了几天。

这在以前，是根本不可能的事情。

◎ 月亮照在姑娘房上

草木青山

  我迈步进入姑娘房,想象里面的故事:同盖一被却能洁身自好,年轻的男女映着月光,隐约可见彼此年轻充满活力的脸,相拥相抱窃窃私语,互诉衷肠到天亮,或洒下愉快无忧无虑的笑声,或众里寻他千百度,蓦然回首那人却在灯火阑珊处那一刻,双双流下激动和幸福的泪水。吹箫谈琴,唱和应答,因为有了姑娘房,一切都有了去处,一切都有了归宿,一代代人从这里走进又走出,黑了青丝白了头发。

  这一切只与纯真的爱情有关,这一切只与春春年少有关。两颗年轻的心贴近时,怦怦跳动中,整个世界都消失了。只有月亮之下的姑娘房安之若素地伫立在村寨旁。

  现在,电话、短信、微信等让约会简单明了,单刀直入就可以谈起恋爱;年轻一代也不再到跳歌场跳舞对歌,空闲时间大多喜欢坐在家里看电视,看里面的五彩缤纷,看里面的花花世界。

  就这样,跳歌场空了,姑娘房也空了。

  在电话、网络高速发展的信息爱情时代,谈与不谈,爱与不爱干脆直接,毫不拖泥带水,是分分秒秒就可以决定的事情,谈一场爱情,就像拉开架势去谈一笔生意。对姑娘房怀念的心情,就像我们翻出自己年轻时咬破笔头写的一封情书,左涂右改,字斟句酌,生怕词不达意不能表达出自己当时的心情,而后在惶恐、胆怯、期盼、焦虑与漫长的等待中折磨度过。若干年后,面对当年那象征着自己年轻与爱情的泛黄纸张,足以让我们泪流满面。也许,这样的飙泪不为谁,只是为那个年代与过往流淌的时光而已。

  "求之不得,寤寐思服。悠哉悠哉,辗转反侧。"

  信息时代,这样为难自己折磨自己的爱情少之又少。

  没有了姑娘的房子,心都是空的。花飞花期止,人去房中空,万端心事都只能将过往岁月化为空指弹。

对姑娘房的怀念，不管风月，只关爱情。

对姑娘房的怀念，也是对永不轮回青春的祭奠。

因为，我们每个人都爱过，也曾经年轻过。

草木青山

凝望

诺玛阿美的样子

在哈尼族聚集区，常听见一个叫"诺玛阿美"的词语。诺玛阿美到底什么意思？每个哈尼支系对这词的解释不一样。在哈尼语中，诺玛就是太阳，也指心；阿美就是平原、平坝的意思。相传，诺玛阿美是哈尼族祖先曾居住的地方，大概的意思为"太阳之原"，也就是最美的家园，词义和藏语里的"香格里拉"相近。

诺玛阿美是哈尼人心中的一个美好愿望，大家一直在寻找，一直在祈愿，但具体在哪里呢？谁也说不清。

我是农村长大的，在云南这块高原上，梯田并不是什么新奇事物，很多地方都有。有水叫梯田，没有水叫台地。

梯田和台地，在云南再平常不过。但当我2006年第一次站在红河元阳的梯田边，还是被这块土地和这块土地上的人深深震撼。即使在图片上无数次浏览过，在电影里无数次看到过，纵然有充足的心理准备，但当你真正面对它的壮阔和浩大，还是会震撼不已。静静伫立，从上往下俯瞰梯田，千千万万块梯田层层叠叠在你脚下延伸，满山满谷都是各种线条勾勒出的数以万计水波闪耀的镜子，千沟万壑，层层叠叠直落谷底，在阳光与云雾的交替变幻中，大气磅礴，气象万千。这是大自然的造化，这也是一部民族在土地上雕刻的历史，更是几千年来一代代哈尼族人用汗水一锄一锹在山岭间书写的传奇。虽然人站在高处，梯田在脚下，但我却感受到了自己的渺小与微不足道，不由得生出了与陈子昂"前不见古人，后不见来者。念天地之悠悠，独怆然而涕下"一样的孤独与悲凉感。

过了几年，2017年春天，再到元阳，却有种别样的心绪。

按一般的理解，同一个地方到过两次，新鲜和激动会大大减少，甚至消失。特别是田还是那块田，景色还是那样的景色，司空见惯，哪里还有什么激动？

近些年来，有个时髦的词语叫"城镇化"，城市飞速向前，农村急遽退后。大量的农村人涌进城里，农村失去了往日的活力与生机，很多村寨成了空心村，大片的田地长满荒草。而这种变化，就在短短的十几年间。

梭罗在《瓦尔登湖》中预言过："要是没有兔子和鹧鸪，一个田野还成什么田野呢？它们是最简单的土生土长的动物，与大自然同色彩、同性质，和树叶、土地是最亲密的联盟。"

但近些年来，我所看到的很多田野，没有兔子没有鹧鸪，只有大片裸露的土地和荒草。

在漫长的传统农业经济社会里，我们的祖先用他们的勤劳和智慧，创造了灿烂的农耕文化。说到农耕，我们首先想到的是水波粼粼的农田、披蓑戴笠的农民、拖着犁耙的耕牛。这些场景延续千年，变化不大，甚至几十年前耕牛拖着的犁耙与几百年前的犁耙并没有多少差别，都是木头架子套上一个铁犁头。但就在近些年，农耕文化受到前所未有的现代文明的冲击，传统的农业离我们渐行渐远，机械化操作代替传统的人力和牛力耕作方式，解放和发展生产力的同时也带来了转基因泛滥、农药化肥过度使用、生态环境恶化、食品安全令人担忧等等一系列问题。

农村，成了回不去的故乡，怎么不令人痛心呢！

坝区里平整的田地都已经撂荒了，在崇山深壑间的梯田又是什么样子呢？

再次踏上元阳，梯田还是原来的梯田，这片土地上依然充满活力，一丘一壑闪耀着波光，如诗如画。这是世外之田，不问世事，无论今夕何夕，一如既往挂在群山之间，动人心魄。梯田里牛耕人作的生产方式，都停留在了十多年前，由于梯田受地形限制的特殊构造，现代化机械耕作与这块土地完全绝缘，所以我们看到的梯田及梯田里的耕作方式，与千年前区别并不大。外界翻天覆地，这里却千古如一，时光静好。

对于外来者而言，我们来这可以看见田园牧歌，我们也希望这片土地永远这样一成不变。在梯田著名景区老虎嘴，本地人告诉我，从村庄走到谷底最远那块梯田需要近一个半小时的时间，回来近两个小时，没有其他路，只能顺着梯田围出窄窄的田埂路抵达。来回三个多小时，下去的时候背着种子、肩扛农具，回来的时候还要背着稻谷。

外来观光客只是看见梯田壮观美丽的景色。但对于耕作者来说，那又是何等艰苦的劳作！外来看风景的人与当地的农民对于梯田的感受怎么可能一样呢？

当地人忧虑地告诉我，前些年农村青壮年外出务工，管理和耕种梯田很辛苦，收入也不高，梯田也曾经面临无人耕作和管理的问题。未来何去何从，也曾是梯田面临活着还是死去的问题。值得庆幸的是，梯田挺过了艰难时刻，呈现了旺盛的生命力。哈尼族人在稻田、沟渠里养鸭、养鱼，形成了"稻田—鱼—鸭"的良性生态农业系统。鱼吃稻田里的虫子、谷花，鸭子吃稻田里的螺蛳、虫子，鱼和鸭子的粪便又为稻田供应肥料。鸭子、鱼和稻秧一起成长，等到秋收时，一切都长得刚刚好：稻谷变得金黄，鸭子长了一身膘，

草木青山

开始产蛋，小鱼也长成了大鱼。秋收时节一到，哈尼梯田里就热闹起来了，捕鱼、收割稻谷、追赶鸭子，一片欢腾。这样原始生态的种植和养殖在现代社会几乎难觅踪影！

随着人们健康观念的增强，生态的鸭子、鸭蛋、梯田鱼和梯田特有的红米在市场上供不应求，价格也是节节攀升。当地人在村镇就可以通过电商把这些产品销往全国各地，采访中一名电商告诉我们，这些产品在沿海和北上广等发达地区，销售特别好。购买者看中的就是这片土地无污染，纯生态，天然有机。

在现代化浪潮席卷下，传统农业呈现出勃勃生机，梯田再次焕发出旺盛的生命力。

这是片自然的生态系统，这是片天人合一、人神共居的土地。哈尼族人遵循着"森林在山上、山寨在山腰、梯田在山寨下方、河谷在梯田下方"的分布原则，源源不断地用水把森林、山寨、梯田和河谷连在了一起，构筑了人与自然和谐相处的良性生态系统。人与自然之间在寻找平衡，人与人之间以刻木分水式的适度来寻求和谐，偌大的群山、森林、梯田、村庄，人与自然万物就是一个命运共同体。

这是片活着的土地，每块梯田都会自由地呼吸。

世外之地，人与自然和谐共生，人与人和睦相亲，传说中的诺玛阿美应该就是这样子吧！

石头上的嘴巴

吹开历史的黄沙，五尺道上的那些故人和旧事，依然鲜活和扣人心弦。

我的家在曲靖沾益一个名叫松林的村子里，出村不远就是五尺道。在我的记忆中，我的父辈、祖辈都走这条道路，一辈辈的人就是沿着这条道路走出乡村，走向外界的。

听父辈说，新中国成立前，我们村后那条叫"深沟"的五尺道上强寇出没，各种势力的土匪在这里拉帮结伙，打劫过路人。

我不知道我奶奶的父亲是否因遭到土匪的抢劫而命丧五尺道上。

记忆中，奶奶老了还会不时地念叨他的父亲，嘴里重复着这么一句话："都走在路上了，咋个就是没有回来呢？"

奶奶的父亲做一些外地收购民间玉器的小生意。奶奶和爷爷定下了婚期，本来家里人不让奶奶的父亲再出远门做生意了，但为了再赚点钱为奶奶添置些嫁妆，他还是选择了出门再走一趟生意。随着婚期临近，年轻的奶奶还是不见父亲的影子，一天比一天焦急，就在结婚的前几天，终于得到了同乡捎来的口信，说奶奶的父亲在县城买了好多东西，正在匆匆往回赶，让奶奶及全家人放心，可能在婚礼的前两天就回来。这是奶奶的父亲也就是我的祖父留给全家

草木青山

人最后的消息。可以想到,全家人从焦急到欢喜,再从欢喜到漫漫等待,望眼欲穿,渐渐彻底绝望,伤心欲绝。那短短的几日全家人经历了怎样的心理煎熬?而年轻的奶奶,扶着门框日日等待,坐在门口的石坎上夜夜守候,这一等,就是几十年,直到奶奶从年轻少女等成白发苍苍的耄耋老人。在记忆中,年迈的奶奶说起他的父亲仍然无限神伤,心中的悲痛依然挥之不去。有好多个夜晚,奶奶仍然会一个人在门前石坎上默默地坐着,在黑黢黢的夜晚一坐就是几个时辰。

听人说,奶奶结婚时眼睛都哭得红肿。

没有让奶奶父亲走完的路,就是从县城到村子的路,那条路我们当地人叫"深沟"。

长大了,我知道,深沟那条路就是五尺道。

今天,走在五尺道上,我心中总有莫名的伤感和沉重。

后来,我的家族与五尺道又发生了许多故事。

与爷爷同辈的一个亲戚,我应该叫大爷爷的一个人,身高力壮,却家庭寒苦。为了生计,在农闲时常常帮人挑一些东西到县城,又从城里挑些货物回农村。挑的东西有时候是糖、茶或者盐巴,当然还有其他东西,凭自己的劳动力得到些微薄的脚力钱补贴家用。

一日,回家的时候,在深沟的险峻之处,被两个蒙面的山匪劫住。夜光下,冷冷的利刃寒光闪闪,大爷爷胆怯了,交出了所挑的货物,但两个山匪却并不急于扑向所抢的货物,可能是他们认为抢下的货物是煮熟的鸭子,飞不了。又或许,那一刻他们也实在太过贪婪,竟然要求大爷爷解下身上的钱袋,大爷爷又急又气又怕,战战兢兢把钱袋递给了两个山匪。出乎两个山匪预料的是,穿着破乱、脚趾都露在外面的大爷爷,钱袋却很鼓,我不知道那天大爷爷的钱袋为什么是鼓的。零钱多？还是里面装了其他东西？还是恰巧那天卖了什么值钱的货物？总之，两个山匪看见这么鼓的一个钱袋，都迫不及待想看看里面到底有什么，提着的刀放下了，把脑袋凑到一起忙着看钱袋。他们忽视了身后站着身强力壮的大爷爷，大爷爷也是六尺男儿，怎么甘心就此被抢。旁边的箩筐边，靠着自己的扁担，大爷爷以最快的速度，操起扁担，用尽全身的力气，"嘿"的一声，砍向正在低头看钱袋的山匪。还没有等山匪明白怎么回事，其中一个山匪早已脑浆迸裂倒地而亡。另一个山匪吓得魂飞魄散，丢下同伴，往密林深处飞快逃窜。大爷爷丢下扁担，看着白花花的脑浆，瘫坐在地下，半天回不过神来，连挑担子的力气都没有，丢下货物，拄着沾满鲜血和脑浆的扁担回了家。到家后，腿一直在筛糠。

再后来，爷爷带领一些民兵在深沟一带剿匪；爷爷在昆明做过十几年生意，当时在当地应该属于见过些世面的人，所以乡上就把这任务交给了爷爷。但当时的条件太差，民兵团连枪都没有，大多数时候，只是顺着道路巡逻，目的是让匪徒不敢出来抢劫，并不能真正剿灭土匪。据爷爷后来讲，大多数土匪就是附近村庄里的庄稼汉，因生活所迫，上山拦截过路人。看到有民团剿匪，就偷偷回家干正当营生去了。

如今，时光远去，故人早已驾鹤西去，"黄鹤一去不复返，白云千载空悠悠"。丽日蓝天下，唯有古道边上深深浅浅的马蹄印，如盛开在石头上的莲花，又如张开的嘴巴，似乎要向今天的人们诉说些什么。

侧耳倾听，什么也没有，只有旷野呼呼的风响。

石头与梭镖

老子说:"大音希声,大象无形。"

神话故事也常记载,高高的石崖后有无字天书,谁读懂谁就可以化境成仙。

一直以来,不解其意:既是希声,何称大音?既是无形,何为大象?既然无字,何以解读?看了沧源崖画后才明白,有些感觉,是无法用语言和文字来传递的,语言和文字显得太过苍白和孱弱,我不知要怎样表达对崖画的感觉,唯恐词不达意,让这种感觉归错了方向。套用老子的意境,是不是说不出来才是最好的诉说?

在当地的佤族中,很少听到谁用语言和文字来赞叹崖画,但当地人把崖画视为神画,逢节日,常去献祭。来去匆匆,我们无缘见到献祭和祭祀的过程,却可以感受;把刻在石头上的画当作神明,足见佤族人民对崖画的虔诚和敬重,而这种虔诚和敬重又岂是语言和文字能够表达的。

崖画刻在陡峭直立的石壁上,我们只能抬头仰视。苍苍茫茫的树木掩映,石壁依山而立,刀砍斧劈样,是大自然的造化还是人类的巧夺天工,让石壁如一面纸平展挂在山腰?通过现代人修建的栈道才得近距离仰视这一无字天书,栈道是修建在半山腰的,我们也挂在空中。在这一距离,我们看不到山顶,只隐约可见粗壮古老的

草木青山

藤条在崖石间蔓延；我们也看不见谷底，只有浮来漂去的白云在树冠和挺拔苍翠的毛竹丛林间流走。

无论是高高矗立陡峭突兀的石壁，还是屈曲盘旋、旁逸斜出的树木，都让人感到自然的广阔和浩大。从远处看，我们走在栈道上，不过如蝼蚁爬行在蜿蜒的细线上；天地才是主宰，冥冥之中的神灵才是掌握我们生死命运的关键，突然感到自身的渺小。对于整个自然来说，我们微不足道，不是吗？就连石壁都不知道要比我们高大多少倍，我们不过就是它下面的一个黑点。站在3000年的崖画下，凝眸依然褐红的画面，那是用血与赤矿粉混合而成的色彩。曾经沸腾温热的血在动物的体内汩汩流动，曾经历经上万年或者上亿年风蚀雨淋才形成的赤矿粉，二者结合才形成了这历经千年的褐红，这是生灵与自然的结合，这是动与静的缠绵。

刻在石崖上的画面，在劳动、在狩猎、在采集、在歌舞……先人的生活场景被截取了，就像被人突然喊了暂停，所有的画面定格在一瞬间，伸出去灵巧的手再也没有缩回，迈出去坚实的步伐再也不能落地。所有的动作都凝固了，这一凝固就再也没有变动过，经历了3000年的沧桑变迁，风霜雨雪，仍然停留在高高的崖石上。后人只能从那游走的线条，优美的图形上揣摩和想象了：这出自谁人之手？是有意刻之还是率性所为？到底在表达什么？无人破解，也无人回答，留下千古之谜，后人只能怅然面对那一幅幅图形，百思不得其解，人石相对两无言。

通往山下的路艰辛而漫长。再艰险的路，如果我们愿意，可以随时再回来，但我们却无法穷尽时空之纬，回到漫长遥远的过去，走入渺茫虚无的未来。百年之前，我们都还不存在；百年之后，世界上再也找不到我们的面孔。庄子有语："人生在世，若白驹过隙，忽然而已！"当我们有一天如流星划过天际一样消失了，世间再也找不到我们活过的痕迹，而石壁上的崖画，依然流动着灵动的色彩。

离别崖画，踏着层层石阶向下走。临沧被称为灵魂的栖息地，多年以来，我一直不解其意。来到这里，仰头看湛蓝的天，触目是满目的苍翠，静听天籁之音，心再也没有了喧哗和躁动。原先对于佤族的概念是极其模糊的，真正走进佤寨，踏上佤族的剽牛场，这些模糊的概念才具体：油漆斑驳的木鼓、惨白的牛头骨、黑黑的服饰、黑黑的皮肤。

佤族的剽牛是人类用原始的最初的方式表达对自然的征服和利用，体现出人类的强大和对自然的主宰。

看阿佤山人剽牛，仿佛回到了原始：牛拴在树桩上，瑟瑟站在场子里；木鼓摆在场中央，静静等待敲响；七八名精壮的佤族汉子威风凛凛如出征的战士，赤裸上身，头扎红布带，腰挎长刀，脸上和身上涂了一条条黄泥，像现代陆战队士兵的迷彩膏，看上去神秘莫测。一位佝偻着背、脸上沟壑纵横的老人抱着个黑漆漆的小斛走在前面，身后紧跟捏着长长梭镖的剽牛手和那七八名精壮的佤族汉子。走到牛前，长者边撒小斛里的米，边叽叽咕噜地念叨，在叫魂？在祭祀？在通告神灵？还是在祈求平安？还是在超度告慰牛的灵魂？都不得而知，但偌大的场子上所有人全都屏声静气，大气都不敢出。突然长者"噗"的一声将酒喷在尖锐的梭镖上，人群中出现了一阵骚动，向后退了一步，胆小的赶紧转过脸去。只见剽牛手跨步上前，挺起梭镖瞄准，以迅雷之势把梭镖插入牛的心脏，沸腾的血液喷涌而出，洒向大地，溅得剽牛手上、脸上和身上血迹斑斑。牛轰然倒地，旁边拿长刀的精壮汉子一拥而上，拔出长刀，砍牛头的砍牛头，剁牛尾的剁牛尾。这一切，发生得太突然，完成得太快，以至于看的人还没有看清，被这种场面惊吓的人还没有回过

◎ 石头与梭镖

草木青山

神来，牛头和牛尾早已被绑在场子丫字形的树桩上，倒在血泊里的牛还没有断气，身体在抽搐，喉头还在蠕动……血腥扑面而来，没有经历过这种场面的人，看得心惊肉跳，手脚冰凉。但当地的佤族很少有害怕的，即便是小孩也敢把眼睛睁得大大的，生怕错过了每一个细节。

有着庞大身躯的牛倒在了看似弱小的人面前，全场一声欢呼，木鼓咚咚地敲响了，传出铿锵有力的节奏，呜呜的芦笙向着地吹，向着天吹，向着围观的人群吹，鼓动腮帮嘹亮、面红耳赤地宣告这是人对自然的胜利，我是万物的主宰。佤族汉子手拍腰鼓欢快地跳起来了，场子上的男女老幼手牵着手进入场子团团而舞，他们在庆祝胜利，也在欢呼自己的剽悍勇敢，向牛，向动物，向自然宣告人类的伟大。而这样的自豪和欢快心情是难以用语言来表达的，只有歌舞可以尽兴了。手拉手、肩并肩，不断变换的调子，随调子不断调整的舞步，人越聚越多，放眼望去，只见人头攒动，黑压压满场子的人在移动。我加入其中，马上就被淹没在场子中，欢快的气氛像波浪一样席卷而来，而人只不过是波浪席卷下的一片水花，高高地抛起，重重地落下，什么都忘了，随着调子，跟着节奏。这样的气氛牵引你在舞动，人群拉着你在场子上转动。

对于石头和梭镖来说，是实在的也是虚无的。

对于轰然倒下的牛来说，场上的世界很精彩，场上的世界很无奈！

风雨滇缅路

◎ 石头与梭镖

上坟记

纸货店门面很小，没有店名也没有招牌。

店主是名老年妇人，坐在门口，昏昏欲睡。

春风吹拂，刮起一阵小小的漩涡，街道上的灰尘垃圾碎屑随风飘扬，纸货店门前各种黄白纸钱覆盖了一层薄薄的浮尘。

我习惯在村里这家纸货店买些上坟的用品。

这名老年妇女，母亲在世时与她熟识，年龄大概长母亲几岁。父母过世后，只要回老家上坟我都在这里买纸钱。她认出了我，母亲过世三年多了，她见到我还是会叹息母亲离世的突然。

从没想过父母也会成为先人。看着满屋子的上坟用品我不知该怎么选。

以前回家上坟，都是父母替我准备好这些祭祀用品，我哪里知道操持这些。父母在世时，我更多去的是纸货店隔壁的红星超市，买些吃喝用品，大包小包拎着提着，欢天喜地热气腾腾沿着街道回家。

如今，站在只够两三个人转身的小店，望着各种上坟祭品，心中凄然，纸钱白得耀眼、黄得灿然，香烛冥币塑料花艳丽得如梦境。

人间一过，渺渺万里，到底哪一头的世界是真实？哪一头的世

草木青山

界是幻灭呢？

我不会挑选上坟祭祀用品，每次来都是这名店主帮我搭配好。烛火香纸、黄白纸钱一应俱全，花花绿绿的冥币、白花花的坟飘、色彩艳丽的塑料祭祀鲜花，她都低头默默替我选好装好。我也不问价和数量，可每次她都要少收几块，我很固执地坚决付足付够。一方面小本生意，她那么大的年龄，淘生活本就不易；另外一方面，父母在世也不曾辜负与亏欠过这人世间一分一毫。她不再推辞，接了后弯腰把这一百多块钱压在筛子里一摞冥币下。我这才注意到，那冥币大小、图案、色彩、设计与真钱高仿，只是面额大得吓人，动辄成万上亿。那么大的面额，钱来得如此容易，倘是真如此，那边应该早已没有穷困潦倒之人！

当地上坟，习惯近亲家族邀约着一起去。一方面是体现整个家族认祖归宗，回到出发的原点；再者可能是为了好玩，大家平时各忙各的，即便在一个村子里，也很难得相聚。一起上坟，一起聚餐，曾经的生生死死哀哀啼啼化为现实的吃吃喝喝与热热闹闹，逝者已矣生者如斯，人间烟火终将覆盖生死凉薄。

清明时节，墓碑之前，草木萧瑟，山河肃穆。

冬去春来，正是草木萌动的季节，上一年度的草木已经枯槁，这一年度的草木才刚刚冒出嫩芽。一岁一枯荣，自然也在生死交替接力。

有人坟头飘坟飘，无人坟上长青蒿。上坟的人带着各自购买的坟飘见坟就挂，一会儿的工夫，荆棘杂草丛生的坟地上到处飘荡缀有或红或绿或黄装饰的白色坟飘。白色的坟飘迎着浩荡的春风飘荡。穿梭的人群在坟地间行走，冷清了一年的坟地迎来了短暂的热闹。

每年看望一次长眠地下的先人，对逝者是尊重，对生者是抚慰。

挂过纸、插过坟飘、燃过香、敬过烟酒、敬过盘福斋饭，坟地迎来了本该有的庄重严肃。

草木枯荣，死者安息，生者安然。上坟让一切有了自然的归宿和生死固有的秩序。

李姓在中国是大姓，与我们村里相邻的一个村子就叫李家屯，村里上百户人家全都姓李。但在我们村李姓人数并不占优势，村里以姓氏为地名的有潘家台、张家大地、刘家街、禄家街、肖家沟、王陈坝、殷家野……唯独李姓分散居住，没有大的地名标识。我们这支近亲的家族在村里人数不多，至今还经常联系并能在清明节一起邀约上坟的也就一二十户人家。

家族的坟地不大，却很分散，竟然有四处。

家族的历史，没有人能准确说清楚。

在古代，云南是以少数民族为主体的地方。云南的汉族，大多被认同的说法是外来迁入或者移民。在元代末年，云南还是一个以少数民族为主的边疆之地，明初朱元璋大规模移民之后，这种情况才出现了变化。生活在云南的汉族人，很多人都自称是从南京柳树湾来的，都会言之凿凿地说自己老家在南京柳树湾高石坎。"柳树湾高石坎"，一个虚无而又神秘的地名，无从考证实际来由，却是很多云南汉族人心底认同的故乡。我们这个家族以前有家谱，但可惜被一把火烧了，其中缘由令人唱叹，不提也罢。家谱化为灰烬，一代代先人作了古。

先祖什么时候来的？到底怎么来的？最初来这片土地上的先民是充军而来，移民军屯还是回不去的戍边士卒就地安家？

◎ 上坟记

草木青山

没有答案。如今，只留下分散的坟与枯萎的草。

有些坟是有名有辈分的，但更多是无名无辈分的小土堆。除了立过碑和能指认得出的坟茔，祖坟堂里，更多的只是一个个荒凉和杂草丛生的土堆，里面躺着的人具体是哪一辈叫什么名字，年代久远早已无从考证。部分老坟，也曾有立过碑文的，可惜在破四旧时被推倒拉去镶水沟、铺路桥，光滑平整的碑石或立于桥墩、镶嵌石桥沟底或铺于路面，失落分散年代久远无迹可寻。而更多的坟茔，应该是从来就没有立过碑的，活着寂寂无闻，死了一抔红土草草掩埋，终其一生并没有留下一个字，巴掌大的碑石也没有，一个个生命最后变成了一个个圆圆的土堆。

平头百姓，这不奇怪。日子紧掐紧过，大多时候，活着的人为生机愁眉不展，哪里有能力为长眠于地的人镶嵌石碑呢？

四块坟地，在村子的东西南北都有，上坟的顺序是以交通的方便程度来确定的，上完坟刚好转了个圈又回到村里。

上坟祭祖更像是一场规定时间内规定动作的朝拜与寻根。

先上的祖坟位于村西边的九龙山。九龙山坟地是爷爷那辈人从外村人手里买的。严格上说，这块坟地虽然在村子的西面，但九龙山已经属于另外一个叫古城村的地方。

如果不是殡葬制度改革，一代一代人都会在此找到最后的归宿。

九龙山坟地位于半山腰，面朝开阔田野，背靠巍峨青山。极目远眺，村庄原野尽收眼底。就在坟地前方几百米外，有口咕咕流淌的清泉从地下涌出，当地人叫九龙潭。那些年，九龙潭常年冒着清凉的泉水，龙潭里涌水的洞比水桶还粗，周围密密麻麻都是气泡翻动。清冽幽深的泉水不停从洞中涌出，里面冒出的气泡有鸽子蛋大，让人感觉洞中确实有九条龙吐出泉水。小时候我是不敢多看的，我相信这洞中真住着龙。更有村民斩钉截铁不容置疑地说，他们曾经见过降雨前有龙从这里腾空而起。

水不在深，有龙则灵。就在这龙潭的上方，修着一座龙王庙。附近村寨的风调雨顺，全靠这里掌握，干旱或者洪涝，大家都来这祈求跪拜。

当地人相信，山上住着山神，水里藏着龙王。

在看不见的地方，自有神的旨意。

李氏先人乔迁风水宝地，家族欣欣向荣迎来新机。

迁坟的第二年清明，族人在新迁的坟地里杀鸡宰羊庆贺。

一群不速之客来到了这里。附近村里的一老者作为代表发难："自坟地迁来，龙潭水突然变小，究其原因是坟地压了龙脉，龙王翻不了身，出不了水，附近村寨吃水及田地灌溉都受影响。不迁走，龙王生气，周围村寨遭灾。"老者说完，跟随来的一群人跟着附和，怒气冲冲，看那架势就要上去扒坟。

双方各执一词，眼看就要发生一场械斗。

那时爷爷虽然年轻，但漂泊在外多年总是见过一些世面。对于怒气冲冲的人笑脸拱手相迎，他满口答应："如果真是压了龙脉，让龙翻不了身，影响到附近乡亲吃水生活，那是大事，一定要迁。不用说等到明年，就是今天挖走也可以！"此话一出，族人不解，其他村民也面面相觑。而后议论纷纷，乱糟糟一团。

"但是！迁祖坟是大事，你们谁说的我们家族的祖坟压了龙脉，就麻烦签个字，留下个书面的见证。如果迁了以后，龙潭水变大了，证明我们家族的确有错，明年还杀鸡宰羊给乡亲们赔礼。但要说明的是：如果迁坟后龙潭水还是没有变大，证明你们是欺负我家祖宗，那对不起！祖宗的尸骨谁签字我们送谁家去！"

◎ 上坟记

草木青山

　　穿着藏青色布衫,腰扎黑布宽腰带的爷爷用尖刀挑起一块羊肉,送到嘴中,冷眼扫过喧闹的人群。

　　"谁签字?"爷爷大声喝问,"李氏也是大姓,在这块土地上一直和善乡里,不曾惹事。迁坟我们可以答应,但不给祖宗个说法,就是欺祖。"

　　众人鸦雀无声,一场闹剧就此收场。以后也再无附近村民找事闹事。

　　这个故事,家族人都知晓。如今,爷爷那辈也躺在这里几十年了。当年起争执的龙潭水流了几百年,但就在近两年也彻底断了流。

　　但早已没有人在意!村民喝自来水,原先靠龙潭水灌溉成百上千亩的秧田,祖辈奉为至宝,但在年轻人眼中,稀泥烂潭,不值一文,被大片大片地撂荒了。

　　就在前几年,父亲也来到了这块祖坟。

　　就在父亲来这里的前一年,我与父亲、母亲还一起来到这片坟地祭奠先人。上好坟磕好头后,我们在一棵高大的雪松下坐着吃着东西,在路边折了柳条,编了柳帽戴着。那天太阳热辣,山野春风吹拂,百花盛开。

　　谁想到,一年后的清明节,父亲也就来到了这里,上坟的时候,我们在外头,父亲却进去了里头。

　　顺着一条乡村柏油路从村西到村北,来到了另外一处坟地。这坟地离高家大山并不远,但先祖却没有选择上山。

　　这块坟地在一片没有名字的小山坡,是家族中最古老的坟地,没有碑文没有记载,甚至家谱也未提及。用现在的话来说,多年以来一直处于失联状态。

几十年来，我们整个家族甚至不知道有这么一块坟地存在着。

近些年，村子周围被各种大小工厂包围着蚕食着。这块最为古老的坟地就在附近大大小小厂矿和堆煤场子之间的一小块高地上，无人问津。工厂包围农村，象征现代意义的推土机和挖掘机轰隆隆向前推进，翻天覆地中日新月异。但某次，驾驶室里的人透过高高举起的铁斗缝隙，看见了荒草丛中凸起的一片坟包，触目惊心，现代化的铁爪犹豫中后退了。

在场没有人知道这片坟地的历史与归宿，但谁也不敢冒冒失失向一块坟地推进，即便它是无名的，暂时无主的，但每个土堆下面都有一副枯骨，都住着一个魂灵，再莽撞冒失的青年也不敢随意推平和践踏。

追根溯源，这片坟地与我们家族最近。

远古的祖宗，音讯全无，却因现代化的开发一下来到了整个家族面前。

这是片认不出任何一座辈分和年代的坟地。实在太古老太陈旧了，最高的坟堆还没有一米。大多坟堆，只是略微高出地面几十公分，有些基本与地面齐平。以至于在上坟挂纸的时候，只能凭猜测，大概哪里住着个先祖。在坟地间行走，要相互提醒不要踩在祖坟上。

沧海桑田，如今坟地的前后左右都不再荒凉，被现代化的开发团团围住，前面的一块空地早被其他村民在家族管理坟地前几十年就种上了桑树，地权坟权纠缠不清，只有各后退一步，承认既定边界。左侧是家小工厂，右侧是堆煤的货场，后来者居上，边界被打上围墙，已成既定事实。后面不知何时被挖成山崖，估计是想把后面荒山挖空搬走，然后神不知鬼不觉把后面一块荒地变成另外一个货场或工厂。坟地最顶头有块石头，石头下面挂着黄纸，是坟地的

◎ 上坟记

草木青山

后山石。石头下一棵比人稍高的松树遒劲苍老,看得出已经有些年代,这是坟地间唯一的一株松树,孤傲地挺立着。可惜的是,连续两年,都被人用火烧过,一半是青翠一半是炭黑。它就这样顽强而坚定地活着抵抗着。

这地方并不顺路,也没有人管理。有一年,上坟忘记带锄头和砍刀,荒草荆棘疯长得高过了坟堆,人钻不进去,难以发现坟包具体位置。我们只有站在高处,把纸钱大把大把往坟包方向撒,大风吹来,白色的纸钱四处飘飞,挂在草棵上,吹到半空中,飞往远方。

那株松树今年又被火烧了,也不知能不能活过来。人间的恶意连坟里的树都不放过,有几个年长的嫂子对着旁边的工厂骂,但谁在乎,谁听得见呢?里面的机器隆隆作响。

第三块坟地在村子的北边,坟地方圆快一里的地方叫罗家坟茔。

李家坟地在这片罗家坟茔的地方。实在想不出到底为何如此。

这坟地自我记事起,印象中就是块耕地。坟地空隙的地方都被开垦成了庄稼地,耕地的时候,犁耙小心地绕开一个个坟包,如理发一样把空地修理得整整齐齐。春天,犁耙把泥土翻起,红得耀眼,蛰伏了一个冬天的虫虫蚂蚁在上面爬,一股新鲜的泥土味扑面而来。夏天,苞谷、豆角、洋芋铺满了土地,万物萌发、生机勃勃,绿色的纱帐把一座座坟茔掩盖了。秋天,圆滚滚的南瓜爬上了坟头,金黄的苞谷掰下来,装在口袋里靠在坟包上。冬天,地被清空耙平整,一个个坟包就像大大小小的馒头散落在红色的幕布上。

逝世的先人在地下沉睡百年,忙碌的后辈在这块土地上生生不息。

农耕时累了，就坐在坟堆边，喝水吃晌午。大人在地里干活，孩子在旁边玩耍，坟地间支撑起一把伞。玩累了，躲在伞下靠着坟堆休息，一代又一代在大地上繁衍生息。

在坟地旁一块还有座孤坟，不属于我们这个家族。从记事起，就是座野坟，从没有见过上坟的人，在好多年前清明时还能见到挂在上面的纸钱，想是还有后人在记挂着想念着。这些年，再没见后人挂过一张纸，听说这家后代搬回贵州去了。倒是我们，上家族坟的时候，会特意走过去几十米，给这座无名无姓的坟插几炷香挂几份纸，让孤坟不至于太过冷清。

家族里的坟地，我们是不会害怕的，即便里面的人死去多年，也总觉得那里睡着的是我们的亲人。

对于其他坟地，却没有这样的感觉。我们会害怕，莫名的恐惧。

上初中时，一个月明之夜。我们几个小伙伴去偷蚕豆煮吃，却被看蚕豆的人追赶，慌不择路，我没有沿着来时的大路跑，却跑向了另外一条山路。

等我发现四周都静下来的时候，我已经狂奔出好远。月明星稀、夜莺咕咕，整个田野只有我一个人。摆在我面前的只有两条回家的路。折身返回走大路，安全平整，四周开阔，但得走出一倍多的路程。往前继续前行走小路，夜深人静，要翻越一座山和穿过一片坟茔，但却很近。最终，我鼓起勇气，选择了走小路。整个世界好像只有我一个人，隔着山和森林，看不见村里的灯火，也听不见公路上的汽车响声，静得只能听见我裤腿走路摩擦的沙沙声响。

在山边一座坟地前，我站住了，再不敢动。

月光下，我分明看见了一座坟地旁有一个人站在那里招手。

◎ 上坟记

草木青山

　　我才突然想起,前久村里有家新娶的儿媳妇不知何故上吊死后被埋在那里。

　　我头皮发麻,手脚冰凉。前进还是后退,又一次摆在我面前。回去,显然不现实,绕得太远了。我鼓起勇气,在路边庄稼地里拔起一根一米多长结实的木桩,拖在地上往前走,我冲着远方的黑影大喊大叫,企图把她吓走。她还是在那里,不退也不走,我甚至能看清,是个女的,她穿着件臃肿的棉袄。

　　我又在路上捡了几个鸡蛋大的石头装在裤兜里,拖曳着木桩往前走,木桩与地面摩擦,咔咔作响。我发出几声尖锐的长啸,一只山鸟还是野鸡扑棱着翅膀突然飞起。

　　但她还在那里招手扭着身躯,我头皮发麻,但没有退路。我横下心往前走,如果真有什么东西扑过来,我准备迎头痛打。

　　那个身影没有扑过来,还是站在原地招手。

　　在相逢的那一刹那,我大着胆子站住与她对视。夜光下,光秃秃的新坟,纸钱和花圈旁边,一件红色的棉袄被人穿在了新坟边一棵一米多高的松树上。风一吹,两只袖子就像人招手。虽然是一场惊吓,但红色坟包、地下散落的白色纸钱、花花绿绿的花圈、裹着绵纸的哭丧棒、纸扎的棺罩、红色的棉袄这些丧葬之物还是让我觉得恐惧。

　　我鼓起勇气往前走穿过另外一片坟茔。月亮皎洁,但山上森林里的坟地在树木掩盖下,有的地方亮着,有的地方黑着,总觉得黑暗之处隐藏着什么,让人心里恐慌。

　　最后上坟的地方是村里的墓地。母亲在2018年来到了位于村里东边的胡叶山脚下的公墓里。2015年离开人世的父亲,成了最后一个睡在祖坟堂的人。而母亲,由于殡葬制度改革,来到了公墓。她与父亲一个在西一个在东，中间隔着一座杨梅山和一座叫松林的村子。在这个村，她与父亲共同生活了几十年。而那座山，她与父亲也爬了几十年。

母亲突然离世后，我们也曾想过，暗地里偷偷把母亲的骨灰与父亲的埋在一起，公墓作衣冠冢，掩埋个空坟。父母活着恩爱，死后同穴，也算是一种修为。但后来还是放弃了，对于心心相印的人，什么样的万水千山能阻隔呢，形式上在不在一起哪有那么重要。父母一生都是光明磊落之人，哪里会在乎这些。如果真有另外一个世界，隔着一段距离，一个在太阳升起的东方，一个在太阳落山的西边，一个在传统的祖坟，一个在现代的墓地，走动起来不是更好嘛！

公墓占地狭窄，墓碑前跪不下那么多人。上坟的时候，直系亲属跪着，其他人站立着。世事难料，六十多岁身体健朗的母亲竟然也成了享用香纸斋饭的先人。

每年，公墓都在生长，一列列一排排在山坡上延伸。每次从这些墓碑的行列里走过，我都感觉到这些村里的人并没死去，他们只是换了一个地方居住，一样可以晒太阳聊天，一样可以锅碗瓢盆家长里短。

上坟季节，新坟总有人在哭，纸钱和泪水伴着袅袅的香火。而三年以上的坟，就成了老坟，很少有人在老坟前哭泣，只有零食、水果和艳艳的鲜花。

再大的哀伤和不舍，都抵不过生活的琐碎和磨难，岁月把哀伤稀释摊平得悄无声息。

看见母亲的名字和照片在墓碑上，我还是会轻轻地抚摸，也会告诉她一声："妈，我来看你了。"就像她还在世时，我推开门喊她一声那么自然。可惜，她再也听不见。

◎ 上坟记

草木青山

　　每年,我上坟挂完纸后,都要站在松树下眺望着村子的方向,总会天真地想,如果父母还在,上完坟后可以回家,村里老屋的门一定不会上锁,一推就开。

　　如果时光可以定格,我希望山河不变,青山不老,亲人永在。那样,漂泊之人任何时候都可以毫无理由回故乡。

建水行记

建水古称步头，亦名巴甸，位于云南省南部，红河哈尼族彝族自治州西北部，县城为唐南诏时所筑，是一座有悠久历史的古城。

群山的阻隔，把大城市的喧嚣和躁动挡在了外面。在群山的层层怀抱中，建水这个小县城心安理得地卧在坝子中央，睡眼惺忪，尽享山川宠幸。历经历史变迁，百年风雨之下的老屋正在按照"修旧如旧"的原则重新修缮，临街的铺面白墙青瓦、雕梁画栋，镂花窗的格子里飘出悠悠沉沉的香味。修缮过的房屋少了些沧桑，但也多了些明亮。

没有在县城过多停留，抵达了一个叫官厅镇的地方。官厅镇地处红河中游北岸，建水县西南部，距建水县城45公里，是全县的高寒山区乡镇之一。境内居住着彝族、傣族、哈尼族等少数民族。解放以前，官厅历代为唐代三十七蛮部之一的"彝族纳楼部落"和明洪武十七年被封袭的"彝族纳楼茶甸土司部"所统治。

土司的统治早已远去，时过境迁，风华不再，唯有岁月留下的土司衙门还孤独不甘地站在风里，高高的台阶，威严高耸的门楣诉说着昔日的辉煌。一下来了这么多外地人，让官厅镇如过节般欣喜和热闹。

乡镇夜晚的山风是寒冷的，更何况初冬刚至，晚来风急！借着

草木青山

从农户家微微透出的光，摸黑夜行，上坡下桥，磕磕绊绊向前。"官厅镇民间歌舞联欢会"马上拉开帷幕。以地为席、以天为幕的民间歌舞晚会，没有霓虹灯闪烁，没有铺着红地毯高高的舞台，甚至连像样的音响和话筒都没有。但这里有天然朴素的弹奏，有地域和民族特色浓厚的方言唱腔，无雕饰亦无粉墨。在土场上，人人都是表演者，人人都是观众，兴致来了，手一扬，登台就是，或歌或舞，全凭个人发挥。

观众都是劳作了一天的农人，因为有歌舞，日子突然敞亮开来。醉人的歌声在夜晚荡开，在漆黑的夜空下一波波荡开，遇到层层围挤的乡亲们的脸，卷起迷人的旋涡，稍作停留，向大山深处漾去了……你所能看到的，只有乡亲们的满足，恬淡无思、无欲无求的满足，那是怎样一种动人心魄的表情啊！

村镇退后，大山继续！路途遥远，坎坷崎岖，由镇到村，车在盘山的公路上爬行。弯弯曲曲的路，永远没尽头，这路好像不是人开出的，而是山神用草绳捆过山腰后留下的道道凹痕。雨，还在淅淅沥沥地下，浑浊奔腾的河水在山涧腾跃向前。车，在山道上穿行，忽而水汽蒙蒙，忽而云雾缭绕。向车窗外望去，云在我们的身边和脚下翻滚、变幻、吞吐、收敛……竭尽所能，扭曲变幻，聚散匆匆，向我们展示它的奥妙与神奇。当你正在感叹时，呀，这像什么？还未等你说出，她又倏倏地变幻，远远地飘走了。让人说出像什么，固化个形象，它还是云吗？

官厅镇的仓台村悬挂在半山腰上。仓台现在写成苍台，但据官厅镇文化站的白正林说，仓台是指上供堆粮食的地方，所以原来应为仓台。苍台村因土掌房别具特色，由于苍台地处偏远，很少有外地的人涉足参观，这是苍台的不幸和万幸。不幸的是，按世俗的观点：美，总是要人看见的。您不来，我美给谁看呢？幸运的是，天地有大美而不言,我的美,何必要告诉您呢?这是一对矛盾,这让我想起了明代心学大家王阳明。王阳明先生游南镇,一友人指岩中花树问:"天下无心外之物,如此花树,在深山自开自落,于我心亦何相关?"王阳明是怎么答的呢?"你未看此花时,此花与汝心同归于寂;你来看此花时,则此花颜色一时明白起来。"

所以,见与不见,对物来说,它都在那里。只是当我们从遥远地方赶来,在深山中遇见这些,无论是建筑、土墙或者花木,都让我们彼此明白朗润起来。

平时没有人,地方建筑和民族特色保存得相对完整。土掌房是一种不用砖瓦结构的房屋,连屋顶都是土木构成的,房与房之间相互连接,可以从这家屋顶蹿到那家屋顶;再加上房与房之间挨挨挤挤,建在半山腰上,显得高高低低,远远看去层层叠叠,让你仿佛置身于另外一个空间,仿佛时间已经倒流了。外来者突然闯入者,与这些老房撞了个满怀,纷纷举起手中的相机,对着苍黄的土屋咔嚓咔嚓拍摄起来。老屋黑漆漆的门后投来迷惑或是惊奇的目光,"少见多怪,没有什么值得拍呀!"没有走出深山的人觉得外来的见识短,讪笑接纳着这些镜头,有羞怯也有得意。闯入者走进去,主人开始时大多微微有些局促,但随之变得热情,只是不善言辞,或嘿嘿地笑着,或手忙脚乱地招呼。闯入者在主人善意的笑容鼓励下,穿堂入室,攀着木梯上了楼,走到屋顶。主人渐渐适应和接纳了我们这些好奇心重的闯入者,没有一丝不满和厌烦,有问必答,亲切而自然。

在苍台,突然遇见84岁的毕摩,几乎吓我们一跳。他看上去实在太老了,老得像从古代穿越而来。他在那里仿佛坐了几百年,就这样端端地坐在黑咕隆咚的屋子里,苍老得如要散架的旧经书,但眼睛却放着灼灼的精光射向门外乱哄哄的人群。

草木青山

　　毕摩在古代彝族社会掌管文书、典籍,是"知识分子",也是彝文的"教师"。"毕摩"的意思是举行祭祀、做法术时诵经的长老。在彝族人民的心目中,毕摩神通广大,学识渊博。有人喊,兴许是祈求,84岁的老毕摩戴着斗笠,右手摇着个铃铛,身穿红黑宽大的袍子走出屋子,在廊下施开一张掉漆的八仙桌,左手拄着一根拐杖,杖头雕刻着一环抱状的人形木偶,展开双臂似要把大地万物揽入怀中。铃声叮当,万物肃穆,老毕摩缓缓落座,徐徐直身挺立,翻开有两百多年的发黑的经书,伸出细长枯瘦的食指,指向彝文经书,用彝语诵了一段,听上去似读似说更像唱,声音不大却苍老悠远,把我们带到遥远的过去。再看桌边的拐杖,在念读声中,那环抱状的人形木偶好像就盯着你看,就像要扑过来搂抱你,带你到经书中去。大家忘记或者不敢举起相机拍摄,有种摄魂摄魄的力量让周围所有的人噤若寒蝉。

　　毕摩悠悠的诵经声如云雾缭绕在村庄上空,村庄神秘而庄严。

　　从苍台离别时,大家再无才上来时候的大呼小叫。不敢高声语,恐惊天上人。走远了,那念经声仍在耳畔回响。

　　到建水,朱家花园是必到之处。朱家花园位于城中,属于一组清末建筑,院落层出,房舍栉比,形成了大型的迷宫式结构建筑群。整个建筑群呈"横三纵四"布局,主人生活区、办公区、小姐绣楼、花园、家族祠堂、戏园,还有账房、物质供给用房等,大小天井就有四十二个,足见其规模之恢宏。整组建筑陡脊飞檐,雕梁画栋,从整体到局部无不体现匠人精湛的技艺和水准。穿行于花园,游走默叹。叹建筑技巧的精湛?叹朱家的兴衰?还是叹人生命运的坎坷多变呢?房子的主人早已作了古,化为黄土一抔了,叹什么都不重要了。朱家大院如今也不是空空如也,人来人往,游人如织,可再热闹都与建盖它的主人毫无瓜葛。所有进出朱家花园的人都不认识朱老爷了,即便朱家老爷能看见游人如织和门庭若市,里面也不会再有一张曾经熟悉的面孔。

团山是最后要去的地方。团山是个小村子,据说这个村子至今已有600多年的历史,因建于一个圆形小山包上而得名。团,在云南方言中是圆,天圆地方、阴晴圆缺、外圆内方,中国传统就这样认识与感知我们周围的世界。

团山村的路大多是青石板铺就的,路面早已不平整了,坑坑洼洼,岁月的痕迹将它们打造得异常光滑。这样的路,得踩过多少脚印呀!官家厚厚的皂靴、庄稼汉粗糙的草鞋、乞丐的光脚板、新嫁美妇小巧的脚踏过去踏过来,慢慢走成个皱纹满面的老妪,人渺不知何处,石板却依旧!团山民居没有修复,还是老样子,老得摇摇欲坠,老得东倒西歪,老得陈旧破败。村子里的老屋住家并不多,老屋的骨架还在,只是后人大多搬走,连油漆都懒得重上,雕梁画栋、飞檐斗拱上的油漆斑驳陆离,泛出黝黑色的陈旧木头,墙皮脱落,堂屋里落满尘灰。很多院子是可以进去的,东家进西家出,曲里拐弯的木回廊在脚下吱吱呀呀地响,破旧的楼梯如一把快散架的老骨头,人走上去,嘎吱嘎吱。所有的院落是幽深和寂静的,每个院落都是一个故事,也许那墙角石凳上有弃妇啜泣过,也许那雕花窗后有偶得功名的男子欣喜若狂过……但现在,只有破败和失落,没了人气,再雕梁画栋的房子也垂头丧气。外来者,特别是喧闹城市的外来者,在这里如来到了另外一个天地。这里静得可以听见自己的心跳和呼吸,坐在老屋的屋檐下,把自己泡在里面浸在其中就不想起身,无论今夕何夕,管他魏晋南北。

在一户张姓的人家坐定。主人好客,搬一个小凳让我们依墙而坐,端上一杯清茶,拿出了张氏家谱给我们翻看,指着长长的一大串名字告诉我们祖上的种种传奇,一代代生生不息。那是他的来路

◎ 建水行记

草木青山

和根,他说着无穷的话和无尽的远方。

萍水相逢,杯茶之缘,看茶叶在雾气缭绕的杯中沉浮。听别人家谱的故事,即便我们双眼空空,但为客气和礼貌,大家或赞许或频频点头。

离开时,茶早落在杯底,淡得无任何味道。日头西沉,后来水也凉了。离别时,我们把喝剩的茶叶倒在墙角的茶花树下。

他聊在兴头上,我们要走,殷切挽留。他捧着厚厚的家谱,如抱着满怀的先人和祖宗,一脸诚恳站在屋檐下说:"再玩下嘛,天色还早呢!"

我们把茶杯恭敬地放回屋内的方桌上,依依道别,仿佛我们彼此都是投错娘胎的兄弟。他可能未必姓张,我也未必姓李,你不是你,我也不是我。

日暮而归,杯水茶缘,终有茶凉搁杯时!

说到底,我们只是客,离开是迟早的事。

曲靖沾益城方桥魁阁

消失的顺城

顺城在昆明市中心，昆明百货大楼背后，现在它与所有的中国大街小巷一样，繁华热闹，寸土寸金，炙手可热。

如今，眼中的顺城街已不是记忆中的顺城了！在一切价值都要折算成真金白银的时代，哪里容得下一条街道的老态龙钟呢？

在明清时，顺城街就是条交通要道。今天满街的人还没有出生的时候，它就热闹了几百年。但可惜年久失修的老屋，拥挤超载的街道支撑不起这份人间的繁华了。

顺城街紧挨着明代昆明最繁华的三市街。明清时期，从顺城街西行，是南城外通小西门的要道，小西门外又是通滇西的主要驿道。从顺城街往东，顺三市街往南再东拐，是通往省外和京城的大道。顺城街堪称外通驿道，内达商区的交通要冲。明代大旅行家徐霞客来昆明，曾选中这条街投宿。到了清代，今顺城街东段名"打带巷"，中段称"顺城街"。因这条街顺昆明南城墙而建，后统称"顺城街"。

顺城街处于交通要道与繁华市井之间。在交通不便的古代，顺城街又是马帮到昆明时主要的落脚地之一。因此，从前的顺城街有很多马店。在汽车还没有占主流之前，街上的客栈、马店至少有十多家，每天早晚马帮进出时满街都是人和马，满街的客栈、小吃

草木青山

店、杂货铺，人喊马嘶，热闹非凡。

在一种莫名的哀伤与悠悠的叹惋中，伸出手去，想要抓住顺城的最后一片衣袂，可两手空空如也，握住的，不过是空旷街道上空飘荡的一缕西风。

人总有怀旧情结，人最大的悲哀莫过于此！"逝者如斯夫"，谁也阻挡不住时间的流水奔腾向前！

这就是我们的悲哀：活在现在，却时时怀着过去。心交给了过去，我们现在还有什么？这是无法挖除的痛根。

眼中的顺城已不是记忆中的顺城，所以我们悲伤，就像对逝去岁月的悲伤，一种怀旧、一种怅惘、一种无法说出的莫名的疼惜。

顺城承载着我们太多的心情，这是一个让人梦回的地方。

这条街太老了，老得与时代脱节，被远远抛到了时间的深处、街道的拐角口。在省会城市的市中心，一条落伍的街道，注定要被时代所雕刻和改变。站在如今的街道上，现在的年轻人很难想象，就在二十多年前，这里还是一片烟火气。

1998年，我来到昆明，那时的老建筑还很多，在很多街道都可以看见昆明传统民居"一颗印"建筑，印象最深的当然是正义路和顺城街。一般当街的都是楼下商铺，楼上住人，商铺与商铺之间会有狭窄的通道通到一颗印的院落里，通道一两米宽，沿着通道走进去，里面豁然开朗。大大的四合院，圆口或者方口的水井，屋檐下的花木，斜靠在窗户下的"永久"牌自行车，竹竿上挑着晾晒的衣服滴滴答答地滴着水，小狗卧在条石上，蜂窝煤冒着淡淡的青烟伴着蓝色的火焰，熏得漆黑的水壶嘶嘶地响着，壶嘴吐着白色的蒸汽……有人进去，躺在躺椅上的老太太微微抬眼继续睡去，老孃孃在铁丝上专心翻捡晾晒她的酸腌菜毫不理会外来的陌生人……

那时的一颗印建筑院子里住着很多户，有些当地人搬走，外地人租住在老楼里,大呼小叫出门招揽生意,院子里娃娃哭狗狗叫,厨房炒菜叮叮当当。那时,正义路好玩,前面就是店铺,衣服鞋帽小物件应有尽有。那时还没有步行街的概念,车行车的路,人走人的道,商贩在路边摆自己的摊,人挨人,人挤人。外地来的小商贩没有商铺,背个包用塑料布一铺就开始卖东西了,当然,有些东西根本不用铺开,比如盗版光碟、违规刀具什么的,不能正大光明,总是偷偷在身边问:给要光盘?给要跳刀?给要自行车?给要考试材料?……只要你能想到的东西,他们都有,且价格低廉,只是来路不清,躲躲闪闪。那时,背着娃娃的妇女也可能突然凑到你耳边问:给要买东西?你随口说出,旁边立马围上几人,仿佛飞机、坦克、原子弹都有,默不作声一前一后跟着她们去,像特务接头,穿过黑咕隆咚的通道,来到了院落里,拿出个小凳子,坐在屋檐下,小商贩搬出琳琅满目的商品铺在台阶上,让人瞠目结舌,让人面红耳赤。

那时候,没有什么商业中心的概念,昆明也就三个地方热闹,小西门一带、青年路一带、百货大楼南屏街、顺城街一带。除此以外,好像就没有什么好逛好玩的;除这些地方,昆明其他地方似乎都是郊外。周末,到这些地方去,我们叫"进城"。

当年我们爱在老街上买东西,而吃东西却爱跑顺城街。

顺城街一家铺子挨着一家铺子,烧烤摊一家挨着一家,铁钩上挂着牛羊肉,烟雾缭绕,烤出来的油滴在炭火上滋啦滋啦地响着,满街道都是香味和叫卖声。可以站在街上来几串,边走边吃,左右开弓,吃得两腮冒油,脑门放光。当街的房子成了店铺,牛羊肉店、土杂店、小百货、小杂货铺满满当当。走进拥挤的顺城街,到处热气腾腾,芳香扑鼻,烤羊肉串、羊肉泡馍、手拉面等食品应有尽有,除了本地回族美食,还有来自新疆、宁夏的回族美食。

◎ 消失的顺城

草木青山

　　如果时间宽裕，口袋不差钱，也可以穿过门洞，在当地人的引领下，走入老宅的屋子里坐定，人声鼎沸隔离在外，窗棂下花木正好，厨房里的牛肉咕嘟嘟冒着热气，橱窗里的蔬菜青翠欲滴。

　　这样的场景也就在20年前。如今，高楼林立，街道井然有序，但再没有了当初的热闹。

　　一个老太太在自家的店铺前，耷拉着眼皮望着眼前的顺城街口。

　　723年的漫漫街道上，踏过多少人的脚步啊！尖口的、圆口的、高帮的、矮筒的……踏着土路？青石板路？或方砖铺就的路？在这窄窄的、长长的街道上，闪过多少人的身影啊！衣衫纶巾，头发高高地束起；瓜皮小帽，辫子低低地垂下。这些都已经作了古，化为烟，都不重要了，"茶马古道"的驿站也曾经人喧马嘶，在嘚嘚嘚的马蹄声中，马店的小伙计迎来一批又一批的客，又送走了一批又一批，地面被磨平，马脖子上的响铃和马帮汉子的吆喝赶马声早已消散在街道上，地下的每寸土地、每块石头都是一个荡气回肠的故事……在街道上、在房屋前、在小巷中，曾经的孩童在拨浪鼓的左右摇摆中，在小贩的吆喝声中，抑或在捏面摊前痴痴站中，从童年走向老年，到最后，只能拄杖倚门而立，眼神迷茫浑浊。看南来北往穿梭的人，在每个过路人身上寻找自己当年的影子，回想自己童年调皮捣蛋，青年时的生龙活虎，壮年时的运筹帷幄，只流得几行滚滚的浊泪，毕竟，那是一去不复返的，自己将被淹没在济济的人群中，掩埋在黄土中，抑或化为青烟一缕。

　　在现代，大多数人是麻木的，城市拆迁扬起的滚滚尘土，淹没了我们诉说的声音。面对社会问题，我们集体失语了，我们似乎应该退避三舍，似乎应该视而不见、听而不闻，理所当然地给自己一个理由：城市的拆建，那是"肉食者谋之"的事情，平头百姓"又何间焉"?

不错,城市建设给我们带来了很多伤痛,过去的建筑文化仿佛隔世相忘了,无数前代人集体创造与共同保卫的结晶,在拆迁逻辑的裹挟之下,几乎难逃朝不保夕的命运,于是中国传统的建筑消失了。最大的败笔是西方建筑的简单套化,以西方建筑学为参照系来寻找自己的发展道路,高楼大厦林立,城市和城市大同小异,几千年的传统建筑被丢弃,没有了飞檐斗拱的外形式,也没有了中国传统建筑文化讲究"培风脉,壮人文"的内蕴。

这是我们的悲哀!我们必须认识到自己的错误,才会长大。

但要强调的一点是:一个城市,在其发展过程中,必然有所破立,破什么?立什么?这才是问题的关键,而不应该有困难就退缩,有失败就全线放弃。说白了,那是因噎废食!如果建设中从无破立,永远保持原貌,那么我们可能现在还住在山洞或者树上。

祝勇说拆建"企图以钢筋水泥的现代取代飘散着木质的天然芳香的古代"。我看这只是文人美好的意境罢了,至少顺城的老屋的木头不是飘散着木质的天然芳香。我站在顺城街上,闻到的是上百年木头腐朽散发出的霉味,看到的是被虫子蛀空的柱子,这样的房子触目惊心,为了看梁枋间的雕梁画栋,难道我们就必须要求不拆吗?在《消失的木雕残片》里,一个叫Kim的美国女孩子说,她的梦想就是有朝一日能够住在这样的老房子里。这无疑是一个童话般的谎言,和我们在那些偏远农村旅游时说"要是我可以住在这里该多好啊"是没有多大区别的。任何缺乏人文关怀的话语都是不道德的,在这一点上,任何人都没有发言的权利,只有居住在顺城街的市民才真正有说话的权利。

面对拆迁,我们要做的事情恐怕是这样的,在"经营城市"的时候,要把境界放得高些,再高些,在开发建设的大步踩下去的时

◎ 消失的顺城

草木青山

候，要小心，再小心些。老城就像古董，摔坏一件就少了一件，心疼都来不及的。

拆那些老屋的时候，我特意去了一趟，却什么都没有了。挖掘机下，灰飞烟灭。站在废墟上，捡起一片瓦，紧紧抓住不放，仿佛那一片瓦上，藏着灰飞烟灭的千古故事，演绎着精彩动人的传奇。

没有什么可以证明我们的心情：对过去的怀念，对土地的爱恋，对家乡的眷恋，对历史的抚慰。但这种心绪却实实在在存在！长在昆明，长在顺城的人更不必说，一个记忆的远去带来的阵痛在所难免，因为它戳到了我们的灵魂！

麦子倒下的方向

"从明天起做一个幸福的人\喂马劈柴周游世界\从明天起关心粮食和蔬菜\我有一所房子面朝大海春暖花开\从明天起和每一个亲人通信\告诉他们我的幸福\那幸福的闪电告诉我的\我将告诉每一个人\给每一条河每一座山取一个温暖的名字\陌生人我也为你祝福\愿你有一个灿烂的前程\愿你有情人终成眷属\愿你在尘世获得幸福\我只愿面朝大海春暖花开。"

这首众所熟知的诗写于1989年1月13日，这是海子留给这世界最美好的祝愿。两个月之后，带着对世间万物的眷恋与关怀，带着生命的崇高与激动，海子自己选择了一条背向大海，春不暖花不开的道路。

海子是孤独而痛苦的，临走之时，却不忘记为整个世界，为每个人都写下祝福话语。

1989年，上小学的我是不知道有海子这么一个人的。记忆中，那个年代是一个热闹的年代，广播里天天放着"属于我，属于你，属于我们八十年代的新一辈……"那时，街上到处可以见时髦的青年穿着喇叭裤，提着录音机在疯狂地扭着迪斯科。

经历过那个时代的人说，20世纪80年代是最值得怀念的一个年代。所以，海子留在了那个年代，而不愿意跨入20世纪90年代。

草木青山

1989年3月26日下午,一个相貌普通的青年安静地在枕木上走来走去,大地空旷无人,风呼呼吹过。而后,他怀抱《圣经》静静地躺在山海关至龙家营之间的一段火车慢行道上,如一根麦秆贴在地面。

海子死后,被发现时旁边有一张纸和一个橘子,上面写着:"我叫查海生,是北京大学政法系的教师,我的死与任何人无关。"

在他的身上是打开的《圣经》,旁边还有三本书——梭罗的《瓦尔登湖》、海雅达尔的《孤筏重洋》和《康拉德小说选》。

海子,原名查海生,安徽查湾人,1964年3月出生。1979年15岁就考入北大法律系,毕业后分配至中国政法大学任教。在以后的1983年秋季到1989年春天5年多时间里,在幽暗的小屋里,矮身板、头发凌乱的海子写下了《土地》《大扎撒》《太阳》《弑》《天堂弥赛亚》等一系列作品。

海子绝对是个天才。对于天才诗人海子来说,诗歌就是其燃烧的生命,海子的写作就是在燃烧青春激情。海子的一生,按照他自己的话说:"就是要成为太阳的一生"。可惜,海子离太阳太近,以至于太炽热,最终烧毁了他自己。他一个人在山海关那一段铁路上独自徘徊,没有人知道他内心想些什么,当他静静地躺在冰冷的铁轨上,那一刻他心中的上帝可能真的已经死了。

他一生热爱梵高,并亲切地称其为瘦哥哥。他们的性格和经历是何等的相似,都孤独一生,与社会格格不入,都拒绝再活下去,一个把枪口对准自己,一个将头颅迎向火车。就连死后的情形也是一样的,与在世时冷冷清清、寂寥落寞相比,死后倒是热闹了不少。

难道艺术一定要用死来诠释?一定要用生命来注解?

直到今天，我还是无法明白海子为什么要选择铁轨，为什么是冰冷而笨重的火车。

没有人知道海子自杀的原因，在海子离世30周年之际，作为物理意义生命个体的海子早已离我们远去，探讨诗人自杀原因已经毫无意义。海子死后，他的朋友西川写过一篇名为《怀念》的文章，那篇文章是这样开头的："诗人海子的死将成为我们这个时代的神话之一，随着岁月的流逝，我们将越来越清楚地看到，1989年3月26日的黄昏，我们失去了一位多么珍贵的朋友。"

海子以他的死献祭诗，可他的死并没有让世人越来越清楚，糊涂与混沌依旧。在海子死后的这30年里，人们把沉重和崇高像磨盘一样卸在身后，对于大多数人来说，没有诗歌反而活得轻松愉快，又会有多少双"越来越清楚"的眼睛呢？在这个诗歌泛滥、诗人与伪诗人混淆的年代，有几个纯粹的诗人把诗歌当成自己的生命呢？在这个浮躁喧嚣的尘世，"天下熙熙，皆为利来；天下攘攘，皆为利往"，有多少人静下心来读诗呢？

即便在海子的母校，年轻的00后，又有多少人知道30多年前，一个15岁相貌普通衣着简朴的农家孩子背着村里人做的旧木箱，也在这里生活和学习过。30年前他是孤独的，30年后，这种孤独依然如斯，可能只有写下"前不见古人，后不见来者，念天地之悠悠，独怆然而涕下"的诗人陈子昂能与之心灵相通，也只有在真正的诗人心中，孤独能超越时光的阻隔相逢、相知。

曾经有人说过，海子的血，是溅在大地上的最后一行诗。海子的死必将成为这个时代的神话之一。

悲观如我辈，20世纪80年代的话不幸言中了今天的现实，海子的确是这个时代的神话之一。较20世纪80年代末，今天诗人处境更加艰难，"诗人只应唐宋有，商品社会几时闻"？在这个时代，诗

草木青山

人的四处碰壁、困顿无路,冥冥之中,早已有了定数。

诗的命运如此,诗人被推到了嘲讽和怀疑的审判台。诗人不得不考虑一个问题:是坚守还是放弃?这相当于哈姆雷特式的拷问:活着还是死去?这是个问题。

当今社会,没有童话,也没有诗歌。

这是铁的事实。

他把自己放倒,把自己交给月亮。

海子以他的死去证明诗。

作为诗人的海子,内心有团火在燃烧,在他的理想中,爱情、诗歌、生活、事业如向日葵花瓣迎着金灿灿的太阳开放。

海子,像孩子一样天真纯洁,赤脚在大地上奔腾跳跃,拥抱太阳,拥抱麦浪。

可惜的是,诗人总是不谙世事,与世界总是隔着一层,悲天悯人、多愁善感,精神的弦总是紧绷着。诗人的脆弱敏感,如一件婉约剔透的瓷器,风吹草动,撩拨着他们敏感的神经,而这个社会没有诗人庇荫的地方。

诗换不来黄金宴上的一勺汤,没有颜如玉也无黄金屋。

独面人生的惨淡,世态的苍凉,独自品味人情的冷暖。

也许,每个喜欢文字的人都有一种孤独的天性,尤其是介于天才与疯子之间的诗人,海子不例外,顾城不例外,戈麦也不例外。10多年前云南诗人余地还是没能跳出这个怪圈,余地的妻子说:"他这人就这样,心里有什么不愉快,都不和别人说。"孤独不可言说,可以说出来也就不是孤独了。可以说,是孤独成就一个作家或者诗人的灵性的文字,也是这些灵性的文字深化着诗人的孤独和折磨着他们的生活。

可怜而又可爱的海子一直生活在自己构筑的理想世界中，他一直不能从自我幻想、诗歌的沉溺中走出，一直认不清楚现实与理想、生活与诗歌的界限和差距。在诗歌中，海子是孤独的"王"，特立独行，他脱离现实，回避世俗。难怪乎执批判意见的人认为，"海子没有半点成人的思维""海子诗歌具有某些青春期的特质，比如喜好幻想、崇拜远方、充满激情、理想主义、不切实际、单纯、偏执、极端等。"

但这并不妨碍读者对他诗歌的热爱，我也并不认同"年轻一代的读者对他趋之若鹜，从一方面讲是读者不够成熟的原因"这一论断。

诗歌之所以成为诗歌，就是激情飞扬、剑走偏锋，甚至走火入魔，更有怒发冲冠、愤世嫉俗、嬉笑怒骂、拔刀斫地、不可一世之慨，况且那是一个"以梦为马"的时代。我想海子的诗歌之所以有那么广泛的读者群，并不仅仅因为其诗歌的外在张扬、青春的激情燃烧契合了年轻一代内心的烦躁、冲动、幻想以及如海水般的忧伤，就是对于成人来说，他诗歌中那种不可言说的孤独、对生命本真的体验也足以拨动被世俗尘蔽的心弦。

是人，就没有不想飞的！现实生活中没有诗人可去的地方，也没有他们言说的地方，他们内心渴望飞翔！

也许，不单诗人想飞翔，自诩为万物之灵的人，骄傲孤独敏感，沉重的皮囊承载不下高贵的灵魂，谁都渴望飞翔，让生命自由去流浪。在海子的诗歌中我们可以找到飞翔流浪之地，比如充满诗意纯洁美好的草原、金灿灿的太阳、一望无际的麦浪。

同样是诗人的西川说："每一个诵读过他的诗篇的人，都能从他身上嗅到四季的轮转、风吹的方向和麦子的成长。"这些感受，谁都会喜欢，是没有年龄和性别界限的。这应该就是海子诗歌最吸

草木青山

引人的地方,这也是海子诗歌让人最温暖和最感动的地方。

这位天才的诗人曾经是如此地珍视生命、热爱生活。他的诗歌中,生活是美好的,他在诗中写道:"活在这珍贵的人间/太阳强烈/水波温柔/一层层白云覆盖着/我踩在青草上/感到自己是彻底干净的黑土块/活在这珍贵的人间/泥土高溅/扑打面颊/活在这珍贵的人间/人类和植物一样幸福/爱情和雨水一样幸福。"

海子的笔下有灿灿的麦地,灿烂的太阳,热烈金黄的向日葵。却怎么也没想到,一个喜欢这么温暖而美好事物的人居然会做出这样的选择?他多次在诗歌中写到麦子,麦子对于海子正如梵高对于向日葵,他们都窥见麦子、向日葵与生命有着某种神秘的联系。再没有比这更美的诗句了,再没有比这更让人忧伤的麦子了:"我把天空和大地打扫干干净净/归还一个陌不相识的人/我寂寞地等/我阴沉地等/二月的雪/二月的雨/泉水白白流淌/花朵为谁开放/永远是这样美丽负伤的麦子/吐着芳香/站在山冈上……"

此外他还多次写到家乡、月亮、泥土。海子的诗是唯美的、哀伤的,容不下一点世俗尘埃,但正是他对大地、对生活、对爱情的纯真与无限狂热毁了他自己。

爱,成就了海子不朽的传奇,也成了其生命中的倒刺!

海子的朋友说:"海子胸无城府,世事观念淡薄。海子只是一个一心一意写诗而少有其他杂念的人。"苇岸在《诗人是世界之光》里写道:"海子涉世简单,阅读渊博,像海水一样,单纯而深厚。"他的好朋友骆一禾在海子过世后一年为其长诗集《土地》写序时有这样的叙述:"海子生前的最后几年住在昌平,他的生活概括地说是一个赤子不谙世事的傻日子,他唯独能够知道在昌平哪一家誊印社最便宜,可以花最少的钱打印诗集。这就是他的一门心思。"

不谙世事的海子，与现实社会格格不入，西川描述中的海子在北京的最后居所洁净如坟墓。房间里没有电器，海子在贫穷、单调与孤独之中写作，他把收入的大部分寄给父母购买种子、化肥、农药以及供三个弟弟上学。

孤独的海子，没有生活在现实的社会中，美好的事物永远属于诗歌，现实中的海子永远痛苦，有时候他甚至混淆了生活、爱情与诗歌的关系，现实的痛苦和诗歌的美好混为一体落在海子身上，他肩上的担子越来越重、心理的压力越来越大。我想，那一刻，他一定有了和耶稣受难相同的感受，也一定闻到了死亡的气息。孤独痛苦的海子，留给我们的却是那样美好而又温馨的诗。他在诗中写到他的姐姐："姐姐，今夜我在德令哈，夜色笼罩/姐姐，今夜我只有戈壁/草原尽头我两手空空/悲痛时握不住一颗泪滴……姐姐/今夜我不关心人类，我只想你。"他在诗中又写到他的妹妹："芦花丛中/村庄是一只白色的船/我妹妹叫芦花/我妹妹很美丽。"可是现实中，海子比我们还贫穷，比我们还一无所有，他只有三个弟弟，既没有姐姐也没有妹妹。他的诗歌却为我们营造了一个成熟的姐姐和纯洁的妹妹。这样的诗句，对于读者是温馨的，但对于海子来说，这种温馨却是凉入骨髓的。

海子的爱是激越之爱，像洪水暴发，他发起疯来一封情书可以写到两万字以上。他一生爱过四个女人，但每爱一次，结果都是一场受难。他是那么渴望爱情："北方/拉着你的手/手/摘下手套/她们就是两盏小灯/我的肩膀/是两座旧房子/容纳了那么多/甚至容纳过夜晚/你的手/在他上面/把他们照亮。"海子的性格极端封闭，造成了内心的极大孤独，孤独的性格成就了寂寞和冷清的文字，面对理想和现实之间的巨大落差，痴迷于幻想、诗歌、乌托邦

草木青山

社会的海子找谁去言说呢？他把所有的理想，所有炽热的爱都放到了诗歌中，他没有新娘，却想象出一个新娘："故乡的小木屋、筷子、一缸清水/和以后许许多多日子/许许多多告别/被你照耀/今天/我什么也不说/让别人去说/让遥远的江上船夫去说/……过完了这个月，我们打开门/一些花开在高高的树上/一些果结在深深的地下。"海子的爱是纯粹的，更是幽静和沉默的，他把自己的孤独、冷清和寂寞如深深的果埋在了地下，变成了对幸福快乐的人生、明媚的爱情的良好祝愿和催促。他的心灵史就是对美好质朴生活的经验探求，这是人类最普遍的价值，读起来美好而哀伤。

这就是海子留给我们的最值得怀念的东西，心中总有理想的光芒闪耀、总有无边无尽的爱在弥漫，也总把祝福留给他每一个认识或者不认识的人。期待别人的生活、爱情、事业在未来的日子里春暖花开，即便自己的日子早已冰天雪地。

他把自己悲壮地放倒，如放倒一地金灿灿的麦子。

如果他也能像爱别人一样爱自己，那该多好！

马关观"马舞"

云南马关县为外界所认知，源于20世纪70年代末80年代初的那场中越战争。那时，老山、麻栗坡、马关、金厂就是战地前沿，那时的马关上空弥漫的是浓浓的硝烟。隆隆的炮声，军号嘹亮，热血春秋，边关儿女多壮志，让马关这一边疆小城市也成为人们关注的焦点和最为揪心的地方。

当然，战争除慷慨激昂外还有铁与血的伤害记忆，那是不愿被提及的隐痛。

战争的阴霾终于散去，当和平的阳光普照大地，人们缅怀和记住的只是那些为保卫祖国边疆而英勇战斗的先烈们和负伤而归的战斗英雄们。除亲历那场战争的人，地理名称的马关迅速淡出了人们的视野。

横亘在祖国西南边陲的马关，在这块土地上生长与生活的人民，成了被遗忘的一个角落，这可能是无数边地小城共同的地方。

但生命不息，奋斗不止，无论关注与否，大城有大城的方略，小城有小城的套路。太阳每一天东方升起，西方落下，一切都在默默中前进发展，一点点进步，一点点改变，什么都阻挡不住人们对幸福生活的向往和追求，毕竟和平才是这世界的主流方向，生活才是生命的主要存在方式。没有硝烟和炮声，过宁静的生活，进而追

草木青山

求心中向往的幸福日子,即便奔波劳碌,也在所不惜,这是万千老百姓的生命哲学意义。

近年来,因为工作的关系,云南几乎跑遍,但马关还是我从未踏入的土地。马关离省会城市虽然说不上遥远,但山重水绕,层层大山阻隔,让我还是与马关无缘。

静下来,总在想,近年来长期生活在都市的人们节假日为什么常常"出逃",并且地点越偏远越好,是什么让人们厌恶都市?让人们生活在此处想着彼处呢?

用一流行的话语来说:诗意地生活!人人都追求幸福的生活,而幸福生活的定义则在悄然发生着改变。海德格尔说:"人应当诗意地栖居。"但什么才是诗意的生活与栖居?我想那是一种飞鸟翔于天际,游鱼翔于浅底的日子。问题是,处在万物生灵中心的人能不能诗意地生活呢?

古有陶潜"开荒南野际,守拙归园田""采菊东篱下,悠然见南山"般的悠然自得,我想那应该是诗意生活的一种理想的形式。但在忙碌纷杂的现代社会中,这样的诗意生活基本上是不可能实现的,难道诗意生活注定与现代人无缘?城市交通拥挤、环境污染、节奏加快、竞争激烈,让人们再也不能心无旁骛,再也无法屏气静神。

那么,躁动与喧嚣之余,人们唯一可以选择的只能是逃离了。住在城市,稍有闲暇,便到偏远的小城镇,甚至旷野中去,逃得越远越好,逃得越快越好。

到郊外田园山水间呼吸新鲜空气、感悟大自然、放松身心,"出逃"已越来越普遍。

但我们必须要回来,要留也是留不住的,也是不会留的。周末去,周一前赶回;假日去,节前赶回。行色匆匆,满面尘灰色,又哪里来的诗意地生活呢？

世俗生活如一张大网撒出去，芸芸众生都在网里翻腾跳跃，扑腾挣扎。

出路呢？难道诗意生活永远只是镜花水月！

马关一行让我窥见诗意的一角，让我可以分明看到网隙透过的亮光。

马关采风路上，一朋友电话间隙问我感受，正值从文山到马关的途中，我回答只有六个字："路弯、坡多、头晕。"朋友笑回："偏远、考验、体验。"让我摸不着头脑。

走了几天后，才发现，边地马关自有一套快乐生活的哲学，即便当地普通民众头脑中大多没有哲学这一概念，但在这偏远的角落里，写在人们脸上的是对生活的富足与安闲。当然这样的富足与安闲并不是物质方面的，而是一种精神层面的满足与安定。

你很难想象，在一个乡村，仁和阿峨新寨，种庄稼捏锄头把粗糙的手却爱拿上大大小小的刻刀刻起版画，而参与的范围上至耄耋老人下至垂髫少年，几乎全村都在从事着这一高雅的艺术事业。虽说线条粗略，但简洁明快，情感质朴，田园风光、风情习俗、日常劳作在刻刀下一一凸现。当我们走进一普通农户家，主人从麻袋里不无自豪掏出一件件版画作品，我看见的是兴奋的目光、幸福的神情，那画里凝结的是一个普通农民最得意的成就，体现着他生活的点滴、情感的起落。当这一切都出自一双伺候庄稼的粗糙的手，那骄傲满足的心态足以让一个普通的庄稼汉感到幸福。

才进马洒村，壮族男女老少早已排成一排等候在路两边了，当地的领导同志说，几乎全村人都来路边迎接你们了。我隐隐觉得不安，但那领导同志说，你们来了，他们到路边迎接你们，他们也觉得高兴。我麻木的神经一震，在城里，迎来送往的事情多了，久而

◎ 马关观：马舞：

- 227 -

草木青山

久之,好多时候都觉得是种负担,是感觉不到幸福的。也许这里的人,地处偏远,一年到头,难有这样的稀奇事,迎接自然也成了件幸福的事情。同样的事情,为什么在喧闹繁华的都市里成了负担,而这里却幸福快乐。也许,好事多了,幸福多了,也会腻味?多了也落俗吗?可对于鲜有外人到来的乡村僻壤,这样的事情不可能腻味,幸福是不会积劳成疾的。

沉思间,洞经音乐响起,人员虽无统一服装,年龄也参差不齐,但拉的、敲的村民自得其乐,场子上的村民也听得津津有味。接下来,当地村民为我们表演了纸马舞,道具就是一匹纸扎的马,为了牢固,改用了布扎,人套在马中间。当马在场子上跳跃,动作简单,却活泼欢快;尤其斗马一段,纸马翻腾、跳跃、撕咬惹得场子上欢快笑声不断。仔细看,发现斗马的人好多都50岁左右了,我悄声打听,有没有文工团的,回答是:都是村子里的村民,闲时凑在一起玩玩!看着里面几位白胡须老人在陶醉地敲打乐器,我想,人生最高的境界都是把什么事情都当作玩。玩玩而已,局外人是很难体会到这份欢快的,这样的欢快纯粹是种心境而已,与金钱、职务高低没有任何关系。

突然明白,诗意地生活,源自人们内心的和谐。季羡林曾说过:"真正的和谐是人内心的和谐。"我们逃离的是透不过气来的奔波与劳累,是都市的冷漠与戒备,人生到底有什么意义?可能实际上也没有任何意义,但"无"却正是"有",就像一个杯子,细细想来,有用的地方在哪里呢?不是我们看见的杯子外壁,而恰恰是我们看不见什么也没有的中空部分,只有那里才可以盛水盛酒。

有用恰恰是无用,正如希腊神话中,西西弗斯被天神罚做推石上山的苦役,石头推上山顶又滚落下来,循环往复,永无休止。于是存在主义者加缪说,西西弗斯的命运是人类生活的隐喻,即人生的终极意义就是毫无意义。但我们不要忘记，推石上山的愿望实现一次，西西弗斯内心深处的满足感就有一次，快乐也会伴随一次。那一刻，当石头在山顶站稳没有滚落的瞬间，西西弗斯的内心是溢满幸福的。

只要我们用心认真体会这种短暂容易忽略的幸福感，那样，无论哪里都可以诗意地生活。

◎ 马关观：马舞：

木莲花开

车在苍茫的丛林间穿行，山路如扎在山腰间的带子盘旋扭曲着向前。

刚下过雨，密密实实的森林中那股清新的空气沁入身心，又湿又凉又舒爽的感觉像把人从头到脚过滤一遍，浑身上下轻快灵动。

这是一片保山市昌宁县境内的林场，这片苍苍莽莽的原始森林有个很好听的名字，"天堂山"。恰朋友来短信问在干什么，速回复："在天堂山的路上。"一下又收到朋友的回复："人出生后都是走在去天堂的路上，大家都在这路上赶，但却都不愿意到天堂。"

不禁哑然失笑，抬头看车窗外，山林间弥漫着薄薄的雾，清冷的山风一吹，雾气在眼前飘荡翻滚，一切既真实又虚幻，宛如轻柔而不可捉摸的梦。此情此景，倒是与天堂二字契合。

天堂山不可捉摸的还有天气，越往林场深处走，海拔越高，天气越冷，走到山顶，竟然飘起了雪。能与漫天的雪花不期而遇，那份惊讶和欣喜是难以言表的。好长时间没有见雪花飘飞的情景了，特别是在山林间。山风呼啸，飘荡的雪花飘过树梢，带着蒙蒙雾气从枝丫、树叶间簌簌而下的情景，好像只是在少年时看见。

近年来，气候越来越暖和，昆明已经很少看到漫天雪花飘飞；

草木青山

在这里，毫无心理准备，竟然突然就看见了雪。

很想出去看看，但早上从县城出发，天气还算暖和，穿得很单薄，半路停车下去拍照片，冷风冷雨让人打寒战，就又匆匆返回车里。

问及此行的目的，才知道我们要去看一种叫"木莲"的花。

一般来说，女人爱花是天性，鲜花于女人无异于阳光、雨露，女人常常把自己比喻成鲜花，爱花就等于爱自己。

但男人却很少提及自己爱花，即便花的美丽娇艳夺人眼球，即便也把"爱美之心人皆有之"挂在嘴边，但男人还是很少公开承认自己爱花，好像一说到爱花，就缺乏阳刚之气，与娇柔等同了。我也很少看见男人照相以花为背景，好像仙花馥郁、异草芬芳注定就是清净女儿之境，男人自然是要粗砺、壮阔之景，哪怕是杂乱的柴垛、歪斜的草垛、残破的围墙。我很少把自己置身花丛中拍照，生怕自己与花照相就变成了弱柳扶风的林黛玉，或者变成了会葵花宝典不男不女的东方不败。

实际上，我是爱花的，遇到不认识的植物，我总会问，会不会开花？爱花，不仅仅爱它的美丽，更因为它最有生命的质感。冬天蛰伏，积蓄力量为春天热情绽放，而后枯萎、凋落，脱离枝头，打着旋，落入泥土，再积蓄力量，延续新的生命，迎接新的花开。这正是生命的过程。

人生一世，草木一秋，花开花落，本是自然的规律。但面对花，还是会生出无限感慨；也许正如人生吧，再美丽的花，青春一旦失去，就会凋谢。就如再美好的梦总是会醒一样。尤其是花与女人，"一朝春尽红颜老，花落人亡两不知"，让人慨叹万分。

木莲花，更是一种神奇的花，很早就听说过我老家曲靖也有，但多年来，我始终没有见过，后来听说曲靖师宗县就生长着木莲花,我专门去过师宗县,在菌子山一带,我特意留心在丛林间到处寻找,但还是没有见到。

后来查阅资料才知道,红花木莲,已经属于渐危种,是第四纪冰期幸存下来的古老植物,被植物学家誉为植物中的"活化石",分布的地点有限,只在湖南、贵州、广西、云南和西藏部分海拔在900至3000米常绿阔叶林或常绿落叶阔叶混交林中偶有发现。树高20到30米,其树形优美,花色艳丽芳香,为名贵稀有观赏树。

木莲花被蒙上了神秘的色彩不单因为我只是听说而从未见过,木莲花的神秘还在于它备受佛教徒的尊崇和喜爱,在众多的植物中,木莲花堪称稀世奇花,它与佛教有着极其重要的渊源。木莲花初开时,满室生香,花形与荷花相近,盛开后底部花瓣摊成扁平形状,有如释迦牟尼的宝座;因此,千百年来佛教徒视木莲花为圣物,偶获木莲花,总是被拿来虔诚贡佛。

有一种说法,据有关人士考证,大理四景上关花、下关风、苍山雪、洱海月之一的"上关花"也就是木莲花,我国伟大的旅行家徐霞客在他的万里云南之行中就慕名前往实地考察过上关花,在其《滇游日记》描述:"……问老妪,指奇树在村后田间……其花黄白色,大如莲,亦有十二瓣,按月则润增一瓣,与省会之说同……按志,榆城异产有木莲花,而不注何地,然他处亦不闻,岂即此耶?"又有资料佐证,上关花,实不在上关,而在离上关十余里的沙坪街后的和山寺内。据《大理府志》记载:"和山花树高六丈,其质似桂,其花白,每朵十二瓣,应十二月,遇闰月则多一瓣,俗以仙人遗载和民间传说,上关的和山花(又名十里奇香树)系优昙一类花卉,花状如牡丹,大若拳头,色白而微黄,果壳黑而坚硬,可作朝珠……"有说这花尚能结出朝珠一样的果实,因而又称为"朝珠花",更有考证说"朝珠花"也就是木莲花的一种。

◎ 木莲花开

- 233 -

草木青山

凡此种种，纷繁复杂，亦真亦幻。不过总觉得传说中的上关花太神奇，哪有花能平年十二花瓣，闰年多一瓣，花香传十里的？再说了，别说现在的大理人，就是有名的徐霞客也没有亲见，只是道听途说罢了。是否有这种上关花，岁月远去，又无此花活到现在，无法考证，任何说法，恐怕皆是一家之言。但有不少观点认为上关花就是木莲花，无形中增加了木莲花的神秘。

今天，如能在天堂山见到神奇的木莲花，实在是让人激动的事情。定然不会枉了这一路的颠簸和风里来雨里去的艰辛。

又听说，木莲花花期并不长，从开花到凋谢只有一两个星期，盛开的时间更短；再加上木莲花多生长在人迹罕至的深山老林里，见到盛开的木莲花，必是与佛有缘之人。

我是忙碌红尘中有佛缘之人吗？

一路上我总在寻找，向车窗的两边看，树木高大伸展，郁郁葱葱的绿色覆盖了整个山头山腰山脚，就连树干上也挂满了厚厚黄绿色的苔藓。当地人说，树干上披蓑衣（挂苔藓），海拔一般都在2000米以上，这片林子应该就有木莲花。但我还是不见，随着海拔及山势的变化，一阵雨一阵雪，树林中雾气蒙蒙，能见度并不高，即便有，哪里有那么容易就看见？除非就长在我必经的路旁。

没有看见木莲花，却无意中看见一只白色的山鸡从灌木丛中窜出，还没有来得及惊叹，又看见五六只竹鸡排成一纵队快速从山沟里跑到更浓密的丛林里去。我赶紧叫其他人看，其他人一看什么也没有，丛林还是那片丛林，风不摇树不动，连草也在蒙蒙细雨中静悄悄的。哪里有什么白色山鸡和竹鸡的影子？但刚才确实有山鸡和竹鸡飞速经过，"天空中没有翅膀的痕迹，但我已飞过"，泰戈尔的诗句正能描绘当时的场景。

如果我今天不能见到木莲花开，这片人迹罕至之地，对于一个生活在城市的外乡人，不知何年何时才能再来，心中难免有些惆怅。即便以后见了，也不是今天的木莲了，所谓的佛缘与尘缘都是极其微妙的。佛说："五百年的回眸，才换来今生的擦肩而过。"佛缘和尘缘之间的转化，电光石火，只是一刹那。

终于看见木莲花了，却生长在离山路极远的山沟的另一侧，隐隐约约有一片淡红和一片白色，像一张花网撒在高大的树冠之上；虽是花，却长在高高的树枝上，一点也不比其他的树木矮，昂扬舒展，错落有致。可惜就是隔太远，又不能过去，镜头拉近，也只有个大概的样子，怎么也看不清楚，只是感觉此花气逸超凡脱俗，与周围树木大不一样。还好林场的陪同人员说，如果恰逢花开，还有几棵就长在路旁，应该马上就能看到。

车子转了几个弯，一棵盛开的木莲突然出现。这是绝妙之花，花形似玉兰，却比玉兰花更舒展，更像莲花。其他莲花都长在水中，唯有木莲长在高高的枝头！宝塔形圆柱花序，花瓣花色，均与莲花极其相似，花色及其纯正。这是一棵粉红色的木莲，红而不艳丽、粉而不娇柔，树高近30米，站在树下看花，人人都要仰视。由于木莲花与玉兰花都是先开花后发叶，遒劲的枝干上，每一根细细的枝条，都有灿然开放的木莲花，显得特别有生机和活力，但这种活力并不张扬。那是一些苍凉久远带着岁月底蕴的活力，是那种穿越凡尘世俗的功利给心灵以安详恬静的活力，站在树下凝眸花，从上而下涤荡一新，清秀端庄、高贵圣洁的感觉从树冠上倾泻而下。

当地人介绍，木莲花含苞待放时，颜色最为艳丽，花色随气温而变，气温越低，颜色越红，气温升高，颜色则淡。

当地人说，木莲花繁殖很难，其果实呈球果状，卵圆形，紫红色，每果有种籽10余粒，中秋节前后成熟，多被松鼠吃掉，很难采收到种子，也很难见到小树。树长大了，漫天花一开，在深山老林

草木青山

里很显眼，一下就能看见，但没有开花前，谁也不曾留意哪里有木莲花，毕竟那么大的林场只有为数不多的几棵，不开花，很难寻找到。

同车的大理永平县文联李主席还说，木莲花还有白色、黄色、朱红的。大理永平也有，木莲花是种很神奇的花，很多人都很喜欢，所以就把木莲花从山上移栽到植物园或家里的庭院，但即便费尽千辛万苦移栽成活，也很少有开花的，即便开了，颜色也很淡。

生命的过程，不正是一朵花开的过程，无论男人还是女人，这过程都要经历冬天的蛰伏、漫长的等待、默默的积蓄，最后完成今生最灿烂的花开。

今天下雪，这应该是能看到的最合适的时节、最适宜气候下最美的木莲花了。

庆幸的是，木莲花在最美丽的时候，让我遇见了。

于花于人，这都是最有缘分的相遇。

一直以来，都很喜欢席慕蓉《一棵开花的树》："如何让你遇见我＼在我最美丽的时刻＼为这＼我已在佛前求了五百年＼求佛让我们结一段尘缘＼佛于是把我化作一棵树＼长在你必经的路旁……"

这是关于爱情与缘分最唯美的诗句。

我认为，席慕蓉《一棵开花的树》中的树，应该就是我现在看到的木莲花。只有木莲花，才最能诠释其中挥之不去的忧伤与哀怨，也只有木莲花能让我们匆匆行走的脚步放慢下来，细细打量与我们有佛缘的世间万物，并重新审视与我们擦肩而过的尘缘。

边地牧猫

夏花与秋叶

生和死，是人类永远解不开的一个结，囿于芸芸众生。上至锦衣玉食的帝王将相，下至满面尘灰的凡夫俗子，都逃不了生死的牵绊与磕碰。

人类梦想的是生命永恒，但无论怎样挣扎与折腾，所谓的蓬莱仙山逍遥游，永远是南柯一梦。

活着就是去憧憬未来、追求理想、享受生活、回味爱情、承受痛苦，其中滋味甘苦自知。在短暂而又平凡的人生中，爱情、友情、亲情相互交织，爱恨情仇的精彩一幕一幕上演，或迅风掣雷的愤怒，或柔肠百结的温软，或百无聊赖的困顿。

对于整个宇宙来说，人类是何其渺小。

偶见迄今为止地球最远的一张照片，那是美国"旅行者一号"在1990年，从距离地球64亿公里的地方拍摄的一张地球照片。

为节能在永久关闭摄像头之前，美国国家航空航天局操控它回望太阳与八大行星，拍摄了太阳系的第一张"全家福"。

在这张"全家福"上，我们的地球只是一个0.12像素的暗淡蓝点。

拍摄完毕，旅行者一号继续向荒凉的太阳系边缘前进。在它的有生之年，很可能不会再遇到任何一个天体。

草木青山

整张照片一片漆黑，只有针尖大一个暗蓝色斑点隐约可见。那就是我们的地球，孤悬于广袤空间中，周围死一般的静寂与黑暗。

地球是如此之小，小得可以忽略不计。

看淡蓝色图片，我们不妨重温下已故美国天文学家、科幻作家卡尔萨根关于这张照片的一段经典叙述："再看看那个光点吧。那是此地，那是家园，那是我们。你所爱的每一个人，你所知的每一个人，你所闻的每一个人，曾经存在的每一个人，都在它上面度过一生。我们的悲喜相加，千百个自以为是的宗教、意识形态和经济学说，每一个猎人与强盗，每一个英雄与懦夫，每一个文明的缔造者与毁灭者，每一个国王与农夫，每一对青春爱侣，每一对母亲父亲，憧憬的孩童，发明家与探险家，每一个德行崇高的教师，每一个贪污腐败的政客，每一个'超级明星'，每一个'最高领袖'、人类历史上的每一个圣人与罪人，都住在这里——粒悬浮在阳光中的微尘……我们的装腔作势，我们的妄自尊大，我们在宇宙中拥有某种特权的幻觉，都受到这个暗淡蓝点的挑战。被无垠的黑暗包裹，我们的星球是一粒孤独的微尘。我们如此卑微，空间又如此广阔，没有迹象表明，会有救星从别的什么地方来拯救我们。"

宇宙如此浩大，而我们又是如此渺小。

宇宙是如此渺小，而我们又是如此浩大。

我睁开眼睛，天就亮了；我闭上眼睛，天就黑了。

我活着，再小的世界都我的；我死去，再大的世界都与我无关。

但可惜，自诩为万物主宰的人，上知天文下知地理，上天入地，无所不能，却始终无法控制生，更不能预知死。

一直以来，喜欢看文物与旧东西，只是想从上面感知那里曾经生存的气息，即便摆在面前的东西破而旧，冷且硬。

所谓"尘归尘，土归土"，人从懵懂混沌中来，最后还是要回到懵懂混沌中去。感叹的是智者面对生命能如此的坦然与从容，芸芸众生对红尘则如此的痴心与执着。但，无论有生之时是怎样的轰轰烈烈与波澜壮阔，怎样的光辉照人与惊世绝艳，到头来，终不过黄土一抔。

这是顶立于天地间的人永远不能破除的宿命，这是对自诩为万物主宰的人的自信心最为沉重的打击。

即将越过生死界，走在奈河桥上时，是一个人最后拥有今世记忆的最后时刻。回望前世，我想，很多人一定是泪水涟涟的，执着于前世未了的意愿，却又深深明白这些意愿终将无法实现。十之八九的人会发出一声长长的叹息，于是，奈河桥因此而得名。

一日，偶然中读到清人王有光《吴下谚解》，那是一段关于鬼魂被灌迷魂汤的文字，手捧书卷，窗外阳光普照，却还是从字里行间透出彻骨的阴凉，读后，心情大痛！现把此段文字摘录如下：

"人死之后，众役卒押送鬼魂从孟婆庄的墙外走过，首先经过的是孟婆庄。孟婆庄的门口有一个老婆婆站在那儿招呼来者，步上阶梯，进入里面。庄内全是雕梁画栋、朱栏石砌；屋内，触目皆是精致华丽的摆设，有珠玉做成的帘子，厅中还摆了一面玉雕的大桌子。

待来者入屋后，老婆婆便叫出三个女孩子来，孟姜、孟庸与孟戈。三人都穿着红色的裙子和垂着绿袖的上衣，个个如花似玉、貌赛天仙，而且轻声细语地呼唤郎君，还以手拂净席子请来者坐下。

来者坐下后，丫鬟便送上茶水。三个美女环伺在侧，皆以纤纤玉指亲奉送茶，玉环叮叮脆响，阵阵奇香袭人，在如此情境中，实在很难拒绝不喝。

◎ 夏花与秋叶

草木青山

　　才一接过茶杯，便觉目眩神驰，轻啜一口，只觉清凉无比，其能解渴，不禁一饮而尽。

　　喝到底忽见有一匙左右的浊泥在杯底沉着，待抬眼一看，发现原本貌美迷人的美女和老婆婆都成为僵立的骷髅。

　　走出门外一看，原先的雕梁画栋尽成朽木，如置身荒郊野外，并忘却生前一切事物。

　　就在惊慌失措、痛苦不已的当头，忽然大哭堕地，成了一个什么都不知道的小婴孩。"

　　我以为，这是生死转化最美丽最动人也是最为哀愁的文字。

　　人的生命是如此之脆弱与无奈！即便真有阴阳轮回，也割断了一切尘世的念想与牵挂。况且，本无阴阳，更无轮回，人死如灯灭，点点星火都不残留。

　　只有精神为生者惦念和称道，只有音容笑貌依稀存于曾经熟识无尽牵挂和无尽想念的人中间。

　　人不能决定生，亦不能破除死，也许此生总是太短暂，总有太多的事情没有做，总有太多的心愿未了，所以人总坚信有来生可以弥补今生的缺憾。但同时，经历尘世的风波曲折，人生的起起落落，情感的悲欢离合，也明白了生的不易与艰辛，所以，当来生来临之时，清凉无比的孟婆汤让貌美迷人的美女化为骷髅，雕梁画栋尽成朽木，生前一切皆忘却。

　　这不能不算是最好的选择与结果。但那时那地，此情此景，过去的所有幸福与哀伤，所有的留恋与向往，就要转眼成灰，让人怎么不伤心痛苦呢？可还没有来得及大痛大哭，"哇"的一声啼哭划破天际，新的生命诞生了！

　　我想，我们每一个人都是带着痛苦、悔恨、不甘、恐惧、惊愕来这世间的,不然,我们哭什么呢?

可惜的是,在出生那一刻,我们刚刚喝下孟婆汤,怎么也记不起痛哭的理由。

只有竭尽全力,撕破声音啼哭来宣泄我们心中的委屈与悲伤。

老子有句话:"人之生也柔弱,其死也坚强。万物草木之生也柔脆,其死也枯槁。"老子信奉以柔克刚,主张道法自然,把生命放在极其柔弱的地方。对于生命,庄子强调的是"安时处顺""虚己游世"的顺世人生态度。好多人批判过老庄思想,记得上大学时,老师讲庄子时候,看黑板上概括的"木以不才免伐""人以不才免杀",心中满是不以为然。也难怪,那时候什么年代啊,正是发少年狂的时候,粪土当年万户侯啊!

随着生活的历练与感情的波折,碰了无数鼻子的灰,才知道人的生命和情感是何其脆弱;撞了南墙回头,才明白人在世间是何其的渺小与无助。翻开积满灰尘的书,重读老庄,突然发现,对于生命的诠释,老庄无疑是智者。

这并不是一种消极的人生态度,也并非消极逃避和随波逐流,而是对社会现实"知其不可奈何而安之若命"泰然若定。

平凡如我辈,愚钝无可救药,即便皓首穷经,也难以领悟老庄思想的精髓。

唯一能告诫自己的是,生命是如此的脆弱与美好,好好珍惜和爱护身边的每一个人,善待自己也善待别人。

一直以来,我们过多强调了"为",而忽视了"不为"。在世俗利禄中拼杀,我们乐此不疲,争斗、吵闹、怨天尤人,甚至把自己武装成一只刺猬,前冲后突,表明自己的存在。

地震、海啸、瘟疫、灾祸,让我们警示和反思:活着!为什

草木青山

么？为甚？死了！

舟曲是个小地方，名不见经传，对于远在西南边陲的人来说，不过西北的一个小县城，就是在地图上也要找半天，更不要说突然来到眼前。2010年8月7日那个漆黑的深夜，电闪雷鸣，风雨交加，泥沙山石轰然滚滚而下。灾难，让舟曲这个小小的地方一下来到了人们面前，悲哀的是，舟曲却是以这样的方式来到了我们面前。

电视上，一遍一遍播放着舟曲泥石流前后的照片，哀婉的音乐，屏幕上缓缓滑过的照片，让人不忍卒看。那曾经是群山怀抱中一个宁静的小县城：蓝天白云，绿树环绕，河水淙淙流淌，宁静得让人窒息！灾后却呈现出这样一幅景象：宁静的小城被无情从中间破开，污泥遍地，断壁残垣，哀声遍野……我们不禁痛恨：这么美，无情的泥石流怎么忍心摧毁？

鲜活的生命瞬间被掩盖，一切都在梦中，一切都没有来得及，万全心事付与污泥，这又是多么难以言说的痛彻心扉与无可奈何呀！

那一刻，有太多的心愿未了，有太多的梦未完结，鲜活的生命突然消逝。笑脸还在绽放，梦正在继续，但谁能料到，生命会戛然而止！

山崩地裂，猝不及防，茫茫黑夜永远不再明亮。对于那些在这次灾害中不幸遇难的人来说，整个天空就此暗下来，整个世界都消失了。

死，是人生无法隐遁的痛！

生前憧憬花花事，化为纸灰翩翩飞！

除无声的流泪或者撕心裂肺的哭嚎，对于逝者，生者什么也不能做，因为做什么也于事无补。

纵有一万个不甘心，对天地间灾害一万句的咒骂，又能如何？

我们只能洒下我们哀伤的泪水，怀着深深的痛惜之情，祭奠在这次灾难中不幸遇难的人民，抚慰他们冤屈的魂灵。

曾经以为死亡是如此之遥远，在自然灾难面前我们才会突然惊醒，原来生命是这么不堪一击。想起法国哲学家帕斯卡尔说："思想形成人的伟大。人只不过是一根芦苇，是自然界最脆弱的东西，但它是一根能思想的芦苇。"

生命是如此之脆弱，如风中之芦苇，不知哪一阵风将它吹折。但这根芦苇却是崇高的，有思想的芦苇也就具有顽强的生命力，是任何灾难都不能扭曲和泯灭的。

舟曲，有太多让我们感动的故事，不胜枚举，其中有这么一个故事，把生命的脆弱和崇高诠释到极致：垮塌的废墟里埋着一对母子。男孩叫张新建，只有14岁。参与救援的原兰州军区某部团长蒲军礼说，他们于8日10点58分到达舟曲，发现了这对母子。在废墟中听到消防人员的声音，男孩说："老师，先救我妈妈。"男孩称呼救援战士为老师，很有礼貌。男孩的妈妈已经难以忍受疼痛，叫喊着："给我把刀，我不活了。"男孩安慰和鼓励："妈妈，你别着急，大家都在想办法。"消防战士说："当时我们听了直想流泪。""一定要把他们救出来。"战士们憋着一股劲。

随后，男孩要了一把刀，帮着救援战士砍压在妈妈身上的大梁木，一下，两下，三下……

救援战士通过4个小时的努力，终于将男孩救了出来。两个小时后，男孩的妈妈也被救了出来。

男孩的妈妈终于苏醒过来，但她却不知道，尽管医务人员全力抢救了8个小时，但由于内脏受损严重，她的儿子张新建在她苏醒前已经离开了人间。

草木青山

张新建说的最后一句话是:"我想回家。"

读到"我想回家",我相信每个人的眼眶都是湿润的,这是我们最平常最朴素也最为温暖的一句话,但这个叫张新建的男孩却永远也回不了家,这样温暖的一句话成了世上最为悲怆和无奈的一句话。

只有在此时,反观生命才会发现自身是多么渺小与可怜。在生死关头,男孩为救母亲撑到了生命的最后一刻,生命的意义与价值被普通人诠释到了极致。

老子主张以柔克刚,倡导不以柔弱的生命去硬碰世间坚硬的万物,但自然的法则本就不是万物苍生平等,树欲静而风不止,人是无助和无奈的,在自然法则之中,人与一根随风摇摆的芦苇一样。坚硬砸来,瞬间灰飞烟灭。

没有谁不留恋生命!因为总会有好多未了的心愿萦绕心头,有好多情我们没有细细去品味,有好多憧憬的美好就在前面,或触手可及,或遥遥无期,但因为活着,就有希望。

这个叫张新建的男孩,不禁让我们感慨唏嘘。这句"我想回家"简单的愿望变成了无法实现的呼喊,喊出了生命的局限与无奈,同时,男孩为了母亲支撑到最后,这句"我想回家"也把生命的局限远远地超越。

时间再往后移,真难想象,一场汶川地震竟然会让那么多鲜活的生命突然消逝。在地震前一分钟,所有的笑脸都还在绽放,所有的争执都还在继续,但谁能料到,生命会突然终止!激烈摇晃,山崩地裂,猝不及防,还没有明白怎么回事情,成千上万的人倒在了瓦砾堆下。伤亡惨重的地震带给人心灵上的震撼是极大的,关于生与死，活着的意义与价值，人们当重新审视自己。此时此刻，爱与宽容提到了从没有过的高度，也许从废墟里面爬出或者看着从废墟里面爬出的人都会长长舒一口气：活着真好！

很难想象，当生命还没有绚丽绽放就突然飘零，当色彩斑斓的生活刚露端倪却遭遇突然黑屏，那是多么令人痛心疾首的事情！

纵有一万个不甘心，又能如何？

前几天整理报纸，再次看见旧报纸上一小朋友对汶川大地震死去的人进行默哀的图片：稚嫩的脸上，泪水涟涟。感动我的除图片外，更是旁边的文字："以后不再与妈妈顶嘴了！"多朴实的话语！突然之间，顽劣的孩子也明白了生命的短促与脆弱，亲情的可贵与美好，爱与宽容，理解与呵护的重要。

生是如此的短暂与匆忙，我们有什么理由不好好珍惜？

好多时候，我们往往放大了痛苦，而忽视了最应该好好珍惜的东西。面对突然遭遇的种种灾难，人类是苍白无力的！再大的痛苦，在死的面前，根本不值一提。

"来世不可待，往事不可追也！"人生在天地间，实际上，既无来世，也无往世，有的只是现世，更具体地说就是当下，此时此刻！

曾经到曲靖师宗县的凤凰谷，那里的岩洞口像极了女性的外阴，被称为"生命之门"。站在高高的山脊上向下看，不禁会感叹，几十米高的"生命之门"，衍生出的岂止人类，那繁茂的树木花草、在枝头啁啾跳跃的鸟雀，哪样不是从生命之门来的呢？导游说，游客在洞外感悟生命、洞内享受生命、出洞超越生命。经历层层石阶，擦了多少次汗，小腿都快抽筋才到达生命之门。是啊，我们走出生命之门，离开母体就注定了要面对艰险的生活。人是如此的渺小，小小的黑点可以重回生命之门，问题是我们真的回得去

草木青山

吗?在岩洞中,导游指着一处钟乳石形成的景观对我们说,这是母亲的子宫,外表看,像极。但走进去,阴冷潮湿,阵阵冷风卷来。我知道,我们回不去了!即便游戏中也不能。

一直很喜欢泰戈尔的那句诗:"愿生如夏花之绚烂,死如秋叶之静美。"

这不单是人类,也是万物生灵对生死终极的理想与追求。

泰戈尔的寥寥数语,点出了生命的理想高度,那就是夏花,是有别于春花的娇柔、秋花的绵软、冬花的倨傲的生命之花,在夏日的骄阳下,大地闷热潮湿,独立枝头尽情绚丽绽放,那是生命在奔腾、跳跃、飞翔。

月夜梨花白

著名作家彭荆风已经离开我们两年多，山坡上的梨花开了两次又谢了两次。岁月更替从不与人语，只有抬头看见花开花落才知时间流逝而去。

我们这代人，不认识彭老的有，但没有读过《驿路梨花》的基本没有。"一弯新月升起了，我们借助淡淡的月光，在忽明忽暗的梨树林里走着。山间的夜风吹得人脸上凉凉的，梨花的白色花瓣轻轻飘落在我们身上……"这篇中学课文《驿路梨花》以唯美的句子营造了一个静谧优美的世界，滋养着无数年轻的心灵，纯粹干净的文字背后弥漫着质朴的爱与善意，如山野之风吹拂月夜的梨花。

2005年，我离开教师岗位到云南省作家协会工作，也有了与彭老接触的机会，在多年的相处中逐渐了解作为作家的彭荆风真实的样子。

记得第一次见面是在一次会议上，作为工作人员我将参会人员席位卡摆放好后，就站在"彭荆风"的席位卡边上等待，我想看看《驿路梨花》的作者在现实中是什么样子。会议还没有开始，一位精神矍铄的老人进来。很多人与他打招呼，他总是笑呵呵地与打招呼的人互相问候。走到他座位边上，他看见我这个陌生的面孔，对我微微笑了笑坐下来。我一时不知道说什么好，恰在这时，省作协

草木青山

杨红昆老师向他介绍了我这个新人。我有些激动，慌忙说："彭老师，我原来是教师，教过两遍你的《驿路梨花》。"彭老呵呵一笑："那很好啊，来到作协，应该多读点书和写点东西。"我有些惭愧。没有来得及答话，又有人与他打招呼，他忙着回应。会议将开始，大家陆续入座，彭老落座前不忘转身问了我一句："叫什么名字？改天我送你本书。"我忙告知自己的名字，抢在主持人宣布开会前坐回座位。

下一次见面，时间地点已经模糊。真没想到，彭老还真从挎包里掏出一本他刚出版的《挥戈落日——中国远征军滇西大战》送给我，扉页早已写好："赠李朝德同志　彭荆风　2005年9月8日"。那一刻，我的确很意外。我一新人，上次见面匆匆，环境嘈杂、寥寥数语，时间也隔着两三个月，他却用心记下这件事。

翻开这本纪实文学《挥戈落日——中国远征军滇西大战》，我是羞愧的，之前只听说过"远征军"这个词语，这片土地就在我脚下，而我却毫无所知，这些人离我们并不遥远，我却并不知道他们。这本书，为我打开了一扇窥见历史的门，也引导我从门外迈入门里。

我喜欢封底上的字："记录战争是为了珍惜和平。"
没有狭隘的民族主义，只是对历史的回望和沉思。
这是第一次见面。

以后见面次数很多，彭老和蔼可亲，总是笑呵呵的样子，给予我这个年轻人更多的鼓励和认可。

最后一次见面是2017年12月底，中国作协铁凝主席到昆明看望云南文艺名家。彭老住宅位于昆明城外的安宁附近，家离小区门口很远，出于礼节，彭鸽子与我及省作协的袁皓站在小区的路口等候。

小区外一片开阔，远山苍茫，丽日蓝天下一只戴胜鸟飞来飞去，起起落落。车辆还没来，我们在路口大树下闲聊，又说起彭老的作品，谈起《驿路梨花》，惊觉我竟然三次学过这篇课文，分别是当学生时、实习时、当老师时，还做过课件。临时冒出个念头，想请彭老写下"驿路梨花"四字相赠，鸽子老师满口答应。

我们一行人引导着车辆到达彭老家门口，才下车，彭老就高兴地迎上来，铁凝主席如见故乡亲人，热情地与敬爱的彭老拥抱。知道我们要奔赴下一站，彭老远远地对我们摇了摇手。

没有想到，这竟然是彭老留给我最后的影像。

2018年7月26日，彭老静静躺在鲜花丛中，昆明西郊殡仪馆深情厅里，电子屏幕上播放着彭老生前的图片及央视对他的采访录像。我握着彭鸽子老师的手，鸽子老师泪眼蒙眬，对我说："走得那么急，他答应给你写的字都还没有写呢！"梨花飘零驿路，集散匆匆，百感交集。

大概一个月后的某天，鸽子老师打电话告诉我在收拾彭老遗物的时候，发现彭老早已为我写下"驿路梨花"，鸽子老师在电话里哽咽着说："他答应的事情，从来都会做到。"几个月后，我从鸽子老师手里接过了这幅彭老遗留于世最后的珍贵手迹，打开一看，毛笔书写的"驿路梨花处处开"几个大字跳入眼帘，落款为"彭荆风　二〇一八年元旦"。这是彭老留给我及这个世界最美好的祝愿！

我一直在思考，彭荆风是功成名就的大家，小说、散文得心应手，无论是长篇《鹿衔草》《绿月亮》等，还是中短篇小说《驿路梨花》《当芦笙吹响的时候》《红指甲》等都让他收获了太多的荣誉和掌声。而晚年的他，却避虚就实，更多作品用纪实手法去书写，选择一条更为艰难的路子，不顾年迈，与自己对弈，与有限的

草木青山

时间角力。

彭老八十以后仍然创作激情勃发,大部头作品接二连三发表出版,每次见彭老他会像个年轻人兴致勃勃谈起他正在创作或者准备创作的文学作品。他往往两部或者三部长篇交叉开工,手里创作着一部,同时修改着上一部,还构思和准备着下一部。这样的精力和才华让年轻人叹服。他多次笑谈他也是"80后"作家,说完后自己先笑开了,笑声爽朗清脆,如高原上的白云在翻卷流动。

他对历史、对文字心存敬畏。为力求资料准确无误,他到处查阅资料,甚至为了落实某个细节,在女儿的陪同下,翻山越岭去实地寻访历史留下的蛛丝马迹并认真记录。他一生著作等身,每部作品精雕细琢。

每部作品都是作者内心煎熬与时间角力的结果,《滇缅铁路祭》,是作者沿着铁路线走访十几个县,前后修改12稿才写出;当他站在领奖台上接过中国作协"第五届鲁迅文学奖"的奖杯时,他已经有81岁高龄,这部长篇纪实文学《解放大西南》,前后历时12载,10易其稿才写成。老骥伏枥,壮心不已,86岁又写成了56万字的长篇纪实文学《旌旗万里——中国远征军在缅印》……

我在书中看见那些采访图片就会肃然起敬,没有这样对历史、对土地、对文字敬畏的人,那我们又有多少人能知道这块土地上发生的事情呢?

他的创作及对历史的态度是每一个写作者立在面前的一面闪亮镜子。

彭老是和时间赛跑的人,可惜没有谁能跑赢时间,终究他还是随风而去了。

如有诗书藏于心,芳华终会成至真。回想在彭老的追悼会上,深情告别厅里弥漫的不是哀乐,而是根据他短篇小说《当芦笙吹响的时候》改编的电影《芦笙恋歌》的电影插曲《婚誓》，这首家喻户晓的歌曲是那么深情。

"阿哥阿妹的情意长，好像那流水日夜响……"

那旋律提醒着我们，他是那么深情地爱着这个世界，而这个世界也曾经那样深情地爱过他。

◎ 月夜梨花白

双面镜

1

日子快得像柴火狗吐着血红的舌头溜过窗口。

感觉刺溜一下,离开老师很多年了,再刺溜一下,自己不当老师又是许多年了。

对于老师,我除了崇敬还是崇敬,什么谆谆教导、呕心沥血都不写吧,这样的赞美之文太多,不差我这一篇。

今天的教育花样百出,一个理念接着一个理念,一个口号盖过一个口号,各种思潮风起云涌。教师、家长、学生置身漩涡中,何去何从,莫衷一是。

人与人相处很微妙,有对抗也有融合。师生关系是众多人际关系的一种,在这个过程中,融合是最主要的,但对抗也经常存在。

师生关系,大多文字停留在赞美融合之下的温情脉脉,对抗和挤兑往往是被排斥的。

我要写的是些细枝末节的事,基本上与课堂内书本知识的学习及分数无关,也许与今天的教育理念不沾边,可能不值一提,但至少能让我们静下心来思考教育之于人生到底是怎么一回事。

2

先说我的小学老师吧，为什么不说幼儿园呢？因为我们小时候除附近厂矿有厂矿幼儿园外，大部分村子是没有幼儿园的。直接上小学，相当于入伍报名后直接开赴前线上战场。好在实践证明，我没有阵亡。今天小朋友们很小就被送到幼儿园深造，临近上小学，很多人课外还要报个幼小衔接心里才踏实，家长与幼儿，大兵压境，兵荒马乱。

上世纪80年代，在我们那地方，什么时候入学很随意，早一年迟一年，国家不追究家长也不攀比，全凭自己高兴和家长一句话。我就是因为自己不高兴才晚一年上学，原因很简单：没伴。放在今天，这绝对是个找抽的理由，完成报名手续，开学日子一到，估计提着耳朵都要被丢进学校。但那年代，这不是多大个事，娃娃脸上哭得猫尿横流，家长一句话就可以回家再玩一年。天不塌地不陷，学校的五星红旗照样迎风飘扬，花儿仍然对着小朋友的脸庞绽放。

我的小学老师是父亲的同学，文凭不过高小毕业。父亲与他毕业后同时进学校当民办教师，后来，由于父亲成分高，被撵回家里种地，而他顺利转成公办教师。我的小学老师虽然文化不高，但认真负责，还写得一手漂亮的毛笔及粉笔字。那个年代，初中还不是义务教育，老师也没任何硬性的教学任务和指标，学校不过是把围墙外像野马一样的孩子集中起来圈养一段时间，膘肥马壮蹄子硬了后再赶出圈去；家长也无太高的追求，龙生龙，凤生凤，老鼠生个儿子会打洞，成龙的上天，成鼠的钻草，一切顺其自然。

小升初比今天考大学还难，能顺利升上初中的人屈指可数，记得当初班上56名同学考上初中的只有13名，大多数人小学毕业后就回家扛锄头修地球去。

那时，西方的教育理念还没有引进来，老师实行的还是传统的教育方式，也没有任何框框套套来规定教师这不能做那不能为。比如惩戒，无论是家长、教师还是学校都是认可的，没有人觉得有何不妥。犯错误了就得接受惩罚，这是从古至今最基本的道理。不像今天的孩子，心理脆弱得像鸡蛋壳一样薄的细瓷碗，碰不得磕不得，家长老师都要小心翼翼端着捧着供着。

那时的孩子从小在打骂声中长大，锻炼得皮糙肉厚，就像个粗瓷土碗，即便摔到地上，捡起来擦擦灰继续用就是。那时每个班的门背后放着皮绳、戒尺、竹棍等，或打或骂，尺度完全由老师掌握，学生也知道自己犯了错误对应的惩戒是什么，教育的方式简单粗暴却极其有效。

我们班惩戒的武器是竹棍，为提高威慑力，开学的时候每人自带一根属于自己的竹棍。开学路上就有些滑稽，衣衫破旧的孩子每人提着一根竹棍，像去开丐帮大会。犯错误了，自己乖乖地把属于自己那根竹棍抽出来，交由老师或者其他同学代为惩戒。有时犯错误人太多，比如没有交作业，哗啦啦一二十人，队伍庞大得把讲台站得满满当当。老师无从下手，就让学生互相对抽小腿，起初大家还抽得客客气气，后来总觉得对方下手狠毒就了铆足了劲还回去，礼尚往来，不几个回合，讲台上又跳又叫，尘土飞扬，鼻涕与眼泪齐飞，小脸共小腿一色。

那时，课程压力并不大，老师也是半工半农，学校与土地两头兼顾，哪边也荒废不得。农忙季节，往往上午上课，下午自习，老师上完课就走，很多时候就靠树立规矩自我管理。对于年幼的小孩子来说，乖乖埋头苦读并不是基于争当社会主义接班人的伟大认识，而是避免犯错误挨抽而已。下午自习课比较多，所以班上有两个班长，一个是我，另外一个班长比一般同学大四五岁，安得猛士

◎ 双面镜

草木青山

兮守四方，可以想象，二年级的教室里坐着高出一大截的班长是多么有威慑力。

整个小学期间，门后那堆棍子不是摆设，从没有饶过谁，人人都有段被抽的历史。考砸了、迟到、外出游泳、打碎玻璃、没交作业、与老师顶嘴、与同学打架等等五花八门，犯了任何一条都有可能被抽。老师那么忙，学生那么多，不抽怎么管呢！抽就抽了，这不是多大的事，那时没有体罚的概念。家长与老师相互认可，达成共识，反正老师不抽就是家长抽，有人腾出手来感激都来不及。一般来说，大家被抽后都选择把小腿盖得严严实实，以免被发现后回家被接着覆盖一层。

3

我被抽得印象最深的一次并不是什么光彩的事情。

教室是土基房，在四年级前，学校还没有通电，教室窗子又小又狭窄。特别是冬天的清晨，教室里黑乎喧天一团混沌，所以，每天早自习，大家都要点自带的煤油灯早读。那时，教室后面放着两三排学生从自己家里带来的煤油灯，煤油灯大多用墨水瓶或玻璃药瓶子做成，高高矮矮，奇形怪状。那段时间，为了走在年级前列，班级与班级之间暗暗较劲，隔壁班6:40到校，我们就6:30，隔壁6:30，我们班就6:20，反正要比隔壁班早10分钟。对于爱睡懒觉的人来说，这样的较劲让人皮塌嘴歪，但谁也没那个胆去老师那里反映。

那天，两个班长值日，忘记了是谁提出：煤油灯里撒尿，灯点不着还早读个锤子。想法马上付诸行动，我们把煤油灯盖子拧开，挨个用尿检阅一遍一字排开的煤油灯。第二天一早，童尿均沾的煤油果真不能点着，整个班上一片漆黑，乱哄哄的。老师来后，火柴划了一根又一根，还举在眼前凑近了左看右看百思不得其解，最后，拧开盖子认真研究才得出了煤油被加水的重大结论，愤怒下却也无法追查。

案件告破是在几天后。那天，有同学没有交作业，我抄了一大串名单给老师。我正津津有味看他们在讲台上被抽得上蹿下跳，人狂有祸，上面被抽的同学突然举报："两个班长往煤油灯里撒尿！"我瞬间笑容石化，只有哭丧着脸乖乖就范，两个班长在讲台上被抽得左冲右突，下面看热闹的人高兴得前仰后合。那次，小腿上的抽痕如一条条扎堆的泥鳅。对老师，比之以前更毕恭毕敬。只是，有次我送作业到老师家的时候，趁着老师不在，把桌上的半罐盐巴倒进了水烟筒里。

4

我初中也是在村里上的，与小学的校园就一墙之隔。

进入90年代，国家更加重视教育。初中的老师基本是毕业的师范生，比较专业，至少不用上半天课还要回去割半天麦子。

但老师再好学生还是坐不住，这是天性，就像马始终不喜欢被拴住。操场墙角内的柳树和墙角外的涩梨树被我们爬得皮光水滑就是青春反叛最好的证据，特别是柳树，一个学期不到，外皮就被爬得光滑细腻，用今天的专业的术语来说：包浆。

初中管理比小学正规得多，至少上课期间学校大门紧闭。中考科目诸如语、数、外、物理、化学我们自然不敢随意逃课，但诸如地理、历史、美术、音乐等所谓的副科，遇到心情不好的时候，我们只用偷偷溜到墙角顺着柳树爬三米，然后横着围墙走四米，再抱

◎ 双面镜

草木青山

着梨树滑三米就到外面去了。

哎！青春期，大多数时候心情并不好。

在学校外，坐在河边晒着太阳，看蜻蜓在水面低飞，或者到山上躺在松树下，听松涛阵阵，鸟声啁啾。

我们往往很纳闷：哪一样不比坐在教室里好过一百倍？

初中时代，比较恶的老师有两个，声明下这种恶与凶恶无关，不过是威严而已。班主任和英语老师，在我们眼中比较恶，一男一女都是年轻老师，平时和蔼可亲，讲起课来滔滔不绝，两人都身怀绝技：丢粉笔头。有学生不听讲或者睡觉，在毫无准备的情况下，一个粉笔头掷过来，根据实际需要，击打手臂、手掌或者脑袋，技艺精湛，基本上百发百中。女老师还只是提醒类型的，男老师的粉笔头却往往带着一股强劲的风，破空而来如古代的飞镖暗器，打在身上火烧火辣。两人在投掷粉笔头的时候，继续口若悬河讲授知识要点，学生被惊吓后，抬头看黑板，老师镇定自若滔滔不绝还在总结段落大意或者勾画abcd，谈笑间樯橹灰飞烟灭！还有个体育老师，是个彪形大汉，看似凶恶却很随和，不发威的老虎大家都以为是病猫。大家得以见证他发威，可惜是我们充当了那几只倒霉的耗子。

冬天一节体育课上，我们趁他不注意，把操场上几堆落叶用打火机点着。火借风势，操场一下子像火烧赤壁的古战场，连其他班上课的老师都跑出门来查看。事起突然，校园一下沸腾，体育老师惊慌失措突然成了赤壁上的曹孟德。纵火的几个人吓得呆若木鸡，惊魂甫定后，"曹孟德"怒气冲冲赶来，拎着我们几只木鸡的耳朵，丢到垃圾桶旁示众。围观之人对我们指指点点，我们感觉到自己成了獐头鼠目。

对于丢粉笔头的必杀技，我们是无可奈何的。唯一一次比较过分的抗议是用火柴盒在班主任宿舍门口堆蜂窝煤的地方，放生了几只一夜叫到天亮的蛐蛐。

5

高中我在城里上，城里的老师温文尔雅，女老师也比较多，也没投掷粉笔头提醒学生听讲的老师。毕竟，精确制导的高深技术不是所有的老师都能熟练掌握。所以，除了班主任在我们不听话的时候佯装愤怒、假模假样在我们屁股上赏一脚外，三年都过得安稳实在。班主任为什么喜欢动脚呢，踢得不高也不帅，没有任何威慑力还徒增笑耳，何必呢！后来估计，他大概是懒得弯下腰擦皮鞋，班主任比较胖，弯腰擦鞋应该比较费力。有这样的认识，谁被踢了，并不在意，你伤害了我，我却一笑而过，况且我们随地而坐，裤子也不见得比老师的皮鞋干净多少。到后来，只要他一抬脚我们就跑，他基本撵不上我们，很多时候他都擦皮鞋未遂，我们以胜利者的姿态转身而望，老师的表情与灰蒙蒙的鞋面一样。

与班主任相比，教导主任就比较凶。这种凶，威震校园。在很长时期内，他成了我头脑中的教导主任的标准形象代言人。大背头红脸膛，挺胸直立，背着手巡视校园，"待到秋来九月八，我花开后百花杀"。巡视之处，秋风落叶，寸草难生。再喧闹的地方，他一出现立刻鸦雀无声。

他擅长循循善诱和谆谆教导，不把学生感化得痛哭流涕绝不罢休。如果遇到顽固不化的，他能无风之处起波澜，声音突然提高100分贝，晴天砸下霹雳，所陈述内容如排山倒海之势劈头盖脸而来，那效果如胸口碎大石，站在他面前的学生在暴风骤雨的摧残下不出几个回合就生无可恋，只求乖乖认错逃出训导室。不出手不动

◎ 双面镜

草木青山

粗，不费一兵一卒，再吊儿郎当的学生被教导主任洗刷过一遍立马变霜打茄子。

有一次，我们险些被逮到。

那段时间，好像高二吧，突然迷上了电子游戏，特别爱打一款叫"三国志"的游戏，指挥着关羽、张飞两兄弟把曹操的虾兵蟹将赶尽杀绝，逼迫到曹操无路可走，头朝下跳下深沟自尽为止。一方面是繁重的学习压力耳提面命，另外一方面是热火朝天的游戏屡禁不止。老师口里的金玉良言如春风过耳，温暖却也消散得快。无奈之下，老师到处缉拿玩电子游戏的学生。所以，学校周围一公里左右的游戏室成了老师最痛恨的地方，也是学校老师重点覆盖的打击区域。有次，正玩得高兴，突然有谁在外面惊呼：老师来了！整个游戏室鸡飞狗跳，都往门外冲。我们在最里面，想要逃跑已经晚了，我与同学忙乱中以最快的速度把校服脱下垫在屁股下面坐着。左右瞟一眼，能逃的早逃了，剩下的一般都是其他学校的学生和社会闲散人员，事不关己地继续在游戏里厮杀。教导主任带着两个老师进来，严厉的目光扫过里面的每一张脸，像一部X光机，逐段逐行地毯式扫描，不断有人被剔出来，像剔除豆子里的害虫。我大气不敢出机械地操作着游戏的手柄，心里叫苦连天。大背头红脸膛的移动X光机站在我们身后，实行上下左右全方位扫描，我甚至能听见教导主任鼻孔粗重的呼吸。晴天就要炸霹雷，劈死我们这对害虫！这时，我同学做出了个惊人举动，侧过身去，双手用唾沫往后抹亮头发，然后使劲压了压做个造型，露出一个街头混混标配的白眼嫌弃地问："你整哪样？"教导主任一愣，看着游戏屏幕语塞了，仿佛自己成了耽误三国统一大业的害虫，用肥厚的手掌揉了揉酒红的鼻子走开了。

从那次后，我们很少去游戏室，去了，也不一定要把曹操逼到跳进沟里才甘心。

6

若干年后，2002年，我一脚跨进教育这个行业。师生角色互换后，才知道所背负的和所梦想的，永远隔着天遥地远的距离，在路上艰难跋涉努力向前，却永远看不到尽头。所以，我教师生涯三年不到就结束了，从这个意义上说，我不是一个合格的老师，没有迎来桃李满天下，更无桃李不言、下自成蹊的骄傲与荣光。

三年时间转瞬即逝，留在记忆深处的不是那些成绩优异的尖子生，也不是自己取得什么样的成就、获得什么样的奖励，而是一些普通学生的面孔。

那时有句时髦的口号是"没有教不好的学生，只有教不好的老师"。我不知道这句话，今天是不是还在教育界流行，反正从我有限的实践，证明了这句话的错误或者我本人的黔驴技穷。

"没有笨学生，只有笨老师"，有这句话，就有项比较硬核的任务：消灭极差率。从教育局到学校，都把消灭极差率看成一项重要的任务，也就是不能有考试在35分以下的学生。如果班上有极差生，不怪学生，怪老师。原因很简单，没有教不好的学生，只有教不好的老师。

◎ 双面镜

7

学生A就是年级里为数不多的极差学生。

按理来说，语文考35分以下也不容易。有选择题，总要蒙对几个吧！有阅读主观题，沾到点大意总要给点分吧；有作文题，稍微

草木青山

写上一半,也会给点辛苦分。35分唾手可得啊!但偏偏班上的小A学生送分都不要,逆着来,选择题打上钩叉,不阅读就开始主观,作文写不过五行就收兵。大考小考,都很难上35,任何报表都要填上极差率百分之几。年级上,因为有了极差率,时常被点名,学校上报到教育局的表格里这一行总因为有几个人的存在而要核算半天。

作为一名才参加工作的年轻教师,当然不承认自己就是笨老师。当有天科代表来说还是只有A没有背诵课文时,我不由得恼羞成怒。压抑住自己悲愤的内心,为了脱下自己笨蛋老师的帽子,在自习课上,亲自把A提到教师办公室监督执行背书任务。

时间滴滴答答在走,我在备课改作业,A学生在我面前两米外的地方面壁捧书琅琅有声。阳光从窗外斜斜打到我们身上,一副师贤弟恭的和谐画面。一节自习课过去了,合上课本,A摇了摇头,我怒斥其不用心。A更加小心翼翼,一刻不停地读,我在备课时暗中观察,但有分心恨不得冲上去撕扯摇晃他,但A一遍又一遍,始终无间歇不停息。又是一个45分钟。拿过书本抽查,一句也记不住,我举在手中的书想要扇下又放下。遂把A叫到桌边,面授机宜,朗读默读默记十八般武艺任选,怕他有压力,允许他自己在校园选个安静地方,一小时后再碰面,同时我把难度降低,只要求他背诵一段就可以算他全文背诵。A的眼睛一亮,兴冲冲而去。

校园安静下来,斜晖把站在墙角的A小小的瘦弱的身影拉得细高瘦长,投在墙上的影子像个被折叠的皮影。一见我,A低着头不说话,我看见亮晶晶的小眼睛里贮满了泪水,我知道,这时我任何一句批评的话都会像投入他贮满泪水眼窝的石子。我突然心软,搂过他的头告诉他:"老师看见你比较尽力了!这样,我们再降低要求,背出我用红笔画出三个句子吧。"他又受到鼓励,重拾信心,继续朗朗有声。最终，A还是三个句子也不能背诵，也许是害怕也许是他觉得对不起我，我在办公室里坐着，他怯懦地说："老师，我实在不会背书。"我出了神，没有回答他的话。这时，他突然在我桌子前跪下。可能是他怕我惩罚，也有可能他觉得内疚或者自责。13岁的孩子这一跪让我一惊，我赶紧叫他起来，他的眼泪往下滴。我本想在他课本上打个大大的"√"，然后写上"已背"。但临时又改变了主意，从课文中挑选出5个词语用括号标出，要求他记住并能写出。我让他坐在我的座位上记这几个词语，我在校园里转转。背诵最后变成了听写，5个词语写出了4个，我很高兴，在他课本上写上"已背"，告诉他以后背诵课文不用找课代表或组长，可以直接找老师，只是背诵的方式让他保守秘密。可能是第一次课本上被批注"已背"，他很高兴，咧嘴而笑。

早已放学多时，校园门口，有三三两两的家长在翘首而望，我铩羽而归。

A还是很少能跨过35分这道坎，有次家长会，我单独留下A的父母，他们很焦急，以为我留下来是要批评他们，手足无措。我第一句话大概是"其实，他比较不错的！"

A父母的耳朵一愣。我举例说明A的不错，比如很听老师的话，与同学关系很好，打扫卫生时很认真，拖完地后其他同学都走了他会把拖把洗好收好……他的母亲一再说不好意思，给老师添麻烦，拖了班上的后腿之类的话。

我笑笑而已。人只有两条腿，哪里有前腿和后腿！再优秀的学生和再差的学生都捉不住我的后腿，再说，即便不拖，在这个社会上，我的腿又能跑多快？

8

另外一个记忆深刻的是B学生。

B学生是一个聪明透顶却极度敏感的家伙,我注意到他是因为,有天中午他摸进教师休息室问我:"活着有什么意义?老师你是否试过伤口上撒盐的感觉?"这不是一个小孩子的思维,让我睡意全无。

他喜欢在课堂上突然冒出惊人之语,如牛圈里突然伸出狗嘴,旁逸斜出的思维,逗得大家哈哈大笑。我还记得有篇课文叫《黄纱巾》,那段时间,恰好美国在打伊拉克。课堂练习时,他把一个中年人卖黄纱巾给一个小女孩的图片和故事,改成了一个美军大兵卖导弹给伊拉克女孩,其中一句还改为:女孩停住不走了,呆呆地看,美国大兵说,买下吧,孩子,导弹点着了,肯定好看。文字和图片搭配得天衣无缝,既有戏剧效果又有讽刺效果。他一念出来,课堂上一片笑声。这笑声中当然包括嘲笑,孩子们认为不符合文章内容和思想主题,纯属乱改,基本没有分数。

班上同学在课后告诉我,B是疯子,想法疯,行为疯,大脑有问题。

我却惊异他的思维。那年,美国正在打伊拉克,战斧巡航导弹满天飞,很少有十二三岁的孩子会关注这些,但这孩子却看见了,无论表达的方式正确与否,他看见了。有学生说他疯,都被我一顿训斥。

在一次运动会闭幕式上,我站在班上的队伍后面,突然听见有人哇哇哇地哭。红旗飘飘,校长在台上讲话,很多学生抱着刚刚颁发的奖状,一个二个都骄傲自豪挺着胸膛沐浴在阳光下,放肆的哭声在肃穆庄严的环境下很是炸耳。我以为是班上的女生,赶紧去查看。才发现队伍里的B满脸通红，怒气冲冲，眼睛充满仇恨。他目露凶光，说这个世界上谁都不是他的朋友，所有人都是他的敌人。我去拉他，被他一巴掌甩开，冲我大吼大叫说，老师也是我的敌人。

众目睽睽下，我很尴尬。

我就这样站在他边上，一边聆听台上的讲话，一边示意他小声点哭。他横着，眼神愤恨地看着我。老师与学生在队伍里，纠扯不清，大家面面相觑，我斯文扫地。

下班回家后，心里如坠铅块，掏出电话来拨通家长电话。说实话，当老师那几年，很少给家长主动打过电话，一来觉得没有必要一点点事情越级上访到家长，这会让叛逆期的学生觉得老师是小人一个。再就是，遇到说话比较啰唆的家长，耳朵受罪。

我本是打算兴师问罪的，先兴学生，后问父母，受不了这种哭声和对老师的这种蛮横，但我最终认怂了。才知道，这孩子单亲家庭，前些天在上学的路上被社会上的混混欺负，她母亲担心他安全，想请他爸接送几日，但被他爸在电话里一口拒绝，孩子在边上听得一清二楚。雪上加霜，清晨他来上学时又被外面的混混抢去单车，运动会上，不知道谁又去惹他，最终情绪失控。那天的电话时间打得很长，小灵通被打停机，我又冒着雨打着伞站在路边，用公用电话拨回去，直到把一张IC电话卡都打得没有话费。

说不清为什么，只是那天他在大庭广众下的哭声让我不能释怀，一个13岁的孩子，怎么能那么肆无忌惮地哭，那么清澈的眼睛里怎么会有那么深的仇恨呢？

◎ 双面镜

9

对于C的教育有狗拿耗子的嫌疑。

学校里要求每天都要穿校服，一是为了统一好看，蓝天白云下做操时候齐刷刷、整齐划一。再就是穿校服可以最大限度制止攀比，大家穿成一样，至少从穿着上看不出王侯将相。但初中的娃娃总还是道高一尺魔高一丈，衣服裤子不能比，就比鞋子比书包比文具，甚至挽起裤腿比袜子。老师也无可奈何，所谓民不告，官不究，否则就成了见不得人家先富裕起来的人。

在一次家长会后，很多人都走了，有位母亲欲言又止，后来才搞清她想请我帮管教下他儿子爱穿名牌这个爱好。这位母亲虽是附近城中村的农民，但那时候房子并没拆迁，家里靠贩卖蔬菜为生。这小子不是名牌就不穿，一双鞋六七百元，就是其母亲半个月的收入。而不买这些，他就以不上学威胁。

我接下了这个委托的任务，课堂间歇，我把他叫到走廊，晓之以理、动之以情，以一个男老师的婆婆妈妈对他进行感恩教育，最终的教育结果是我说得鼻孔朝地，他被说得鼻孔朝天。

师生的过招在所难免。

第二天早自习，有人迟到喊报告，一看正是C学生。

自投罗网，我请他卷起裤腿检查，从袜子到鞋子都是某大品牌。怒火中烧，让他脱鞋光脚进教室。

这样惩罚迟到学生的方式让早读的学生突然吓得断了声，噤若寒蝉。课堂间歇，我向他野蛮规定，任何时候任何地点，让我看见这些牌子就让他脱了鞋走路。冬天，经不住几个回合的会战，立马缴械投降。

转眼，没有当教师许多年，基本上没有学生的消息。

若干年后一天，我在给新买的机动车落牌，好像听见有人喊，"老师，老师。"我不知道是喊谁，也不关心。这么多年，很多称呼都废了，老师成了一个类似同志或者师傅的代名词，到处可以听见各行各业的人相互喊老师。

有人从柜台里把隔板抬起来，径直走到我面前站住了，有些激动地说："李老师！老师好啊！"我有点懵，这个小伙子咧嘴一笑说，他是A，是否记得他？我一下子想起啦，即便他个子比我高出了一截，但眉目间还有他少年时留下的影子，憨厚的，怯怯的。他要招呼我过去坐，并问我如果要好的号牌可以再等等，他帮我看着，比如大家都喜欢8的号牌有了后通知我。我自嘲，我这样的人，就是给我5个8都不可能发。我们都笑笑，才知道，村子早被开发了，他被安排在这里上班，引导车辆落牌。落好牌后，他把我送到大门，我怕影响他工作，赶紧使他回去，他还是很听话，招手摇了摇回到岗位上去了。

去年，一个陌生人添加我的微信，自报姓名："老师好！我是你的学生B。"不报出姓名，我怎么敢添加，整个澳大利亚我就没有认识的人。

C不知道在哪里，这个年龄也该工作和结婚了吧！愿他忘记一个老师对他的苛求与蛮横。

这个年龄，无论穿不穿名牌，他都可以大大方方走在路上。

◎ 双面镜

草木青山

旁观